文春文庫

大名倒産

上

浅田次郎

文藝春秋

大名倒産　上　もくじ

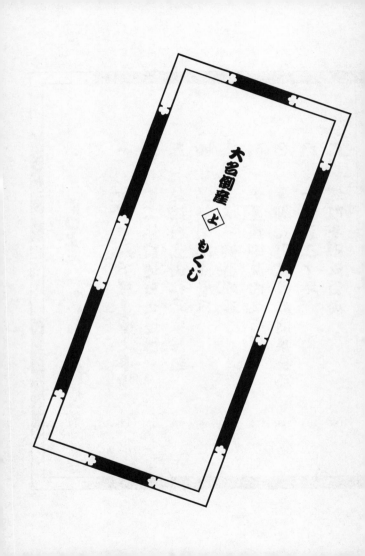

主な登場人物、と神様

松平和泉守信房（小四郎）
丹生山松平家第十三代当主。先代が村娘なつにお手を付けて生まれた四男。思いがけず家督を継いだばかり。糞がつく真面目。算え二十一歳。

磯貝平八郎
小四郎の幼なじみ。筋骨たくましい剣術自慢。

矢部貞吉
同じく幼なじみ。目から鼻へ抜ける賢い男。

新次郎
小四郎の次兄。江戸中屋敷に住む。父である先代評するに「天衣無縫の馬鹿」だが庭造りに天賦の才を発揮。

喜三郎
小四郎の三兄。生まれつき病弱で国元を離れたことがないが、賢く気さくな人柄で「きさぶ様」と慕われる。

比留間伝蔵
かつては某家の勘定役を勤めていたが武士であることに嫌気がさして出奔、町人に身をやつしている。

小池越中守
大番頭《おおばんがしら》。武辺者で知られる旗本。新次郎の許嫁・お初の父である縁から丹生山松平家に肩入れする。

間垣作兵衛
小四郎育ての親。妻子と別れて国元に戻った。

佐藤惣右衛門
国家老。影が薄い風貌の六十過ぎの老役。

鈴木右近　国家老。右に同じく影が薄い貫禄不足の若者。

御隠居様　第十二代当主。大名倒産の企みを腹に、庶子の四男に跡目を譲り柏木村の下屋敷に隠居。
百姓与作、茶人一狐斎、職人左前甚五郎など役柄《キャラ》を演じ分けて日々暮らす。

平塚吉左衛門　筆頭家老。家柄以外さして能のない老人。

天野大膳　付家老。立藩の折に幕府から差遣された家柄ゆえ「御付人様」と呼び習わされる。
三十なかばの利《き》れ者。

橋爪左平次　勘定方。小心者。御殿様に付き従い丹生山へ。

楠五郎次郎　江戸留守居役。渉外が役目で弁が立つが情に脆《もろ》い。

加島八兵衛　下屋敷用人。御隠居様の役柄変えに戸惑いつつも側近として仕えている。

●

板倉周防守　寺社奉行と月番老中を兼任。この人なくしてご政道立ち行かずとされる才人。
御殿様に居残りを命じる。

●

貧乏神　不景気続きの江戸にあって多忙の極み。御殿様の行列のあまりの貧乏臭さに、
どれひとつ三万石を引き倒してやろうかいと渋団扇片手にふらふら付いて行くが……。

初出　「文藝春秋」
二〇一六年四月号〜二〇一九年九月号
単行本　二〇一九年十二月　文藝春秋刊

大名倒産

上

前口上

ふしぎな記憶がある。

生家の近所に、日がな一日ぼんやりと往来を眺めている老人があった。冬ならば陽だまりに、夏には木蔭に縁台を据え、まるでそうしていることが務めであるかのように、じっとしているのである。幼い私が通り過ぎても、声をかけるでもなく目を細めるでもなく、一挙一動を監視するように見送るだけだった。

昔はご近所付き合いが親密で、いきおい老人たちは子供らを分け隔てなく可愛がった。だが、彼に限っては例外だった。何やら通りすがりにステッキで尻を叩かれそうな気がして、その家の前では早足になったものだった。

あるとき、夕食の買物がてらたまたまその家の前を通りがかったところ、祖母が件《くだん》の老人にていねいな挨拶をした。ご近所なのだから当然の礼儀ではあるのだが、祖母は様子がいつも凜としていて、相手が誰であろうとそこまで慇懃《いんぎん》に腰を屈める人ではなかった。

そのときも老人は、面白くもおかしくもない顔で返事をしたきりだった。

家の前を離れてしばらく歩いてから、祖母は小声で言った。

「あのおじいさんは、江戸時代の生まれなんだよ」

心にとどまるはずもない当たり前の出来事は、祖母のその一言のおかげで「ふしぎな記憶」にすりかわった。夏の夕まぐれに祖母と二人して、時間を踏みたがえたような気がしたのだった。

しかし、後年になって考えてみれば、実は少しもふしぎな話ではなかった。

私が生まれた昭和二十六年は、大政奉還から算《かぞ》えて八十五年目にあたる。物心ついたころにも、江戸時代に生まれた人はまだ多く存命だったはずである。そのうちの矍鑠《かくしやく》たるひとりが、ご近所に住まっていたというだけの話であった。

思えば明治三十年生まれの祖母は、肉類や乳製品を一切口にしなかった。のみならず、ときどき膝前に金盥《かなだらい》を据えて着物の片肌を脱ぎ、おはぐろをさした。それも祖母が言うには「鉄漿《かね》を打つ」のである。

毎年十二月十四日の義士祭には、私を連れて高輪の泉岳寺を詣でた。芝居が好きだったせいもあろうが、祖母にとっては節句と同様の、あだやおろそかにできぬ行事だったのであろう。そのころの義士祭は大変な人混みで、年寄りに連れられた子供の姿も多かった。だから私も、学校を休んででも行かねばならない法事か何かだと思っていた。

江戸時代はそれくらい身近だったのである。しかし一方では、全盛期のチャンバラ映画や芝居が、たった八十数年前の世の中を遥かな歴史の向こう側に押しやっており、なおかつ戦後復興の勢いを駆った社会は、めまぐるしく変貌していた。

あの江戸生まれの老人は、縁台に腰をおろして日がな一日、いったい何を考えていたのであろう。

いつの間にかその姿は見かけなくなり、小学校三年生の夏の終わりに祖母が亡くなると、私の指先がわずかに触れていた江戸時代は、たちまち影もかたちもなく揮発してしまった。

明治維新から百年目といえば、私は高校生だったはずだが、その年にべつだん何が催されたという記憶はない。おそらく懐しむ人が死に絶えて、江戸時代は純然たる歴史になっていたからであろう。ましてや世間は高度経済成長の真只中で、歴史を顧みる人も少なかった。

どうやらそうした社会背景の中で、江戸時代に生まれた人に会ったという私の幼時体験は、いっそうふしぎさを増していったらしい。

さて、そうこう考えれば、これから始まる物語はさほどの昔話ではない。

幼いころに出会った老人が生まれた時代を、客観的な歴史とするには早すぎる気もする。科学文明には加速性があり、また私たちの国は決定的な変容をくり返してきたので、遠い昔のように思えるだけなのであろう。

江戸時代は西暦一六〇三年の開府に始まり、一八六七年の大政奉還によって終焉《しゅうえん》したとされる。その間、二百六十四年の長きにわたり、人類史上稀にみる平和な時代が続いた。

戦争といえるものは、幕府成立当初の大坂の陣ぐらいで、戊辰戦争は大政奉還ののちであるから、正しくは明治時代の内戦である。そして、そののち八十年たらずは、戦争に埋めつくされてしまった。

この物語は、そうした平和な時代の、江戸城中から始めることとしよう。幕府の余命はわずか数年しか残っていないのだが、登場人物たちはまさか予見してはいない。ただ淡々と、二百六十年間ほとんど変わらぬ生活をくり返しているだけである。

黒船来航以来、国家意識は急速に高まり、わが国を欧米列強の植民地にしてはならぬという、いわゆる攘夷運動も盛んであったのだが、幕府すなわち時の政府は将来の指針を明らかにできなかった。

このままではまずい、ということはわかっていても、二百六十年にわたる天下泰平という既成事実は、なまなかではなかった。

糅《か》てて加えて、幕閣や大名たち施政者の日常は、長い平和の間に増殖した繁文縟礼《はんぶんじょくれい》にがんじがらめにされて、身じろぎもままならなかった。世が平和であれば、何を合理化する必要もなく、それどころかどうでもよい制度や慣習ばかりが積み上がってゆくからである。

そうした時代の象徴というべきものが、この物語の第一幕の舞台となる、江戸城本丸御殿であった。

平屋建一万一千余坪。当然、世界最大の御殿。おそらく人類史上においても、比類なき木造建築物であろう。今日の一般的な東京の戸建住宅が二階建三十坪であるから、床面積に換算すると三百七十戸分。全然実感できぬ。

そこで譏《そし》りを怖れず安直な例えをすれば、東京ドームのグラウンドが三面くらいの巨大木造家屋と考えていただければよい。つまり全容を俯瞰《ふかん》できる位置はスタンド最上部ではなく、鳥の視座である。

グラウンド三面分の御殿は、政庁たる「表」、将軍の私的空間たる「大奥」、両者の中間にあたる「中奥」に分けられているが、それぞれは廊下や入側《いりがわ》で密接に繋がっているので、一棟の御殿と言える。

なおかつ想像しがたいことには、この本丸御殿のほかに、二の丸、三の丸、西の丸にも、いくらか小ぶりだが同様の御殿が建っていた。

御濠《おほり》の外には百万都市の軒が犇《ひしめ》いている。江戸湾は近く風も強い。そこでこれら御殿はたびたび焼けるのだが、火事も想定内とばかりにそのつど建て替えられた。

それも今日伝わる図面を見る限り、何が変わるというわけではなく、そっくり同じ御殿が建てられるのである。泰平の時代の道徳は、伝統の踏襲であった。

一方、殿中における礼法や慣習は、時代を経るごとに積み上げられていった。それも二百六十年となれば、起源も意味も不明のならわしがたくさんあるのだが、伝統には忠実でなければならなかった。がんじがらめの繁文縟礼とは、つまりそうしたものであった。

時は文久二年八月一日、すなわち東照神君家康公の江戸入りを祝う、八朔《はっさく》の式日の出来事である。

総登城した御大名たちもあらまし退《ひ》けて、風通しのよくなった本丸御殿帝鑑《ていかん》の間に、ぽつねんと座り続ける御殿様があった。

白帷子《かたびら》の襟には汗が滲《し》みており、長袴《ながばかま》の裾は不安げに乱れている——。

一、和泉守殿《いずみのかみどの》下城《げじょう》差留《さしとめ》之事情《のじじょう》

御目見《おめみえ》をおえて殿席《でんせき》に戻り、ほっと胸を撫で下ろしたのもつかのま、茶坊主が忍び寄って下城差留を伝えた。

和泉守《いずみのかみ》の驚きようはただごとではなかった。思わず「エエッ」と声を上げて、居並ぶ大名たちの失笑を買った。茶坊主は理由も告げずに立ち去った。

それからは時が止まってしまったかのようであった。さては御目見の折に、畳の縁《へり》に手をついたか、それとも脇差の鐺《こじり》が襖《ふすま》に触れでもしたか、などとあれこれ考えてみたが、はっきりそうと思い当たる無調法はなかった。

越後丹生山《にぶやま》三万石松平和泉守信房《のぶふさ》は算《かぞ》え二十一歳、さきごろ襲封《しゅうほう》をおえたばかりで万事に不慣れである。

そもそも御家の跡を襲《と》るなど夢だに思わぬ部屋住みの身分で、殿中作法どころか武将としての心構えもできてはいなかった。

近々家督を継ぐはずであった兄が急逝し、よもやまさかと思う間に跡継ぎのお鉢が回ってきたのだった。

おのれが十三代和泉守にふさわしいとは、いまだに思えぬ。しかし、ほかの兄たちのように病弱でも馬鹿でもないから、これしかないという話になったらしい。そこで急ぎ諸手続きをおえて初御目見もどうにか済まし、帝鑑の間の並び大名に加わったのが、七月朔日《ついたち》の月次《つきなみ》登城。もともと縁《えにし》の薄かった父は教えるべきことも教えずに、さっさと隠居してしまった。

ああ、それにしても、いったい何の粗忽《そこつ》があったのだろうかと、和泉守は冷汗をかきながら考えあぐねた。しかもきょうという日は、年始参賀に次いで格式高い、八朔《はっさく》の式日である。

「さては居残りかの、和泉守殿」

そう声をかけてきたのは、隣席にすっくりと座る老大名である。ふと我に返って面《おもて》を上げれば、三十八畳半の帝鑑の間に残っている者はほかになかった。

「はい。面目次第もござりませぬ」

どこに耳目があるか知れぬゆえ、めったな口はきけぬ。

この老人は松平大隅守《おおすみのかみ》と称して、西国九州は豊後杵築《きつき》の御殿様である。同じ松平の姓を持ち、むろん麻裃《あさかみしも》の御家紋も三葉葵《みつばあおい》であるから、二百年か三百年を遡《さかのぼ》ればどこかで血が繋《つな》がっているのであろう。

「さきほどよりご様子を窺《うかご》うに、ずいぶんと困惑なされておるようじゃが、なになに、どうせ大した話ではないよ。初登城から二度目三度目というあたりで、とりあえず難癖《なんくせ》をつけておくのが御目付《おめつけ》の務めというものだ」

なるほど、と思いもしたが、気分は少しも楽にならなかった。月に二度や三度の月次登城の折ならともかく、めでたい八朔の式日にそれはあるまい。きっとよほど見過ごすことのできぬ粗相があったのだと、和泉守はかえって気鬱《きうつ》になった。

「ところで、お父上のご容態はその後いかがかの」

「ご配慮、痛み入り申す。どこが悪いというわけではござりませぬが、少々気落ちしたと見えて牀《とこ》を上げられずにおりまする」

父と大隅守は、幾十年もここに同席したはずである。年齢は父がいくらか上であろうか。

「さようでござるか。いちどお見舞に伺おうと思いつつご無礼いたしておる。よろしゅうお伝え下されよ」

二人は帝鑑図の襖絵を背にして座っていた。同じ殿席の大名でも、面と向き合わぬのは作法である。

「それにつけても、そこもとのような跡取りに恵まれたるは、御家にとってご不幸中の幸いじゃな。旧家の血は代を重ぬるたびに病み衰えてゆくもので、親を凌《しの》ぐ子などめったに出るはずもない」

うっかり答えられぬほど、意味深長に聞こえた。

まず、大隅守には家督を譲るにふさわしい子がいないのではないか、と考えた。

次に、もしや父は御大名たちの間で評判がよろしくなかったのではないか、と疑った。

いずれにせよ、のっぴきならぬ暗意を和泉守の耳は感じ取ったのだった。

「先代は病というほどの病ではござりませぬ。隠居所の下屋敷は、御朱引《ごしゅびき》も間近の遠方にござりますれば、お見舞の儀はご遠慮申し上げまする」

たぶん大隅守は、その返答を待っていたのだと思う。はなから見舞になど行くつもりはないのだが、そう知らんぷりもできまいし、「遠慮」の一言を引き出した、というところであろう。

実は父の人となりなど、よくは知らない。お手付きの子として江戸下屋敷に生まれ育ち、親子の名乗りを上げたのも算え九つになった年であった。しかも父の在府は隔年であり、その在府中にも柏木村《かしわぎ》の下屋敷を訪ねてくるのは、一年にほんの二度か三度であった。越後丹生山という領分を、和泉守はいまだ見たこともなかった。

父という人には、たしかにいくらか偏屈の気味があるのかもしれぬ。

「松平大隅守殿ォー」

御入側《おいりがわ》の唐紙《からかみ》がするすると開いて、茶坊主の甲高い声が通った。

「やれやれ、ようやく声がかかったわい。では、一足先にご無礼つかまつる。よろしいか、和泉守殿。御目付ごときの譴責《けんせき》など、ハイハイと聞いておればよい。へたに逆ろうて憎まれでもしたなら、後の始末が悪いでな」

よいこらせ、と下世話な気合を入れて立ち上がったが、さすがに長裃《ながかみしも》の裾さばきは年の功である。大隅守は衣ずれの音を残して帝鑑の間から出て行った。

「松平和泉守殿ォー」

ふたたび茶坊主が声を上げたのは、小半刻《こはんとき》のちであった。呼び方が先ほどとまったく同じであったから、下城差留については「その儀に及ばず」となったか。どのような粗相であったかはわからぬが、これだけ長く居残らせれば、十分なこらしめであろう。

ところが、茶坊主は「その儀に及ばず」とは伝えず、御入側に平伏したまま、「蘇鉄《そてつ》の間へェー」と、やや控え目な声を上げた。これで下城差留のうえ譴責を蒙《こうむ》ることは明らかになった。しかし依然として、無調法の何であったかはわからぬ。

その蘇鉄の間とやらはひどく遠かった。長袢の歩行は存分に稽古してきたつもりであったが、うしろが気になってならなかった。まさか大名を追い抜く無礼者もおるまいから、下手が歩けば廊下に渋滞をきたす。かと言うて、「お先にどうぞ」もあるまい。そして最も留意すべきは、急ぐあまりに袴の裾を踏んづけて転倒する事故であった。

そうとなればおそらく、「下城差留」どころか「向後《こうご》当分登城差控」の御沙汰が下る。

さようあれこれ考えながらせっせと歩みを運ぶうちに、これほど苦労を重ね頭を悩ましてもわからぬ粗相とは、いったいどのようなものであろうという暗い興味が湧いた。

もはややぶれかぶれである。

三人の兄がいるのだから、丹生山三万石の城主になろうなど、考えたためしもなかった。むしろ御旗本の婿養子にでも入って、伸びも縮みもせぬ平穏な人生を送りたいと思っていた。だから懸命に剣を磨き、学問を修めた。

もっとも、根が凡庸であるから何が達者というほどでもない。手先は不器用であるし、物覚えがよいほうでもなし、何でもかでもマアマアというところである。しかしそのマアマアも、出来のよかった長兄はともかく、二人の兄よりはいくらかましであったらしい。

体が丈夫なのは何よりであった。生まれ育った柏木村は、内藤新宿よりさらに先の農村で、どうしてこんなところに下屋敷を拝領したのかわからぬほどの鄙《ひな》であった。

早い話が二十一年前、近在の農家から奉公に上がっていた村娘にお手が付いて、おのれが生まれたのである。事実が公然となるまでは門長屋《もんながや》に住もうて、足軽の子だと信じて育ったのだから、丈夫な体も当たり前であった。

そのような事情で、不器用なうえに大名の気構えを欠く和泉守にとって、長裃の裾を曳《ひ》き曳き歩む御廊下は、甲州道中よりも難儀であった。

「松平和泉守殿、罷《まか》り越しましてござりまする」

茶坊主が襖ごしに声をかけると、「これへ」という偉そうな返答があった。

五十畳の上はあろうかと思える、長細い座敷である。御庭はなく、欄間《らんま》から射し入るほの明かりを金襖が照り返しているきりだった。図柄は重々しい蘇鉄である。その光の加減が、たとえば錆びた黄金とでも言おうか、世にあらざる色に座敷を染めていた。

役人は二人あった。いずれも白帷子に長裃の礼装である。ひとりは顔見知りの御目付だが、その上司であるらしいもうひとりには憶《おぼ》えがなかった。

「本人に相違ござりませぬ」

と御目付が言えば、上司の役人は貫禄たっぷりに肯《うなず》いた。

「月番老中を相務むる、板倉周防守《いたくらすおうのかみ》である」

唐突に名乗りを上げられて、和泉守は面食らった。下城差留のうえ御老中直々《じきじき》の譴責とはただごとではない。少くとも、畳の縁に手をついたの、脇差の鐺が襖に触れたの、などという話でないことだけはたしかであった。

錆びた黄金色の薄闇に目が慣れてきた。御座敷の奥には金屏風が立てられ、献上品の目録を載せた白木の三宝が、みっしりと置き並べられていた。

むろん当家からも祝儀の金銀は上がっているはずだが、さては何かまちがいがあったかと、和泉守は勘を働かせた。

御老中は重々しい口調で言った。

「それがしはこの三月に老中職を仰《おお》せつかった」

「はい、存じ上げております」

「寺社奉行兼帯ゆえ、息つく間もない。すなわち、老中と寺社奉行の月番が交互にやってくる」

七月は寺社奉行で、八月一日の本日からは老中に御上番《じょうばん》、そのくり返しという意味であろう。そのような激務は聞いたためしもない。板倉周防守は利《き》れ者として名を知られるが、たいそうな働き者でもあるらしい。

それほど忙しいのであれば、手抜きをしてもよかりそうなものだが、八朔の式日に上番したとたん、何かまちがいを発見したというのか。これだから働き者は困る。

えい、ままよ、と和泉守は肚《はら》を括《くく》った。御老中と思わなければ、同じ御譜代の大名である。ましてやおのれは将軍家御家門《ごかもん》ではないか。

「それがしには思い当たるふしがござりませぬが、何事も知らぬ存ぜぬは申しませぬ」

ほう、と御老中は和泉守の顔を真向から見つめた。

「では、そこもとの面目にかかわることなれど、はっきりと申し上げる。それなる献上品は御尊家からも届いておる。目録には銀馬代《ぎんばだい》として銀四十三匁《もんめ》を三枚、お納めいたすとある。しかしながら、勘定方の帳面と引き合わせたところ、年始献上品の目録、および家督相続の折の同目録、ともに現銀が届いておらぬことが判明いたした。しからば、これなる目録についても同様の仕儀となるであろう。まちがい手ちがいならば、二度三度は重なるまい。いかがか、和泉守殿」

何事も知らぬ存ぜぬは言わぬけれど、そのような話は何も知らぬ。まるで存ぜぬ。

目録に記された献上品が後日届かぬというは、要するに紙切れを献上しているのである。畏《おそ》れ多くも将軍家に対し奉《たてまつ》り、空約束を続けていることになる。

和泉守は即答した。

「ただちに家中詮議のうえ不届者を探し出し――」

「それは御尊家の領分じゃ。こちらにはかかわりない」

「はい。むろんその前に、目録不渡《ふわたり》の現銀をばすみやかにお届けいたしまする」

目録不渡、という言葉を口にしたとたん、ようやく事の重大さに身がすくんだ。たとえ献上品ではなくとも、世にあってはならぬ非礼である。よってそのような事例は聞いたためしもなく、「目録不渡」という成句はもっぱら冗談めかした言葉として使用される。「重要な約束を反古《ほご》にした」、というほどの意味として。

たしかにまちがい手ちがいならば、二度重なるはずはない。だとすると、誰かしら不届者が現銀を懐《ふところ》に入れたとしか思えぬ。しかも当家から二度という話ならば、下手人は当家内にありと考えるほかはなかった。

御老中はしばらく目を瞑《つむ》って、白無垢の扇子を手元で弄《もてあそ》びながら物思うふうをしていた。緊密な時が流れた。

たまりかねて口を挟もうとする御目付を、御老中は「分限《ぶげん》を弁《わきま》えよ」とたしなめた。いかに殿中御目付の職分にあろうと、旗本役が大名の体面を穢《けが》してはならぬ、と叱ったのである。

そこで和泉守は、この一件がまちがい手ちがいでないばかりか、ただの不祥事ではないと察知した。

やがて言うべきことが定まったように、御老中はまなこを瞠《みひら》いた。

「下手人探索の要はござらぬ。あんがい知れ切った話にござろうゆえ、下城ののちは御屋敷内のご重臣方々にお訊ねなされよ。よしんば老中の職にあろうと、この先は他家の当主がとやかく物申すわけには参らぬ」

謎の上に謎をかけられた。屋敷に戻って家来に相談すればわかるのか。しかし、さよう公然たることを、肝心のおのれひとりが知らぬというのでは武将の面目が立たぬ。

「ならば周防守殿。御老中としてではなく、同じ御大名としてご教示ねがいたい。それがしは思いがけずに家督を相続いたし、いまだ殿中儀礼も家中の内情も、よくは存じませぬ」

周防守殿、と官名を呼んだとたん、御目付はよろけるように驚き、御老中は一瞬くわっと和泉守を睨《にら》みつけた。

「なるほど、御先代がそこもとに家督を譲られたは、けだし炯眼《けいがん》にござるな。しからば、僭越《せんえつ》にならぬ程度に教示いたそう。どれ、もそっと近う」

和泉守は近すぎるほどに膝を進めた。御老中も身を乗り出した。冷汗が髷《まげ》の奥から吹き出て、うなじを伝った。白帷子はまるで湯上がりの浴衣のごとく濡れそぼっている。

大廊下席の御三家か加賀宰相殿が下城なさるのであろうか、御殿はにわかに騒々しくなった。

「御老中、お見送りは」

「かまわぬ。こちらが大事じゃ」

今は老中ではなく、一大名だという意味であろう。これが働き者の分別というものかと、和泉守はいたく感心した。

「まず、それがしは三月に老中を仰せつかった折、ほかの御老中方より目録不渡の件を申し送られた。承知しておけ、と」

「何と、年始の不渡を三月まで看過なされておられたか」

「ご嫡子が急に亡くなられ、てんやわんやの御尊家に、銭金をよこせとは言えまいよ。献上品の納入は月を越してはならぬとの御触れは出しておるが、ここはしばらく待つべしという話になったらしい」

兄の命日は正月十四日で、弔いの儀をおえぬうちに父が倒れた。当時の混乱は思い返すだにわけがわからぬほどである。そして、わけがわからぬうちに、思いもかけぬ家督相続の話が持ち上がり、気がつけば三月十日の吉日に、初御目見と襲封の儀が取り行われた。

「で、それがしが老中を仰せつかったのが、三月十五日。かような経緯ゆえ、三月中に年始の分と襲封の分を合わせて、お納めになるだろうと聞いた。ところが、今日に至るまで音沙汰がない。いくら何でも、三度まで目録不渡を看過するわけにも参らぬ。かと言うて、今さらこちらから説明いたすのも妙だと思うて、月番老中のそれがしの口から、御尊家当主たるそこもとの耳に入れることにした。たがいの面目を潰さぬためには、これしかあるまいて」

御目付が座敷の奥から三宝を押し戴いてきた。紫の袱紗《ふくさ》の上に、「祝文久壬戌歳《みずのえいぬどし》八朔松平和泉守」と書かれた目録が載っていた。

おのが名を見れば、まさか知らぬ存ぜぬは噯《おくび》にも出せぬ。和泉守はたちまち平伏した。

「面目次第もござりませぬ。ただちに銀馬代をお届けいたし、向後一切、目録不渡の不始末などなきよう肝に銘じまする。なにとぞご容赦のほど」

なにゆえこのようなことになったのか、和泉守には悉皆《しっかい》わからなかった。

ふいに、御老中の厳《いかめ》しい声が降り落ちてきた。

「和泉守殿。できぬ約束ならば、せぬほうがよい」

「いえ、誓うてお約束いたしまする」

「無理じゃ」

何が無理なのかと思うそばから、御老中はきっぱりと言った。

「御尊家には、金がない」

何と、わが家に金がない。

それも千両二千両の大枚ならいざ知らず、たかだかの銀馬代を一度ならず二度まで滞納しているとは。

御老中の口から直々に、きっぱりとそう言われたのである。長袴の裾を曳き曳き御玄関に向かいながら、和泉守は屈辱に震えた。いっそ先達の茶坊主など張り倒し、袴をからげて駆け出したい。一刻も早く屋敷に立ち戻り、重臣どもを問い詰めねばならぬ。

しかしいかほど気が急いても、城中の作法をたがえてはならなかった。動揺をけっして色に表さず、和泉守は袴の裾《せ》を捌《さば》きながら歩んだ。苛立ちは玉の汗に変じて月代《さかやき》から噴き出し、だらだらと頬を伝った。

御廊下は左に折れ、また右に折れ、ようやく大広間から御玄関へと続く畳敷きの御入側に行き着いた。

身をこごめて先を歩んでいた茶坊主が、腰のうしろに手を回し、二度三度、握っては開いた。「止まれ」の合図である。殿中の往来では不用意に声を出してはならぬ。

御廊下や御入側で大名が鉢合わせた場合、どちらが行手を譲るか、これがまた難しい。格上の大名に先んずれば無礼にあたり、格下に遅れをとれば面目が潰れる。家格が一目瞭然の番付があるわけもなく、むろん名乗り合うこともできぬから、たがいが瞬時に上《かみ》下《しも》の判断をしなければならぬ。

大名もあらまし下城した時刻ゆえ、先導する茶坊主たちも油断していたらしい。そこで、二人の御殿様がわずか三間たらずの隔たりで睨み合うという、難しい場面となった。

しかし和泉守はさほどあわてなかった。というより、はや心は千々に乱れ切っていたので、下衆《げす》な言い方をすれば「矢でも鉄砲でも持ってこい」の気分なのだった。

相手の殿様も困惑している。それもそのはず、肩衣《かたぎぬ》の御家紋は同じ三葉葵なのである。御三家御三卿《ごさんぎょう》ならば迷わず行き過ぎるであろうが、以下の葵御紋を徽《しるし》とする松平姓の大名は、しめて三十八家の多きを算《かぞ》える。仮に参勤交代によりその半数が国元にあるとしても、どこの松平某《なにがし》かなどわかるはずはなかった。

双方の茶坊主は無言でかしこまっていた。家来を伴うことのできぬ城中では、彼らが唯一の恃《たの》みなのだが、もし滅多なことを言うて悶着の種にでもなったらかなわぬ、と考えたのであろう。もっとも、そうした要領のよさが茶坊主の処世なのである。

同じ松平でも、越前だの会津だのといえば明らかに格上だが、相手はどうもさほどの貫禄ではない。だとすると、どのみち無礼だの面目がどうのだのいうほどちがいはあるまい、と和泉守は肚を括った。

「火急の用がござれば、お先にご免つかまつる」

それだけを言い置いて、和泉守は御玄関へと向かった。

下城を差し留められ、御老中から譴責されたのであるから、「火急の用」にはちがいなかった。

大廊下に面した虎の間には、威儀を正した旗本が居並んでいる。出入者に目を光らせる御書院番士たちである。

「松平和泉守殿ォー」

どこからともなく声がかかり、番士たちの肩衣が風を孕《はら》んだ帆のように揃って撓《たわ》みかかった。むろん返礼の必要はない。和泉守はひたすら長袴を捌きながら歩んだ。

脹脛《ふくらはぎ》が攣《つ》りそうだ。しかし、謹厳きわまる御書院番士どもの目前で腓返《こむらがえ》って転倒などしようものなら、「武門之心得不行届ニ付当分登城差控《さしひかえ》」はまちがいない。和泉守は痛みによく耐えた。

もう、いやだ。かようにわけのわからぬ作法やしきたりにがんじがらめとされたあげく、わずかな献上目録が不渡りになるほど金に困るとは、理不尽にもほどがあろう。

もしや自分は父に選ばれたのではなく、陥れられたのではないか、と和泉守は思った。兄たちに苦労を舐《な》めさせたくはないが、縁の薄い庶子《しょし》ならばかまわぬであろう、と。

御玄関には二人の家来が今や遅しと待ち受けていた。思いもよらぬ襲封であまりに心細いゆえ、たっての願いで御小姓《おこしょう》に召し抱えた幼なじみの二人である。

磯貝平八郎《いそがいへいはちろう》は徒士《かち》の次男坊で、筋骨たくましい。

矢部貞吉《やべさだきち》は足軽の倅《せがれ》で膂力《りょりょく》に欠くるが、目から鼻へ抜ける賢い男である。

かつては下屋敷の門長屋に生まれ育った同い齢の朋友であった。

「御殿様。何かございましたか」

式台に立つ和泉守の長袴の裾をたくし上げながら、平八郎が小声で訊ねた。

「いや、大事ない」

何もかもぶち撒《ま》けたいところであるが、まだ御玄関の式台の上である。

「お顔色が、すぐれませぬぞ」

たくし上げた袴を紐で結びながら、貞吉が不安げに見上げた。

「大儀である」

目録不渡じゃ、と言いたいが言えぬ。あろうことか御老中の口から、「御尊家には金がない」と言われたのである。十三代和泉守の面目丸潰れ、腹を切って済む話でもなかった。

離れたところから、草履取りの中間《ちゅうげん》がひょいと白緒の草履を投げた。いったいどのような修業を積むものやら、目の先の足元にいつも寸分たがいなく、まるで置き定めたようにぴたりと揃う。

軽くなった足で御玄関から歩み出し、和泉守は膝に手を当てて脹脛を伸ばした。御殿を出れば、これくらいは無調法にあたるまい。

未《ひつじ》の下刻、まだ夏の陽は高い。木立ちに群れる蟬の声がうとましく、風は凪《な》いでいた。

御玄関までの供連れは、定めて家来が二人と草履取り。石段を下ると、中之御門に挟《はさみ》箱《ばこ》持ちが控えている。さらに下乗《げじょう》御門外に至り、ようやく三人の近習《きんじゅう》と乗物が待っている。叶うことなら屋敷まで歩いて帰りたいが、やはり定めとあらば暑苦しい御駕籠《おかご》に乗るほかはない。

なるたけ空《から》ッ脛《ばぎ》を剝き出して和泉守が御駕籠に乗りこむと、「えいや、さっ」と声を揃えて四人《よったり》の御陸尺《おろくしゃく》が担ぎ上げた。

ここで供連れは家来が五人、草履取りに挟箱持ちの小者《こもの》、駕籠かきの陸尺が揃うて、貴人の行列らしくなる。

さらに大手御門を通って御濠を渡った広場には、通常であれば五十人の供連れが待っているのだが、本日は八朔の総登城で混雑するゆえ、少し離れた神田橋御門内が控えの場所とされていた。

つまり、本日未明に小石川の上屋敷を出立した物々しい行列は、あらまし神田橋御門にとどまり、そこから御駕籠と近習だけが御城へと向かって、また御門ごとにそれぞれとどめられ、しまいには御殿様ひとりが表御殿に上がったのである。

この仕儀を在府百数十家の大名がみな行うのであるから、登城日の江戸はお祭り騒ぎであった。しかも大身《たいしん》の御大名ともなれば、三百も四百《しひやく》も家来を引き連れた行列になる。

それが月に二度か三度の月次登城、正月や八朔、折々の節句と、休む間もなく打ち続く。いっそ上屋敷からおのれひとりが馬で乗り出せば、どれほど楽であろうと和泉守はいつも思う。だが二百幾十年にもわたってくり返されてきたしきたりは、いかほど面倒であれおろそかにしてはならぬ。

御大名はみな、徳川将軍家に臣従を誓うた武将であるから、隔年ごと江戸に居住し、その在府中はばんたび軍勢を率いて登城する、という意味はまあわからんでもないが、今さらおのれが怪力無双の武将であるとは思えぬし、威を誇るだけの供連れがまさか軍勢であるとも思えなかった。

大手前の広場はがらんとしている。朝の混雑は嘘のようで、濠端の松も石垣も櫓《やぐら》も、立ち昇る陽炎《かげろう》によろめいていた。

「止めよ」

大手堀に沿うてしばらく進み、御門番の目も届かなくなったあたりで和泉守は命じた。御駕籠は暑さにへこたれた岸柳の根方に下ろされた。

陸尺どもを遠ざけて、平八郎と貞吉が引戸の両脇に片膝をついた。神田橋で供連れが増えぬうちに、事の次第を伝えておこうと和泉守は思ったのだった。

「やれやれ、とんだ話を聞いたぞ」

和泉守は空ッ脛を御駕籠から投げ出し、御殿様ではなく足軽の倅に立ち返って頭を抱えた。

「ややっ、小四郎《こしろう》。殿中で何か粗相でもしたか」

磯貝平八郎が形だけ家来らしく蹲踞《そんきょ》したまま、気易い物言いで訊ねた。「小四郎」とは和泉守の幼名である。

「粗忽も粗忽、御老中に叱られたわい」

ええっ、と矢部貞吉がおののいた。

「何と、御老中より直々の叱責か。あれほど念を入れて長袴の裾捌きを稽古したのに、やっぱり転んだか、小四郎」

二人の朋友は和泉守にとって、頼みの綱であり唯一の拠《よ》りどころである。主と対等の口をきくなどとんでもない話だが、他聞なきときにはそうしてくれと願ったのは、和泉守のほうであった。むろん、機会はなかなかないのだが。

「そうは言われても、わしの非ではないぞ。御老中もそのあたりは承知しておられるゆえ、きつくは責めなんだ」

「おい、勿体をつけるな。いったい何があったのだ」

「どのようなときでも、わしらは小四郎の味方だ。何でも言うてくれ」

　多くを説明している時間はなかった。声はひそめており、見た目は暑気に中《あた》った主君と、それを気遣う御小姓であるが、時を食えばほかの従者どもが怪しむ。

「あのな、おぬしらも仰天するような話ゆえ、顔色に出すなよ」

　そこで和泉守は「目録不渡」の一部始終を、盛らず省かず適当に、ざっとしゃべった。

「早い話が、当家には金がないらしい。それも、銀馬代の献上目録が不渡りになるほどなのだから、なまなかの貧乏ではないぞ。おぬしら、何か心当たりはあるか」

　平八郎は分厚い唇をあんぐりと開けたまま、貞吉は顔色に出すなも何も、見る見る青ざめた。

「小四郎のおかげで部屋住みから引き立てられたばかりゆえ、御家の内情など知るものかよ」

「わしも足軽から召し出されたばかりだ。小四郎のわからぬことがわかろうものか」

　丹生山松平家の御家来衆は、在国と江戸詰あわせて五百人弱、しかるにこの下はあるまいという徒士足軽の出自なのだから、御家の懐具合など知るはずはない。

「信じられぬ」

「何かのまちがいではないか」

二人は暗い小声で言うた。

「わしも信じられぬが、御老中ともあろう御方が、軽々に物を言うまい。ともかく屋敷に戻って詮議するゆえ、おぬしらは承知しておけ。よいな、他言無用ぞ」

「目録不渡なぞと、他言できようものかよ。口が腐るわい」

「ああ、いやだ。わしは耳が腐ったぞい」

二人の朋友はしかめ面で立ち上がった。

同い齢の御小姓に何ができるわけでもあるまい。だが、和泉守の心はずいぶんと軽くなった。たぶんこれで、屋敷に戻っても穏やかにふるまうことができるであろう。

油照りの大名小路を御駕籠は進む。大手堀を右に折れて、一橋屋敷と姫路屋敷の長い塀を東にたどれば、やがて大手前と同じほど広い神田橋御門内の広場である。五十の供連れが、藁筵《わらむしろ》を敷いて陽に灼《や》かれていた。

「松平和泉守様ァ、お下がりィー」

大番所の下座見《げざみ》が声を上げると、家来衆は一斉に立ち上がり、奴《やっこ》どもが手際よく藁筵を巻いた。和泉守の乗物は止まらず、広場を横切る間に行列はたちまち形を斉《ととの》えた。

先頭に二本槍が立ち、徒士衆が続き、蘆毛《あしげ》の御手馬が曳かれる。常に行列とともにある諸道具には、たいそう名誉な品々も多いそうだが、和泉守はいまだそれらの謂《いわ》れを知らぬ。

わけのわからぬうちに、足軽の倅が御殿様の実子であるとされ、よもやまさかと思う間に十三代松平和泉守を襲封した。正直のところ、狐に化かされているか、それとも夢を見ているか、という気分なのである。

行列は神田の屋敷町を抜けて水道橋を渡る。小石川の上屋敷は三千八百坪と手狭ではあるが、御城からは平坦な道で遠くもなく、駒込の中屋敷にも柏木村の下屋敷にも一筋道なので、使い勝手はよかった。しかも神田川ぞいであるから、何かにつけて舟も使える。

上屋敷に立ち戻ると、和泉守はつとめて平静を装いつつ、たとえば御拝領の茶菓子でもふるまうくらいの顔をして、重臣たちを書院に呼び集めた。

目録不渡という不祥事について、口裏合わせをさせてはならぬ、と考えたからである。ところが、主君の尋常ならざる気配を感じ取ったのか、それとも御老中から何かお達しでもあったのか、重臣たちはなかなか現れなかった。

書院の御座所で立ったり座ったり、池泉《ちせん》を眺めるふりをして廊下を行きつ戻りつするうちに、和泉守の孤独はつのった。

おのれに非はないとしても、いざとなれば科《とが》を蒙るのはおのれひとりなのである。あらゆる禍福がわが身ひとつに帰結するという理《わり》なき孤独を、和泉守は思い知らされたのだった。

夏陽の翳《かげ》りかけた庭に、嗤《あざわら》うがごとく蜩《ひぐらし》が鳴き始めた。

二、十二年前過日之追懐《じゅうにねんぜんすぎにしおもいで》

十二年前のその一日を、小四郎は克明に記憶している。後も先も朧《おぼ》ろなのに、九歳の砌《みぎり》の一日だけが、まるできのうのように思い出せるのである。

柏木村の下屋敷地は一万坪の上もある広さで、青梅街道に近い南向きには立派な御門と、門長屋が設《しつら》えられていた。あたりはところどころに武蔵野の藪が残る田畑である。

小石川の上屋敷が手狭なので、下士《かし》たちの多くはこの門長屋に住まって通勤した。もっとも、御役は組ごとの月番であるから、勤番月は上屋敷に居続け、非番月は下屋敷で家族とともに過ごす。つまり往還は月に一度である。

上番組が朝まだきに下屋敷を出れば、その日のうちに引き継ぎをおえた夫や父が帰ってくるので、夕まぐれには妻や子らが御門前で出迎えた。常の閉門は暮六ツの鐘が合図だが、月に一度のその日ばかりは、下番《かばん》の侍たちがひとり残らず戻るまで、御門が鎖《とざ》されることはなかった。

小四郎も平八郎も貞吉も、油蟬の声が蜩《ひぐらし》に変わると御門前に出て、父の帰りを待った。早い者はまだ日のある時刻に、遅ければ蛍の飛ぶ宵闇となってから、侍たちは三々五々と帰り着く。ところがその日に限って、真先に早馬が駆けてきた。にわかに屋敷内が慌《あわただ》しくなった。子供らは長屋に戻って禁足とされた。年に二度三度しか下屋敷に足を向けられぬ御殿様が、あろうことか下番の侍たちを供連れとしてお出ましになるという。

やがて長屋に駆けこんできた母は、ひどくうろたえていて、土間に佇《たたず》んだまま「どうしよう、どうしよう」と十ぺんも言った。それから水を柄杓《ひしやく》で掬《すく》ってがぶがぶと飲んだ。

「いいかね、小四郎。御前に召されても、滅多な口をきいちゃいけないよ。神妙にして、何でもはいはいとお答えするだけでいい」

きっとお手打ちになるのだろうと思った。寺子屋で喧嘩をしたからか、それとも御狩場で雀を獲ったからかなどと、悪さのくさぐさを考えた。

そうこうするうちに御女中たちがやってきて、母と小四郎のおめかしが始まった。御女中方は寄ってたかって、身丈に合わぬ羽織の肩上げをし、袴の裾を仕付けた。

御前でお手打ちになるには、どうやら羽織袴でなければならぬらしい。

母は母で、光り輝く着物の上に緞子《どんす》の裲襠《うちかけ》まで着せられ、髪を結い直された。自分の悪さのせいで母までがお手打ちになるのかと思えば、詫びる言葉すらうかばなかった。

「かかさま」と呼びかけると、女中頭に正された。

「お母上様とお呼びなされ」

その物言いは、科人《とがにん》に向けられたふうではなかった。女中頭はほほえんでいた。

そこでようやく小四郎は、この騒ぎがお咎《とが》めを蒙るのではなくて、何かお褒めに与《あずか》るのだと知った。肩上げをおえた羽織には、三葉葵の御家紋が入っていた。

はてさて、寺子屋の学問ならば貞吉のほうがすぐれているし、剣術の腕前は平八郎に及びもつかぬ。どうしておのれが褒められるのだろうと、小四郎は首をかしげた。

仕度をおえるころ、御行列が到着した。長屋の中からは見えもせぬが、屋敷内がしんと静まって蜩の声がまさった。

ややあって、父が長屋の戸口に立った。一月ぶりの帰宅であるのに、家族は見つめ合うたまま何も言わなかった。その日の父は、三十五という壮年が信じられぬくらい面窶《おもやつ》れしていた。

「こたびは、おめでとうございます」

女中頭が謎めいたことを言うた。何かの祝儀であるのなら、どうして母と自分だけが晴着姿で、父は着替えようとせぬのだろうか。

それから家族は、いや正しくは上意により家族とされていた三人は、四畳半と三畳の粗末な座敷に膝を合わせて、水盃を酌みかわした。

ただでさえ口数の少ない父は、何ごとか言いかけては呑み下し、さんざためろうたあげくに言うた。

「これよりは、親子でも夫婦《めおと》でもない。主従の分を弁《わきま》えよ」

母が裲襠の袖もろとも、破れ畳に泣き伏した。

「――なになに、さほど難しい話ではあるまい。わしはおぬしを御方《おかた》様と呼び、小四郎を若様とお呼びするだけじゃ。よっておぬしらも、遠慮のうわしを呼び捨てよ」

父の姓は間垣《まがき》、名は作兵衛《さくべえ》という。どちらであろうが呼び捨てることなどできぬ。おのが声で父を貶《おとし》め、たとえ代々が足軽の分限であろうと、父祖の姓をわが口で呼び捨てるなど。

言葉にできずにかぶりを振り続ける小四郎を、父はやさしく叱った。

「了簡《りょうけん》せよ。もともとおまえは、間垣小四郎ではない。畏れ多くも、実の名は松平小四郎じゃ。おまえのこの体には、権現様の血が流れておる。母を頼んだぞ」

そう言うて父は、小四郎の背や腕をさすってくれたが、けっして権現様の血を享《う》けた体を尊んでいるわけではないと知れた。二度と触れることのできぬ倅の体を、父は愛おしんでいた。

対話はそれで終わった。しかし、言葉に尽くせぬ父の掌《て》が、小四郎にすべてを教えてくれたのだった。詳しいいきさつまでは知る由もなかったが、足軽の子として育てられたおのれが、主家に迎え入れられるのだとわかった。

「おまえ様は」

と、母が泣き濡れた顔をもたげて訊ねた。

「叶うことなら、越後の御領分に戻りたい」

父はそう言うたなり座敷から下りて、土間に両膝をついた。

戸口には親たちからそれぞれに意を含められたらしい子供らが、かしこまって手をつかえていた。

御屋敷に足を踏み入れるのは初めてだった。顔見知りの御家来衆が、長い御廊下のあちこちに平伏して母と小四郎を迎えた。

風の通る書院で待つうちに、御殿様がお出ましになった。鄙《ひな》の別荘である下屋敷にたいそうな設えはない。書院というても上下段があるわけではなく、御殿様は供のひとりも連れずに絽《ろ》の着流しで現れると、床を背にして着座なされた。

そもそも小四郎は、御殿様のお顔など知らなかった。長屋の桟窓から騎馬のうしろ姿を遠目に盗み見るのがせいぜいのところで、もし御屋敷の内外で出くわすことがあれば、たちまち土下座をしてやり過ごさねばならぬからである。

「面を上げよ」

お声がかかって、小四郎はわずかに顔をもたげた。

「もそっと。苦しゅうないぞ」

えい、ままよと背筋を伸ばした。あんがいお年を召されている。もしや父ではなく祖父ではないのか、母が落とし胤《だね》なのではないのかと小四郎は疑った。

しげしげと小四郎を見つめたあと、御殿様は妙にきっぱりと仰せになった。

「苦労をかけた。和泉守である」

はい、とだけ答えた。御前では滅多な口をきいてはならない、という母の言葉を思い出したからである。

ところが、黙りこくっていると母に膝をはたかれた。そこで小四郎は、今が親子の名乗りを上げるときなのだと気付いた。

自分は苦労などしていない。御殿様が苦労をかけたのは、父母であろうと小四郎は思った。

すると、わけのわからぬ憤りが肚の底からせり上がってきた。そして呑み下すいとまもなく、声になってしまった。

「間垣小四郎にございます」

母の手が膝を二度はたき、御殿様はからからとお笑いになった。

「まあ、急に思い立った話ゆえ無理もないが、間垣は余分じゃぞ」

間垣の父が余分なのか、と小四郎は思った。しかし口を噤《つぐ》んでいるうちに、耳元で父が囁《ささや》いたような気がした。「了簡せよ」と。

「小四郎にございます」

改めて名乗りを上げたとたん、間垣の姓とともに、父と父祖を捨てたように思えて、伸ばした背中が挫《くじ》けてしまった。

「なるほど。噂にたがわぬ利発な子供じゃな。向後は下屋敷の奥向《おくむき》に住まうがよい。追って沙汰する」

それだけを言うと、御殿様は衣ずれの音を残して去ってしまった。

しばらくの間、母と二人して蜩の声を聞いていた。何も語らずに、母は俯《うつむ》いているばかりだった。欣《よろこ》んでいるのか嘆いているのか、小四郎にはわからなかった。だから何ひとつ訊ねることもできなかった。

そののちも、母の口から改まって事情を聞いた憶えはない。長い時をかけて、耳に入ってくる話の断片をつなぎ合わせるほかはなかった。

親子の名乗りを上げたことにより、小四郎は松平和泉守の実子として幕府に御届けがなされた。その事実の前には、出自だのいきさつだのはどうでもよいことであるらしかった。

御殿様は対面の翌《あく》る朝、いかにも一仕事おえたとばかりに、そそくさと上屋敷に帰ってしまった。

そして小四郎の暮らしは、何から何まで変わった。口やかましい老役に行儀作法や言葉遣いを教えこまれ、御女中や御小姓につきまとわれた。むろん寺子屋通いは止められて、気難しい儒者の進講を受けねばならなくなり、内藤新宿の町道場に通うかわりに、御家来衆から選ばれた手練《てだ》れが小四郎に稽古をつけた。思いがけぬことには、学問も武術も手かげん毘かげんのないほど厳しかった。

間垣の父が越後丹生山《にぶやま》の御領分に向かったのは、一月ばかりのちの、秋風の立つ早朝である。

気遣うてくれる御女中があって、小四郎はまんじりともせずに寝所を抜け出し、御門前を見下ろす御庭の丘の、浅間《せんげん》神社を祀《まつ》った祠《ほこら》の脇で父の出立を見届けた。

夜がしらじらと明けるころ、示し合わせたものか平八郎と貞吉が石段を登ってきた。刈り入れを待つばかりの田圃には、柔らかな紗《しゃ》を渡したような細霧《さぎり》がかかっており、潜り戸を抜けた父はその靄《もや》のおもてを泳ぐようにして歩み始めた。

声も上げられず、手を振ることすらも憚《はばか》られて、小四郎はうしろかげを見送った。父ではないというのなら、いったいあの人は誰なのだろうと思うた。

そのとき、浅間様のお情けであろうか、ふいに風が渡って細霧が霽《は》れた。父は編笠をつまみ上げて立ち止まり、遥かに小四郎の姿を認めると、門番に咎められぬほど小さく、しかしはっきりと肯いてくれた。そしてたちまち踵《きびす》を返して、ふたたび振り返らなかった。

小四郎が涙に噎《む》せたのは、後にも先にもその一度きりである。

寝巻の膝を抱えて嘆きながら、いつもわしのそばにいてくれろと二人の友に願うたのは、その折であったと思う。他聞なきときには昔のままの友であってくれと、小四郎はたしかに言うた。

重臣たちはなかなか現れぬ。

しかし催促してはならなかった。武将の威を損ない、ひいては家来どもの不手際を責めることにもなりかねぬからである。

御庭は蜩の声を残して静まり返っている。松ヶ枝に騒いでいた鳥も、御縁側にぽつねんと佇む和泉守を嗤《わら》いながら水戸屋敷の森に帰ってしまった。

三、越後丹生山松平家縁起《えちごにぶやままつだいらけえんぎ》

子供のころ、御家老様だの御奉行様だのと呼ばれる人々は、さぞかしお忙しいのだろうと思うていた。ところが案外のことに、まめまめしく働いている重役などはひとりもいなかった。もっとも、その最たる者は「御殿様」と呼ばれるおのれ自身であるのだが。

中間小者は下士たちにせき立てられる。下士は上士に使い回される。その上士は重役たちに顎でこき使われる。よって家政の重きをなす者は、ほとんど体を使わぬらしい。よもや頭も使っておらぬのではあるまいな、などと疑えば、和泉守の心は昏《く》れゆく景色に染まってしまった。

越後丹生山《にぶやま》松平家は、その名の通り将軍家御家門のひとつである。しかし血脈を求めるためには、系譜を遥か昔まで遡《さかのぼ》らねばならぬ。

同じ御一門とはいえ、御三家御三卿は徳川姓である。また外様《とざま》国持ち大名の多くも松平姓を下賜《かし》されているが、それらはさておくとしても、正真正銘の松平家の数は夥《おびただ》しい。

そもそも松平は家康公の旧姓であり、三河国加茂郡松平郷を根拠としていた。まこと気の遠くなるような昔話ではあるが、家康公より八代前の親氏《ちかうじ》公の時代には、近在のあちらこちらを領している松平家があり、御祖父清康公が三河一国を統一したころは「十《じゆう》四松平《しまつだいら》」と称していた。

じゅうしまつ、といえば、和泉守が上屋敷の奥向で飼うている小鳥である。漢字では「十姉妹」と書くらしいが、実はこの「十四松平」に因《ちな》むのではないかと、和泉守は考えていた。

それはともかく、十四もの分家別家が合力《ごうりき》して三河一国を治め、ついに天下を取ったのである。家康公はその結束こそが泰平の世の基《もとい》であったとみて、それぞれを大名に封じた。丹生山松平家三万石は、そのひとつである。

すなわち、和泉守の血筋をたどれば家康公に行きつく、というのは思いちがいで、そこからさらに数代を遡らねば血縁は求められぬ。

さまで言うのであれば誰であろうが天下は親類だらけ、いわば肇国《ちようこく》神話の無理強いとも思えるのだが、それでも松平の姓と三葉葵の家紋を共有するからには、格式高い御一門の大名家にちがいはなかった。

ところで、松平の姓はそればかりではない。まず、二代将軍秀忠公から会津松平家が、三代家光公のお血筋から越智《おち》松平家が出た。さらには御三家の分家として、尾張からは美濃高須の松平、紀州からは伊予西条の松平、水戸に至っては讃岐高松を筆頭に四家の松平が立藩した。

しかし後年最も隆盛をきわめたのは、二代将軍になりそこねた結城《ゆうき》秀康公の系譜で、これは作州津山、越前福井をはじめ八家もの松平が立った。

ここまでで、松平姓の大名はしめて三十家。しかしまだ止まらぬ。

家康公の外孫を祖とする奥平松平。異父弟に始まる久松《ひさまつ》松平は、伊予松山や伊勢桑名などつごう五家の大繁盛。わけても異色の家は京の五摂《ごせっ》家から迎えられた鷹司《たかつかさ》松平家で、これは上野《こうずけ》吉井の一万石ながら、あだやおろそかにもできぬゆえ、城中殿席は越前松平家、加賀前田家とともに大廊下下之部屋と定められていた。同席の加賀百万石は松平の賜姓《しせい》を受けているので、公式には「松平加賀守」と称する。よって格式ある大廊下下之部屋は同姓松平の専用であった。ちなみに、隣の上之部屋は御三家の殿席である。

かくして、三百諸侯中の三十八家が正真正銘の松平、加うるに賜姓された大名の松平が二十家ばかり、旗本の松平家などはとうてい数え切れぬ。要するに城中において松平という姓は禁忌《きんき》に等しかった。

もっとも、そのほかのどの御殿様であろうと、城中で姓を呼ぶという習慣はない。苗字はあくまで家名であって、個人を示すものではないからである。

したがって、松平和泉守の呼称はおしなべて「和泉守殿」なのだが、いいかげんなことには同じ官名を持つ御殿様が何人もあって、ややこしいことこのうえなかった。

たとえば「藤堂和泉守殿」。伊勢の津に三十二万石を領知する大身ゆえ、和泉守と聞いて誰もが思いうかべるのは、まずこちらの御殿様であろう。

厄介なことには、「松平和泉守」という同姓同名もある。これは三河西尾の領主で、家の縁起や由緒も似ているうえ、殿席も同じ帝鑑の間だというのだからややこしい。

「和泉守殿ォー」とお呼びがかかれば、二人が同時に立ち上がって、しばしば諸侯の失笑を買った。

すると案内に来た茶坊主が、「西尾の」だの「丹生山の」だのと言い添える。ならばはなからそう呼べばよかりそうなものだが、城中での呼称は官名と定められているのだから仕方がない。むろん、実名《じつみょう》の「信房」を他人が軽々と口にしてはならぬ。

そうこう思えば、「松平和泉守信房」といういたいそうな姓名が、どれもこれもおのれの実体とは無縁の、仮着のような気がしてならなかった。「松平」は姓というより称号であり、「和泉守」は世襲の官名であり、「信房」の諱《いみな》は九歳の折に突然親子の名乗りを上げた父親が、勝手に命名したのである。

けっして仮着ではなかった「間垣小四郎」という名が、今さら懐かしくてならなかった。

「御殿様へ。ご重役方々そろそろ参上つかまつりますゆえ、お下がり下されませ」

磯貝平八郎が片膝をついて促した。

言われてみれば先ほどから御縁側のずっと端で、人の顔が見え隠れしている。こちらの様子を窺っているのであろう。

主従の対面には手順というものがあって、あくまで家来のかしこまる席に主君が出御《しゅつぎょ》せねばならぬ。その御殿様が書院の縁側でうろうろとしていたのでは、家来たちも出るに出られぬというわけである。

奥の控えの間に入ると、平八郎は障子を閉めたなり和泉守を説諭した。他聞なきときは定めて朋友の物言いに変わる。

「おい、小四郎。何を苛立っておるのだ。御家老たちはただならぬ気配を感じ取って相談しておるぞ。よいか、こうした話はな、相手に構えさせてはならぬ。平静を装うて、いくらか冗談めかして言わねば御家老たちも答えに窮するではないか」

それはわかる。しかるに献上品の目録不渡などという屈辱を、どうして冗談まじりに切り出せよう。

「まるで悪だくみと決めつけているようではないか。よもや重臣どもが、銀馬代を懐に収めたわけでもあるまい」

「そのほうがまだしもましというものだ。御大名がカラ目録を献上するほど貧乏しているのだぞ。よいか、小四郎。その貧乏大名とはいったい誰だ」

「そりゃ、わしじゃ」

つい答えてから、なるほどこれは公金横領の悪だくみのほうがよほどましだ、と和泉守も思った。カラ目録だの貧乏大名だの、歯に衣着せぬ平八郎の言葉が、がつがつと胸を穿《うが》った。

「ともかく、いきなり叱りつけてはなるまいぞ。冗談は言えぬにせよ、やんわりと訊ねるのだ」

「やんわりと訊ける話か」

「だからよォ、小四郎。ここで白黒をつけようとしてはならんぞ。なるたけ和気あいあいと、何かの手ちがい勘ちがいじゃろう、というような調子での」

持つべきものは友である。和泉守は然《しか》りと肯いて大きく息をつき、目を蒲鉾《かまぼこ》の形に細め、口を三日月に引いて笑顔を繕《つくろ》うた。

主君が家来を叱りつければ、それだけで罪を問うことになる。もし腹でも切られようものなら、事態はいよいよ混乱する。

御縁側が軋《きし》んで、書院に人の入る気配がした。平八郎が相を改めて言うた。

「御殿様。お出ましを」

「あいわかった」

「小姓の分限《ぶげん》にて、ご同席は致しかねまする」

「大儀である。縁側に控えおれ」

姿は見せずに聞き耳をたてていろ、と目で言うた。平八郎はひとつ肯いた。

「御殿様、お出ましにござりまする」

障子を開けて平八郎が呼ばわると、囁き声が止んだ。

平伏している家臣は二人きりである。屋敷に立ち戻って早々、重だった者を集めよと命じたのに、小半刻も待たせたあげく二人の家老だけがやってきた。

「御殿様におかせられましては、八朔の祝儀《しゅくぎ》をつつがなくおえられ、恐悦至極《きょうえつしごく》に存じまする」

筆頭家老の平塚吉左衛門《ひらつかきちざえもん》は六十を過ぎた老役である。おつむは白くかつ薄く、すでに月代《さかやき》を当たる手間もあるまい。髻《たぶさ》などはせいぜい小指ほどのいじらしさであった。

平塚家は三河以来の陪臣で、代々が丹生山松平家の筆頭家老を務める。

「暑さ厳しき折から、まことご苦労様にて。それがしは神田橋御門に控えおりましたが、お戻りが遅いゆえ案じておりました。さて、御城内にて何事かござりましたか」

天野大膳《あまのたいぜん》は三十なかば、実際に家政を取り仕切っているのはこちらだが、常に平塚吉左衛門の顔を立てることも忘れない。むろん髷は黒々と豊かであり、月代は剃り跡も青い。髻も赤児の腕ほどはあろう。

天野家は遥か昔の立藩の折に、家康公の命により付家老《つけがろう》として差遣《さけん》された家柄である。よって家中では今も天野家の当主を、「御付人様《おつけびと》」と呼び習わしていた。

「祝着《しゅうちゃく》である。面を上げい」

二人の家老は身を起こした。表情にふだんと変わった様子はなかった。

目録不渡。貧乏大名。いまだに信じられぬ事実が頭の中に膨らんで、怒鳴りつけそうになるところを和泉守はよく耐えた。

ここで白黒をつけようとしてはならぬ。なるたけ和気あいあいと、何かの手ちがい勘ちがいであろうという表情を装って、和泉守は目を三日月の形に細め、唇を引いてほほえんだ。

「いやなに、大事ない。長袴の裾を捌ききれずに、ちとよろけてしもうての。下城差留のうえ、御目付に叱られておった」

心なしか、二人の家老がほっと息をついたように見えた。

「ところで、祝儀の菓子などふるまおうと思うてみなを呼んだのだが、両名だけか」

当家には四人の家老がおり、うち二名は国元にあった。重だった者を召せと言えば、江戸詰の二人の家老のほかに表役の奉行職が列するはずである。わけても事情を訊ねたかったのは、勘定方の橋爪《はしづめ》左《さ》平次《へいじ》と、幕閣との交渉事に任ずる留守居役の楠《くすのき》五郎《ごろ》次《じ》郎《ろう》であった。

すなわち、これから切り出す本件の担当者を欠いている。白黒をつけようも何も、話にならぬ。

平塚吉左衛門が、このごろめっきりと老けこんだ顔をもたげて答えた。

「本日は八朔の式日ゆえ何かとあわただしく、御奉行衆はあいにく出払うておりまする」

さては金策か。そういえば勘定方も留守居役も、このごろ屋敷内でとんと姿を見かけぬ。

そもそも銭金の不始末などは、城中の御目付と当方の奉行衆の間でけりをつけるべきで、御老中から御殿様に直々のお達しなど、あってはならぬのである。

ということは、御老中もそれなりに肚を括ったのであるからして、すでに屋敷にはその旨を伝えてある、と読むべきであろう。目録不渡の一件につき、不本意ながら本日、御尊家和泉守殿と言談《いいだん》いたすべく、向後は御家中において主従あいまみえて宜しくご算段のほどを――などという書簡が届いたのではあるまいか。

いや、だからと言うて、きょうのきょう奉行衆が金策に走り回るとも思えぬ。やはり主君を煩《わずら》わせぬよう、奉行たちは遠慮したのであろう。

面と向き合えば詰問せぬわけにはゆかぬし、また勘定方や留守居役は知らぬ存ぜぬと言えぬ。あれこれ相談したうえで、二人の家老だけが書院にやってきたのだ。

家来どもの気遣いはありがたい。しかし、ことここに至っては肚を割って話し合うほかはあるまい、と和泉守は思った。

さて、そのあたりをどのように切り出したものか。

平塚吉左衛門はちんまりとうなだれてしまい、一方の天野大膳は背筋を伸ばして和泉守の胸元を睨んでいた。ここは何も言うて下されますな、とばかりに。

「ご無礼つかまつります」

うまいところで女中が茶を運んできた。

「なかなかの美形にござりまするな、御殿様」

天野が笑わずに言うた。どうせなら冗談めかして笑えと思うのだが、この若い家老には表情というものがない。

「ご実家はどちらにござるか」

女中は天野に向き直って、やや羞《はにか》みながら答えた。なるほど美形である。

「はい。大番組、菅野甚十郎《かんのじんじゅうろう》が娘にござりまする」

大番組といえば五番方の一、ことあらば徳川の先鋒を務める旗本中の旗本である。美形のうえに家柄も由緒正しく、挙措も雅《みや》びであった。

この春に和泉守が先代の跡を襲《と》って上屋敷に入ると、奥向には行儀見習と称して何人かの女中が上がった。和泉守も算え二十一歳、嫁取りをせねばならぬ齢ごろである。

女中たちの出自までは知らぬが、要はどれもこれも大名家の奥方にはふさわしいおなごなのであろう。好いた惚れたの嫁取りなどありえぬ立場であるのに、せめて選ばせてくれるというだけでもありがたい。

しかし、当の和泉守は急な襲封であわただしく、とうていそれどころではなかった。

今も天野大膳は、この娘はいかがかと水を向けたのである。むろん、まったくそれどころではなかった。

黙りこくったまま、三人はずるずると茶を啜《すす》った。祝儀の菓子には誰も手を付けようとしなかった。

池泉に闇が下りてきた。庭先で平八郎の焚く蚊遣《かやり》の煙が、芳《かぐわ》しく流れこんだ。

「吉左《きちざ》」

「ははっ」

「大膳」

「はっ」

「やはり審《つまび》らかにしておく。長袴の裾を踏んでよろけたわけではない。叱責も御目付から頂戴したわけではない。下城差留居残りのうえ、城中蘇鉄の間において、御老中板倉周防守様より直々に、目録不渡の件につきお叱りをたまわった」

まずい。まるで冗談めかせぬ。なになに大したことではないぞ、と笑い飛ばすつもりが、まるで通夜の訪《おとな》いみたように、愁傷きわまってしもうた。

しかし、そう思うそばから、和泉守の物言いはいよいよ深刻になっていった。庭先では平八郎が蚊遣に噎《む》せたふりをしてさかんに咳《しわぶ》くのだが、今さらまなこを蒲鉾に変えることも、への字の口を三日月にすることもできなかった。

「御老中の申されるところによると、年賀の献上目録には銀馬代として銀四十三匁を三枚、なおかつ家督相続の折にも、本日お届けした八朔の目録にも同様の記載があるそうな。相違ないか」

「相違ございませぬ」と、二人の家老は声を揃えた。

屋敷に戻るみちみち、和泉守は御駕籠の中で勘定をした。幼いころに通った柏木村の寺子屋は、多くが百姓町人の子らであったから、読み書きのほかに算盤まで教えてくれた。得意というほどではないが、武家には無用の算術を知っている。

一枚が四十三匁。なにゆえ半端な数であるかは知らぬが、多年のならわしというもので、おそらくとうに忘れられた何らかの意味があるのだろう。

三枚で百二十九匁。金一両は銀六十匁とされるゆえ、およそ二両強という勘定になる。

庶民にとっての二両は大金にちがいないが、大名家の献上品としては「たったの二両」というほかはあるまい。なぜなら、そもそも金一両の値打ちは米一石とされ、丹生山松平家の石高は三万石だからである。むろん越後は豊かな土地で、実高は三万石を遥かに上回るはずであった。

つまりそうした大名家が、米二石分にすぎぬ献上目録を、一度ならず二度まで不渡りにした。ふつうに考えれば、誰かしらが着服したということになるのだが、なぜか御老中はきっぱりと言ったのである。「ご尊家には、金がない」と。

その声は不穏な捨て鐘のごとく、和泉守の耳にずっと鳴り続けていた。

「しからば、事実を事実と認めたそちたちに、改めて訊ねる」

呟き続けていた平八郎が、ついに大きな嚔《くさめ》をした。

「家中に献上銀を着服した不届者がおるか」

どうかその不届者がいてくれ、と和泉守は希《ねが》った。もしいるのであれば、罰するどころか褒めてやりたい気分であった。

「誓って、おりませぬ」

平塚吉左衛門が俯いたまま言うた。何も誓わずともよい。

「大膳はどう思うか」

「はい。不届者はおりませぬ」

和泉守は落胆した。二人の言いようから察するに、不届者の探索をしたわけではなく、そもそも存在しない銀子なのだから盗まれようもない、と聞こえた。

和泉守は袴の腿を搔くふりをして、目に見えぬ算盤をはじいた。さては一桁まちがえたか。いや、まこと残念なことには、検算に誤りはなかった。

「三万石の大名家に、たった二石の米がないとは言わせぬ」

吉左衛門はいっそう俯き、大膳は天井を見上げた。そのしぐさでわかった。銭金のあるなしではなく、こやつらは算術がからきしなのだ。

ついに和泉守は、脇息《きょうそく》を押しやってぐいと膝を進めた。

「わからぬならわかるように申す。献上目録にある銀四十三匁の三枚分は百二十九匁、すなわちおよそ金二両、米二石分である。年賀、家督相続、本日の目録分、あわせたところでたかだか六石と四斗五升ではないか。ただちに現銀四十三匁を九枚《くまい》、つごう三百八十七匁を用意いたし、明日中にお届けせよ」

これでわからぬはずはあるまい。しかし二人の家老の表情は、相変わらず薄ぼんやりとして、何がわかったというふうではなかった。

仮に、当家の蔵の中にはビタ一文の銭もなく、借金を重ねて日々の賄《まかない》料や月々の御禄米を、どうにかこうにか間に合わせていたとする。だにしても、よもや献上目録の決済が、後回しになるはずはあるまい。

きょうび大名家の台所はどこも火の車で、「お借上《かりあ》げ」と称する御禄の遅配や一時差止めも、珍しい話ではないという。家来たちは気の毒だが、御家あってこその家来なのだから仕方がない。

しかし、目録不渡となれば大名家の面目は丸潰れ、場合によっては幕府に対する忠誠の実を問われて、お取り潰しだの転封《てんぽう》だの減封だのと、とんでもないことにもなりかねぬ。第一、賄料や御禄に較ぶれば、目録決済などほんのわずかな額ではないか。

要するにこれは、「金がない」などという簡単な話ではないとわかった。しかるに、ではどうしたわけなのだと考えても謎である。家老たちは口を噤んだまま、何を答えるでもない。

蚊遣の煙とともに夜の黙《しじま》が書院に浸《し》み入ってきた。

「ご無礼つかまつります」

先ほどとはちがう女中が灯りを持ってきた。

「ほう。これもまた、美形にござりまするな、御殿様」

天野大膳が言うた。いいかげん黙りこくった末に、ようやく口を開ければこれか。

「お女中、ご実家はどちらかな」

燭台《しょくだい》の上明《うわあ》かりに照らされた顔はたしかに美しいが、一重瞼《まぶた》の目元は涼しく薄い唇はきりりと引き締まって、気の強さを感じさせた。

「町方にございますれば、名乗るほどの里は持ちませぬ」

謙《へりくだ》るというより、いくらか機嫌を損ねたようにそう答えて、女中はさっさと退《さ》がってしまった。

平塚吉左衛門が俯けていた顔をもたげて言うた。

「あれは日本橋のさる大店《おおだな》の娘にございましての。同じ行儀見習でも、町衆ならば出自を問われて答えぬのも道理でございましょう。なかなか分を弁えておりまする」

むろん女中たちの顔には憶えがある。しかし和泉守にとってそれらは、襖の絵柄や御庭の草木と同様の風景でしかなかった。

「それどころではあるまい。よいか、明日中に現銀三百八十七匁、きっと耳を揃えて御城にお届けせよ。しかと下知《げち》する」

語気を強めて和泉守は命じた。襲封以来、いや九つの齢でやにわに若様となってから、どうこうせよと家来に命じたのは初めてであった。望みは口に出してもよいが、命じてはならぬのが主たる者の心がけだと教えられていた。

いくらか言葉が過ぎたか。しかしさすがに応えたとみえ、家老たちは半畳ばかりも後ずさって平伏した。

「御殿様、お畏れながら――」

手をつかえたまま吉左衛門が言うた。

「何じゃ、吉左。物ははっきりと申せ」

「ははっ。お畏れながら、おんみずから御下知あそばさるるはいかがかと」

「一家の主が家来に下知するは当たり前であろう」

「いえ、御殿様。武将が家来に下知なさるるは戦場《いくさば》の限りにて、卑しき銭金につき御采配を揮《ふる》わるるは、御《おん》大将の面目にかかわりまする。お下知につきましては悉皆《しっかい》承知つかまつりましたるゆえ、向後一切、お口に出されぬようお願い申し上げまする」

さなる理屈もあろう。だが、和泉守の耳には筆頭家老の諫言《かんげん》と聞こえなかった。謎を解こうとはするな、二度と口を挟むな、と言うているのである。

二人の家老は面を上げると、いくらか憮然《ぶぜん》とした様子で、物も言わずに書院を退がった。

あたりを窺いながら、磯貝平八郎が御縁側に這い上がり、書院の敷居ごしに潜み声を絞った。

「おい、小四郎。いくら何でも二両や三両の金がないはずはないぞ。金がないのではのうて、払う気がないのだ」

和泉守は腕組みをして首をかしげた。たしかにそうとしか思えぬ。しからば尚のこと謎は深まるのである。

控えの間で聞き耳を立てていたのであろうか、矢部貞吉も御縁側を這い寄ってきた。

「まったくわからんのう。わしらも御禄米はきちんと頂戴しておるし、お借上げなどは他所事《よそごと》じゃと思うていた。ましてや平塚様の御禄は二千五百石、天野様は二千石の御高《おたか》知《ち》じゃぞい。仮に当座の金がないにせよ、たかだかの献上銀など立て替えられぬはずもなかろう。いや、わからん。まったくわからん」

利発な貞吉でもわからぬのだから、おのれのおつむでどう考えようとこの謎は解けまい、と和泉守は思った。

「平八、馬曳け」

言うが早いか和泉守は、立ち上がって床の間の大小を腰に差し、下緒《さげお》を引き抜くと襷《たすき》に掛けた。

「エッ、馬曳き出して何とする」

「わしは木偶《でく》ではない。考えてもわからぬものなら、下屋敷に乗っこんで御先代様に訊ぬるほかはなかろう。おぬしらも供駆けせい」

仰天しながらも二人の朋友は、合点承知とばかりに御厩《おうまや》へと走る。待つほどもなくじきに、屈強な三頭の馬が気合たっぷりに曳かれてきた。

突然の騒ぎに人が湧いて出た。

「今宵は東照神君様江戸入りの八月朔日《ついたち》、和泉守は御みたまを奉じてこれより上野のお山まで遠駆けいたす。小姓どものほかに供連れはいらぬ。いざ！」

開門、開門、と口々に叫びつつ三騎が御門より乗り出せば、八朔の夜空に月はないが、満天の星がしらじらと道を示していた。

行先は上野のお山の東照宮ではなく、生まれ育った柏木村の下屋敷である。

四、悠悠閑閑無暦日《ゆうゆうかんかんれきじつなし》

きょうもまた佳き日であった——。

縁側に五合徳利を据えて欠け茶碗を舐めながら、御隠居様はしみじみそう思った。

月がないせいで、田圃に舞う蛍火が眩《まば》ゆいほどである。

群からはぐれた一匹が夜風に流されて、よろめきながら野良着の襟にとまった。息づくような光は愛らしく、払う気にはなれぬ。

野良着の首には、汗のひからびた手拭がかかっている。武士にはあるまじき無調法である。子供のころ、剣術の稽古のあとに井戸端で汗を拭っていたら、背後から忍び寄った指南役に手拭もろとも首を絞められた。「若様、隙あり」というわけである。

家督を譲って隠居をしたのだから武家も店じまいと思い定めて、これまで無調法とされていたことは片ッ端からやっている。

隠居といえば、俗世を離れて一丘一壑《いっきゅういちがく》に身を慎み、悠々自適に風流を楽しむとされる。そんなこと、誰が定《き》めた。囲碁、将棋、盆栽いじり。あるいは、俳諧、茶の湯、先祖供養。そうしたくさぐさの、いったい何が風流であるものか。

隠居とは余生を楽しむものではない。これまでおのれを縛《いまし》めてきた権威や礼節をことごとく打ち棄て、まったく別の人生を求むるがまことの隠居であろう。

などと考えてはいても、ではどのようにすればよいのだと迷いつつ柏木村の下屋敷に移徙《いし》したところ、このうらぶれた百姓家が目に留まったのだった。

それは下屋敷の裏門の先の、田圃の畦《あぜ》をたどった竹藪の際に、押せば倒れそうなくらい破《や》れ傾いて立つ一軒家だった。

独り暮らしの小作が幾年か前に亡《の》うなったのちは、荒れるに任せているという。

これじゃ、と思うた御隠居は、さっそく足軽どもに命じて腐れ傾いた柱を引き起こし、村大工を雇うて雨漏りのせぬ程度に修繕させた。

その「雨漏りのせぬ程度」のころあいは難しかった。ちょいと目を離すと、御先代様の隠居所だと思うている大工たちが、まるで茶室のように立派な設《しつら》えを施してしまうからである。よってしばしば普請場を訪《おとの》うては、せっかく張った床《とこ》を引き剝がしたり、立て付けの悪い障子や引戸を、悪いままに嵌《は》め直させたりしなければならなかった。

しまいにはみずから見よう見まねで道具を握った。もともと手先はたいそう器用であるから、家来衆も大工も舌を巻いた。そこで調子に乗った御隠居は、腹掛けに股引《ももひ》きの衣裳を誂《あつら》え、捻り鉢巻の俄《にわ》か棟梁となった。

そのようにして、まこところあいの百姓家が再生されたのは、折しも田植えの季節であった。もとの小作が耕していた一反の田圃といくらかの菜園を名主から召し上げて、別の人生が始まった。

そもそも柏木村の下屋敷は御公儀からの拝領屋敷であって、丹生山《にぶやま》松平家の地所ではない。むろん周辺の田畑も御天領である。よってこれはずいぶんと勝手な話なのではあるが、「御大名の御隠居ともあろうお方が、民草の労苦を知るためにみずから百姓家に住まい鋤鍬《すきくわ》を握る美談」と解されたらしく、お咎めらしきものは何もなかった。

それどころか、美談と信じた代官所の役人と名主が肩衣半袴《かたぎぬはんばかま》の身なりでいそいそとやってきて、田圃に注連縄《しめなわ》を張りめぐらせ、熊野神社の神官が祝詞《のりと》まで上げる騒ぎとなった。

野良仕事は足軽どもが教えてくれた。江戸詰の家来は役に立たぬが、参勤道中に随う者は、在国中はせっせと田畑を耕して食い扶持《ぶち》を稼いでいる。剣よりも鋤鍬のほうがよほど達者なほどであった。

いくら何でも御隠居様に肥《こえ》を撒かせるのはいかがなものか、という声もあったが、いっさい耳は貸さなかった。はたがどう思おうが、まさか百姓の労苦を偲《しの》んでいるわけではなく、百姓として生きたいのであるから、禁忌などあってはならなかった。

齢《よわい》六十、しかるに弓馬の術に長じ、遠駆けや御鷹狩《おたかがり》を好まれた体はすこぶる頑健である。身丈は六尺豊かで、いまだ筋骨も逞《たくま》しく、厳《いかめ》しいお顔とも相俟《あいま》って五つ六つは若く見える。

実はこの押し出しの利くみてくれが癪《しゃく》の種であった。

遅くとも嫡男が二十歳《はたち》を過ぎれば、家督を譲って隠居するが世の習いである。ところが自身は五つ六つも若く見えるうえ、その嫡男も五つ六つは幼く見えたので、家督相続うんぬんを口に出す者はなかった。

加うるに、天保年間のそのころは例年のように不作が続き、家政が著しく逼迫《ひっぱく》した。頭は賢いが気弱な嫡男に苦労をかけたくない親心から、相続は延び延びとなった。

しかし作柄はいつまでたっても回復せず、さらには江戸城修復のお手伝《てつだい》を命ぜられるなど物入りが重なって、この数年の間に家政はいよいよ窮乏したらしい。

「らしい」というは、詳しい事情などよく知らぬのである。よその御家はどうかわからぬが、三河以来の御家門たる当家には、いまだ大名ではなく武将であるとの気風があって、卑しき銭金のことなどは主の耳に入れてはならず、また主も訊ねてはならなかった。

実情を知ったのは、おととしの在府の折である。江戸詰の重臣どもが雁首《がんくび》揃えて参上し、お畏れながらと説明をした。

むろん帳面を見せるわけでもなく、借金の高を口にするはずもなかった。武将は金銭になどかかわってはならぬ貴《たっと》き人だからである。

要するに、当家には金がない。これまでは百石取り以上の上士の禄を半知《はんち》、すなわち半額としてどうにかやりくりしてきたが、いよいよもって下士足軽に至るまで、お借上げと称して減俸せねばならなくなった。譜代の御高知衆ならば多少の余裕もあるし口も堅いが、ただでさえ食うや食わずの下士どもは愚痴もこぼそう、なかんずく噂も立とう。

そこでさすがにこの案件ばかりは、前もってお耳に入れておく、というわけである。

それはならぬ、と言うた。武将の差配は戦場《いくさば》のみ、卑しき竈事《かまどごと》に口を挟んではならぬとはわかっていたが、これぱかりはいつものように、「よきにはからえ」とは言えなかった。

重臣たちは顔色を失うた。

「家来のことごとくは三河以来、戦場にて生死を共にして参ったつわものが裔《すえ》である。その者どもに飢《う》えて死ねと命ずるのであれば、この泰平の世を戦場と心得て、一兵残らず討死するが道理であろう。すなわち、武家の体面を穢すのであれば、倒産絶家、否《いな》お取り潰しも厭《いと》わぬ。丹生山松平家は十二代和泉守をもってしまいといたす」

などと、大見得を切った。そこまで言えば、知恵を絞ってどうにかするだろうと思うたのである。

しかし、豈図《あにはか》らんやどうにもならなかった。いや、よくは知らぬがどうにもならなかったらしい。

主命《しゆうめい》により下士どもの御禄借上げはなされなかったものの、おそらくありとあらゆる節倹を重ね、借金の上積みをし、出すべきものは舌も出さぬの態《てい》で家政を執り行うていることは、ひしひしと感じられた。

さて、そうこうするうちに本年めでたく還暦を迎えた。これはまあ、いかに壮健であっても人生の一区切りであるからして、事情がどうであれ家督相続を考えぬわけにはゆかぬ。

もとより君主の座に固執しているのではない。すべてを嫡男におっつけて隠居できるものなら、とうにしている。

しかるに、おのれが誤解されるだけならともかく、聡明な倅が馬鹿と思われるのも気の毒であると考え、ついに肚《き》を定めた。さなる決心をしたからには、おのれも倅も納得ずくでなければならぬ。そう思うて新年早々に勘定奉行を二人の膝前に据え、一切合財つまびらかにするよう迫った。

ああ、その日のことは思い出したくもない。

主命とあらば致し方なしと、勘定方は青ざめながら帳面や証文を書院いっぱいに並べ、かくかくしかじか説明すること数刻に及んだ。家政の詳細が明らかになったのである。借金総額しめて二十五万両。年間の支払利息は概《おおむ》ね一割二分で、三万両。しかしこの数年の歳入は、せいぜい一万両であるという。

すなわち、算盤をはじくまでもなく、まったく挽回不能であり、ただ御大名の権威によって御家が従前通り存続しているに過ぎぬ。それはそれで大したものだとは思うたが、よく考えてみれば、これが何ら権威のない町衆の話ならば、とうの昔に白黒がついているはずで、大名家ゆえにここまで借金が膨らんだのである。

借りた金は返さねばならぬ。せめて利息を詰めていれば体面も保てようが、それとて遠く及ばず借金に積み上げられてゆく。すでに地獄である。

かような実情とはつゆ知らず、嫡男にすべてを聞かせてしもうたは不覚であった。その性《さが》は聡明にして気弱。いずれも長所短所というより、こうした話を聞くには不適当であった。

父上、ご無礼つかまつる、と言うてしばしば厠《かわや》に立った。書院に戻ってくるたびに面《おも》窶《やつ》れしており、次第に足元も蹌踉《そうろう》としてきた。

その嫡男が血を吐いて昏倒したのは翌る朝であった。医師の診立《みた》てによれば、胃の腑に穴があいたという重篤で、水も飲めぬまま苦しみ抜いたあげく、十日目の晩に息絶えてしもうた。

聡明であるがゆえに事情を深く解し、気弱ゆえにたちまち胃の腑に穴があいたのである。

幸い父親は倅ほど聡明ではなく、けっして気弱なたちではなかったから、葬儀のあとでしばらく寝込みはしたものの大事には至らなかった。

その寝牀《ねどこ》の中で、うつらうつらと考えたのである。

聞いただけで命を落とすような実情の御家は滅さねばならぬ、と。権威に恃《たの》んで存続すればするほど、天下に害を及ぼすだけである、と。

しかし、ことほどさように簡単な話ではあるまい。世の中には順逆の理というものがあって、たとえば家を建てるよりも壊すほうが難しいと聞く。最も卑近な例をとれば、店開きよりも店じまいのほうが手間である。おのれの経験に照らしても、おなごを口説くよりは別れるほうがずっと金もかかるし知恵も要る。

そうこう考えれば、嫡男の急死によって一遍に十も老耄《ろうもう》したおのれには、始末をつける自信がない。

順序からいえば次男にお鉢が回るが、これは親の贔屓目《ひいきめ》で見ても天衣無縫の馬鹿である。二十六にもなって嫁取りもできぬどころか、いまだ二本洟《ばな》を垂らして駒込の中屋敷にぶらぶらとしている。まずは論外。

三男は生まれつき病弱で、二十四の齢まで生き永らえたが果報というべきである。これは越後の国元で今も寝たり起きたりの暮らしぶりであるゆえ、御家滅却の話など、聞いたとたんに即死する。

さて、算え二十一になる四男。小四郎と称するこの倅とは縁《えにし》が薄い。とりたてて何がすぐれているというわけでもなさそうだが、とりあえずは気弱でも馬鹿でも病弱でもなさそうではある。しかし、わが子とはいえよくは知らぬのだから何とも言えぬ。

精のあり余っていた壮年のころ、たまたま出向いた下屋敷で下働きの女中に手を付け、孕《はら》ませてしもうた。だが、そうと聞いても口やかましい奥方の手前あれこれ面倒ゆえ、門長屋に住まう軽輩に下げ渡した。

生まれる子が男子であったとしても、上に三人も兄がおれば用はあるまい、と思うたのである。

ところが、嫡男はまずまず育ったが、どうも次男三男の出来が悪い。これでは万が一の折に心もとないと思い立ち、足軽の子として九歳になっていた小四郎を認知することにした。口やかましい奥方が身罷《みまか》ったのちであったから、面倒は何もなかった。

悪い予感は中《あた》った。家政の実情を知って嫡男が悶死するという、万が一の事態が起こったのである。いや、おのれはけっして勘のよいほうではないから、これはおそらくご先祖様が御みたまのお導きにちがいない、と思うた。

さっそく筆頭家老の平塚吉左衛門と、利《き》れ者の天野大膳を枕元に呼んで相談したところ、両名もこの妙案に賛同した。

御家滅却などという一件、馬鹿にはできぬ利口にはなおさらできぬ、小四郎様はまさしく適役、と口を揃えて言うた。

二百五十有余年も続いた大名家を潰すとなれば、問題は山ほどあろうが、いちいち解決する必要はない。ともかく返せるはずのない二十五万両の借金を、ちゃらくらにするのである。

この先は返すべき金をビタ一文返さず、世間の風評など念仏と聞き流し、ついに業を煮やした幕府から「松平和泉守、領知経営不行届に付き改易《かいえき》」の御沙汰を待てばよい。

それも今日の明日のという話ではないから、のらりくらりとしながら現金を貯え、めでたく落城の折に当面の生計《たつき》として配分すれば、家来衆も御禄借上げの飼殺しよりはよほどましであろう。

その間に上士はそれぞれ伝《つて》をたどって仕官の道を探すもよし、伝なき下士は田畑を買い求めて帰農するなり、小商いでも始めればよい。まこと妙案である。

懸念といえば家族の行く末であるが、故実に詳しい平塚吉左衛門が答うるには、改易ということならどこぞの裕福な御大名にお預けとなるそうな。

すると、あちこちの御家に顔の広い留守居役の楠五郎次郎が、根回しはお任せあれと申し出た。御家門の誼《よしみ》で会津様か越前様、御血縁が濃ゆいのは米沢の上杉侯。いやむしろ、何の御縁がなくとも西国か奥州の御大身のほうが、貴人のお預かりには慣れているのではないか。いずれにせよ、名門丹生山松平家の家族を迎えるというは、どの御家にとっても名誉にはちがいないゆえ、さほど難しい話ではあるまい、と。ただし、当主すなわち小四郎は責を一身に負うて自害。これでめでたしめでたし。

そうと聞けば懸念は何もなし、いよいよもって妙案である。まずは小四郎めに家督を譲り、おのれは下屋敷に隠居して風流三昧、そして少くとも向こう一年、できれば二年か三年も粘ってくれれば、いざ御家滅却のそのとき家来衆に渡す金もそれだけ多くなる。

そもそも御隠居様には、みずからもふしぎに思うくらい、家に対する愛着がなかった。「御家大事」というのは武士の徳目なのであって、まさかその御家とやらに愛情を抱いているわけではない。

家康公のお血筋である松平家や、名だたる戦国武将を家祖とする大名家はどうか知らぬが、遠い昔に将軍家の藩屛《はんぺい》としてでっち上げられたわが家を、矜《ほこ》りとすることができぬのである。

むろん、自分なりに悩みもした。しかし悩んでどうにかなる話ではなかった。二十五万両の借金はおのが不始末ではなく、歴代の累積だからである。要するに父祖代々が、自分と同様ふしぎなくらい御家に愛着しなかった結果、こんなことになった。

そう気付いたとたん、胸の蟠《わだかま》りが晴れたのである。でっち上げられた家を、ぶち壊してなぜ悪い、と。

そして、その当然の結末を実現しうる当主といえば、いくらかかわいそうだとも思うのだけれど、足軽の子として育てられたゆえに打たれ強い、小四郎しかいなかった。

「御隠居様、一大事にござりまする」

百姓家の庭先に駆けこんできた用人が、片膝をついて言うた。

鄙里《ひなざと》の夢を破られた御隠居は、欠け茶碗を放り捨てて叱った。

「何べん言うたらわかる。与作《よさく》と呼べ」

「ハハッ。では与作様、一大事にござりまする」

「サマは余分じゃ」

「ハッ。では、ご無礼ながら――おい、与作。一大事じゃぞい」

用人が立ち上がって偉そうに言い直すと、御隠居は百姓与作になりきって縁側から飛び下り、蛙《かわず》のように身をこごめた。

「ご勘弁、ご勘弁。さてもお役人様、いったいこの夜更けに、何のご詮議にございましょう」

百姓の声など直《じか》に聞いたことがないので、言葉遣いはなかなか垢抜けぬ。御隠居様に土下座をされて、いったいどうすればよいのやらと、用人は立ったりしゃがんだりしたあげく、たいそう中途半端な物言いで一大事を告げた。

「ええと、与作とやら。つい今しがた小石川上屋敷より、御殿様が早駆けでお出ましになられましてな。御父上様に火急の用ありと申されて、書院にてお待ちかねにござりまする」

ハテ、と百姓与作こと御隠居様は、蓬髪《ほうはつ》の頭《かしら》をもたげて首をひねった。さては小四郎め、早くも御家滅却の計略に気付いたか。思えば本日は八朔の総登城、悪い噂が耳に入って、真偽のほどを問い糺《ただ》さんと飛んできたのやもしれぬ。

計略を承知している家来は、上屋敷にある二人の家老と留守居役と勘定方、そしてこれなる下屋敷用人のつごう五名、いずれも肝胆《かんたん》相照らして前代未聞の大名倒産を目論む重役どもゆえ、問われて答えるはずはない。

「もったいない話ではございますが、御殿様のお召しとあらば、参上つかまつりまする」

そう答えてから御隠居は、やっぱりこの物言いは小作ではない、せいぜい名主の言葉遣いであろうと反省した。

「では御隠居様、いやもとい与作よ。お目通りするからには、その乱れ髪をどうにか致せ。むろん野良着もお召しかえ、じゃなかった、着替えねばなるまいぞ」

それも手間である。しかし、このなりで書院に上がったのでは、話がいよいよややこしくなりそうな気がした。

きょうの風流はここまでにしよう。

「八兵衛《はちべえ》、近う」

御隠居は相を改めて縁側に腰を据え、用人を呼び寄せた。あたりに耳目のないことを確かめ、集《すだ》く虫の音に紛れるほどの小声で囁いた。

「そちはどう思うか」

「ハッ。ただならぬご面相から察するに、城中にて何ごとかお耳に入った、と」

「やはりそうであろうの。だとすると、もはやこちらの手の内に入れてしまうほかはあるまい」

「やっ、それはまだ早いと存じまする。御殿様はいまだお若くあらせられるうえ、生真面目なご気性にござれば、どうお考えになるかはわかりませぬ」

たしかに。小四郎は馬鹿でも利口でもないと思うが、生真面目であることはたしかである。それは概《おおむ》ねちゃらんぽらんな一族の中にあって、異色とも言える。おそらく育て親の足軽が、よほどの堅物であったのだろう。

「しかも、二人の供連れがござりまする。そやつらの顔色も尋常を欠いておりますれば、ここはひとつ、よしなに」

よしなに、というのはシラを切れということであろう。

供連れの二人の目星はつく。名前などいちいち覚えてはいないが、小四郎のたっての願いで幼なじみの軽輩を二人、小姓に付けていた。

老獪《ろうかい》な重臣どもは信用できるにしても、二十歳《はたち》かそこいらの若侍などを巻きこんで、計略が無事に運ぶとは思えなかった。やはりここは用人の申す通り、「よしなに」すますほかはあるまい。

御隠居は八朔の夜空に溢るる星ぼしを見上げて、深く息をついた。豊かな東海五国を召し上げられ、関東に押しこめられた権現様も、きっと江戸入りの八朔の宵には、深い溜息をついてこの星空を見上げたのであろう。

「ハテ、御隠居様。きょうは一日、野良にお出ましとの由、格別お加減が悪いとは見えませぬが」

奥向の寝所に牀《とこ》を延べさせ、寝巻に着替えているところになつがやってきた。

「いや何。まさか仮病を使うておるわけではないぞ。野良には出たものの、やはり具合が悪うて百姓家にて寝ておったのじゃ」

なつは心配するどころか、裲襠《うちかけ》の袖を口元に当てて、ほほほと笑うた。

「何がおかしい」

「いえ、御隠居様はおつむがよい、と」

「無礼者めが。よいな、なつ。野良の無理がたたって病がぶり返したのじゃ」

「はい、かしこまりました。かしこまりましたとも」

褥《しとね》に横たわり、薄物を掛けられたとき、女ざかりの艶が匂い立って、御隠居は思わずなつの掌《て》を握った。

「ご病人がおたわむれをなされますな」

やはり拒まれた。国元に帰った足軽ばらに、今も操を立てているのかと思えば嫉《ねた》ましくもあるが、もともと非道はこちらなのであるから無理強いはできぬ。できぬと思えば尚さら、手の届かぬかりそめの妻が美しゅう見えてならなかった。

契《ちぎ》りをかわしたのは一度きりである。その一度きりで子種が宿ったと知り、すでに男子二人を挙げた正室の手前、あわてて家来に下げ渡してしもうた。

十五の生娘《きむすめ》は三十六のおなごになった。小四郎が家督を襲《と》り、十三代和泉守として立ったのであるからして、ご生母「お夏の方様」は小石川の上屋敷に移徙《いし》すべきなのであるが、亡き奥方様に申しわけないと言うて、なつは下屋敷に住み続けていた。

むろんその心中は言葉通りではあるまい。そこに御隠居がのこのこと引越してきたのであるから、話はややこしくなった。

もっとも、御隠居が国元に帰らず下屋敷にとどまったのは、何もなつが恋しかったからではない。御家滅却の大胆な計略を見届けねばならなかったからである。

「小四郎をこれへ」

御隠居は用人に命じた。蓬髪も無精髭も、長患いの病人に見えるであろう。土埃にまみれた顔は、見ようによっては土気色である。とっさの機転ではあるが、上出来だと御隠居はひそかにほくそ笑んだ。

「まことに畏れ入りますが、御方《おかた》様にはご遠慮いただきますよう」

用人が言うた。そうじゃ、あやういところであった。なつは計略をまったく知らぬ。

「おや、まあ。せっかく親子三人、水入らずで語り合えると思うておりましたのに」

「いえ、御方様。御殿様のご来意は表向のご相談事にて、なにとぞお控え下されませ」

用人は毅然として言うた。薄物の下で胸が轟《とどろ》き始めた。このひやひやする感じがたまらぬ。なつはすでに何かしら勘を働かせているのではないかと思えば、ひやひやもひとしおであった。

「この時刻に馬を駆って参ったは、八朔の総登城で何か不作法でもあったか。ならば、おなごの聞く話ではなかろう。水入らずの話は後にいたせ」

「かしこまりました」

なつは憮然として立ち上がり、裲襠の裾を翻して去った。

まこと美しい、と御隠居は思った。なつには、武家育ちのおなごの持ちえぬ、のびやかな野性を感ずる。身丈が高く、肥えてはいないが芯の入った骨太の体も、草木の靭《つよ》さを感じさせた。しかし、心はけっして草木のように靡《なび》かぬ。

衣ずれの音が入側を遠ざかると、じきに小四郎がやってきた。

「父上、お久しゅうござりまする。ご病牀《びょうしょう》にもかかわらず参上つかまつりましたる無礼は、何とぞお赦《ゆる》し下されませ」

小石川から一息に馬を攻めてきたのであろう、鬢《びん》がほつれていた。しかし、寝所の灯に照らし出された居ずまいは、見るたびに武将の貫禄を備えてくるように思われた。

親としては頼もしい限りであるが、さてそれを手放しで喜んでよいものやら、この際はも少し頼りないぐらいで丁度よい。

用人に背を支えられて、御隠居は牀《とこ》に身を起こした。空咳《からぜき》を二つ三つ。芝居がすぎて、何やら本当に具合が悪くなったような気がしてきた。

「城中にて何か不作法でもあったか」

いいえ、とひとこと言うたなり、小四郎は眦《まなじり》を決して褥ににじり寄った。

まずい。この気魄《きはく》はただごとではない。

「父上にお訊ねいたします。当家には金がないのですか」

おお、何という卒直な物言い。真面目な人間はこれだから嫌だ。

気負けしてはならじと、御隠居はさらなる気魄をこめて言い返した。

「金はない。だからどうだと言うのだ」

五、冷水一椀百万石《ひやみずひとわんひやくまんごく》

「エー、ひゃっこい、ひゃっこい」

磯貝平八郎と矢部貞吉は冷水売りの呼び声で目を覚ました。

褌《ふんどし》一丁の体を同時にむっくりと起こす。いくら寝ても寝たらぬ齢ごろであるうえ、柏木村の下屋敷から駆け戻って牀《とこ》に就いたのは真夜中であった。しかるに、寝つきのよさと目覚めのよさは武士の心得である。

冷水売りは毎朝きまって、明六ツの鐘よりも早くにやってきた。これを呼び止めて、門長屋の桟窓ごしに目覚ましの水を求めるところから、平八郎と貞吉の一日は始まる。

「エー、ひゃっこい、ひゃっこい」

それがわかっているから、冷水売りは丹生山《にぶやま》屋敷の門長屋ぞいに声を上げながら、ゆっくりと歩いてくるのである。

一椀が四文《よもん》。銭を払って水を買うというのも馬鹿げた話だが、口にしてみれば水道橋の懸樋《かけひ》の水とはえらいちがいで、甘く冷たい。

広小路に面した丹生山屋敷の桟窓で一商いしたあと、水売りは目の前の水道橋の袂《たもと》に天秤棒をおろして店開きをする。しかし、それもせいぜい半刻ばかりで、冷水が温《ぬく》まったと思えば、橋の上から神田川にざんぶと捨てて店じまい、その潔さは遠目に眺めていても胸がすく。そういう商いだからこそ、朝一番の冷えた一椀を、銭を払ってでも飲みたいと思うのである。

「エー、ひゃっこい、ひゃっこい」

「せかせるな、おやじ。百万石の御泉水を裸で頂戴するわけにもゆくまい」

平八郎は着物を羽織って、窓ごしに銭を渡した。門長屋は石垣の上にあるから、頬かむりをした水売りの顔は目の下である。

「へい、毎度どうも」

桟窓のすきまから、伸び上がるようにして差し入れられた水は、真鍮《しんちゅう》の椀がみっしりと汗をかくほどに冷え切っていた。

実にうまい。飲むそばから体にしみ渡り、たちまち一日の精気が漲《みなぎ》るように感じられた。

この水は「百万石の御泉水」というふれこみで、毎朝本郷の加州屋敷から汲んでくるのだそうだ。むろん、棒手振《ぼてふ》りごときが加賀百万石の上屋敷に出入りできるはずもないから、まあそのあたりの井戸水、というほどの意味であろう。

「ほい、わしも一杯」

貞吉も銭を渡し、なみなみと注がれた一椀の水を、こぼさぬように用心しいしい呷《あお》った。飲み干したとたん、思わず天井を見上げて息をつくほどうまい。

四文の水に二文を足せば砂糖が一つまみ、さらに二文で白玉が入るのだが、二人にとっては水の甘さだけで十分だった。

江戸の町は起伏に富み、低いところはもともとが湿地であるから水が悪い。井戸の多くも、実は神田上水からの引き水である。それとて遥か西の井の頭池より、武蔵野をのんびりと流れてくるのであるから、うまい水であるはずはなかった。丹生山屋敷の井戸も、その引き水である。夏の今ごろは匂いが立つほど腐れていて、とうてい飲めたものではなかった。

いきおい、江戸で銘水の井戸といえば高台に限られるから、なるほど本郷向ヶ岡の加州屋敷やその界隈ならば、うまい水も出よう。

「もう一杯、おかわりはいかがでござんしょう」

貞吉が桟窓に屈みこんで椀を返すと、水売りのおやじは目の下から囁き返すように言うた。

「朝っぱらからそうも贅沢はできまい」

「いえ、お侍様。常日ごろからご贔屓《ひいき》にしていただいておりますので、お代はけっこうでござんす」

平八郎と貞吉は顔を見合わせた。たしかに毎朝水を買うてはいるが、おやじが余分な口をきいたためしはなかった。

「ささ、ご遠慮なさらず。お二方ともずいぶんとくたびれていなさるようだ。腹一杯お飲みなさんし」

齢は四十なかばと見える。身なりは粗末だが小ざっぱりとしており、毎朝天秤棒を担いで本郷と小石川の坂道を往還する体はたくましかった。

「押し売りなら銭は払わんぞ」

平八郎は訝《いぶか》しげに言うた。

「ははっ、四文の水を押し売りするほど困っちゃおりやせん」

差し入れられた水をまた一息に飲み干してから、平八郎は気がかりを訊ねた。

「どうしてわしらが、くたびれているとわかるのだ。まるで辻占いのような言いぐさではないか」

口が過ぎたと思うたのであろうか、水売りはしばらく黙りこくってから、「そちらさんも」と真鍮の椀を貞吉に勧めた。

「けさはふだんよりちょいと早かったせいで、水道橋の辻番もまだ立っちゃおりません。そいつの袂《ボタ》に十文《ともん》の銭を落とさにゃ、そこいらで物を売っちゃならねえてえ、昔からのお定めでござんす。そこで私《あっし》ァ、こちらさんの御門長屋の壁によっかかって暇を潰させていただきやすが、独り言に愚痴をこぼすってのが、悪い癖でござんしてね。さぞかしお耳障りでしょうが、しばらくの間ご辛抱下さんし。百万石の冷水は、いくらでもおかわりをしておくんなさい」

どういう了簡かはわからぬが、水売りの低い声音には淀みがなく、まるで若侍たちに世間の理を説いて聞かせるような貫禄があった。

平八郎も貞吉も、もともと町人に向こうて無礼のどうのと気を尖らすほど、けっこうな生まれ育ちではない。むしろこの物言い物腰はただものではなかろうと思うて、桟窓ごしに聞き耳を立てた。

冷水売りは門長屋の石垣に膝を抱えて屈みこみ、明けそめる広小路をぼんやりと眺めながら、いかにも独りごつように語り始めた。

――棒手振りの小商いなんぞしておりやすと、町の噂なんてものは聞かでも耳に入《へえ》って参《めえ》りやんす。

水道橋の北詰は、とっつきが御旗本の石川伊予守様、そのお隣が越後丹生山の松平和泉守様、そのまた先が美濃八幡《はちまん》は青山大蔵大輔《おおくらのたいふ》様が御屋敷で、広小路の向かいはずうっと、水戸様の上屋敷でござんすから、目覚ましの冷水を買うて下さるお客といえば、定めて門長屋住まいのお侍様か独り身の奉公人でござんすな。

春夏は冷水、秋冬は渋茶。水でも茶でも同じ四文てえのは、そもそも百万石の御泉水に値打ちがあるからなんで。

だから冷水が温《ぬく》まっても、湯を沸かす炭が消えても、そこで店じまい。残りものは水道橋の上から神田川にうっちゃっちまいます。

見栄を張るわけじゃあねえ。余分な銭を持ちたくねえだけです。できることなら、銭金とは無縁に暮らしてえのだが、そんな生き方なんざあるわけァねえ。それじゃあ、いっそあの世に行くかと思いもしたが、三途の川の渡し賃が六文、地獄の沙汰も金次第《しでえ》だなんて、うかうか死ぬわけにも参りますめえ。

それでマァ、小商いのうちでもまずこの下はあるめえてえ、水売り茶売り。その日の食い扶持さえ稼いだら、捨てちまっても惜しくはねえ。余分な銭の面《つら》を見ずにすむ。その日の明六ツに店を出して、朝の四ツには閉《しめ》えでやんす。午《ひる》からは家《ヤサ》に帰《けえ》ってごろごろ、宵の口には水道橋に屋台が並びますから、夕涼みがてら蕎麦でもたぐって一杯飲《や》れァ、だいたいその日の上がりは使い切るてえ寸法で。

そこでもまた、聞かでもの噂が耳に入りやんす。あんがいのことに、軽口を叩くのはお侍様で、ちょいとの粗忽でも馘《くび》がかかる中間どもは、めったな話はいたしやせん。

さて、きのうは八朔の総登城、どこの御屋敷でも御家来衆に酒代《さかて》ぐれえの祝儀ははずむから、橋詰の屋台は大賑わいでござんした。

夜も更けたころ、やにわに御当家の御門が押し開けられましての、三頭の騎馬が広小路に駆け出た。

劈頭《へきとう》にあるは朱色の御馬飾りも華やかな、夜目にも白き蘆毛《あしげ》馬。月のねえ八朔の晩だからよくは見えねえのだが、これは御殿様の御手馬にちげえねえ。

「和泉守様じゃ」と誰かが叫べば、みながみな盃もどんぶりも放り出して、その場に這いつくばりましての。

この夜更けに、御殿様おんみずから早駆けで乗り出すとは、いってえ何の騒動でござんしょう。

後に続く二騎は、いったん橋詰で駒を禁《いさ》めまして、口々に言うた。

「お騒がせいたす。松平和泉守様、遠駆けにござる」

「八朔の吉日ゆえ、上野のお山まで」

お顔までは見えなかったが、お声には聞き覚えがある。朝一番にきっと冷水を買うて下さる、若侍のお二方にちげえねえ。

和泉守様の御一行は、濠端の道を西に向こうて一目散に駆けて行きなすった。

はて、八朔の吉日ゆえ上野のお山の東照宮にお参りなさるたァ見上げた話だが、考えてみれァ方角がちがう。そこで浮足立ったのは丹生山の御家来衆だ。

丹生山様はこの正月にご嫡男が急に亡くなられ、弟君が跡をお襲《と》りになったとの由、ご先代様は柏木村の下屋敷で寝込まれていると噂に聞いている。さてはそのご先代様のお加減が悪うなって、ご当代様が駆けつけるてえ図じゃあねえのか。

そんな話が出たとたん、丹生山の御家来衆は一人残らず御屋敷に飛んで帰《けえ》った。こうなりやすと、あとは丹生山様のお噂は、あることねえこと酒の肴でござんす。何たって、他《はた》の不幸ほどうめえ肴はねえのだ。

越後丹生山三万石と言やァ、押しも押されもしねえ城持ちの御大名、ご領分は天下一の米どころで、さぞかしご裕福かと思いきや、そのご内証《ないしょう》は火の車だというじゃあねえか。

マア、こうも不作凶作の年が続いたんじゃ、どこの御大名も楽じゃあるめえが、丹生山様は度を越していなさるらしい。盆暮でもあるめえに掛け取りの商人《あきんど》はばんたびやってくるし、家伝の御刀、懸物、茶道具までそっくり質に入《へえ》って、御蔵の中はからっぽだ。このごろじゃあ、翌る年の作柄を見越した手形証文を落とせずに、めぐりめぐって月に歩一《ぶいち》の高利貸の手に渡り、抜き差しならねえ話になっちまっているという。

もっとも、御大名には「お断り」てえ奥の手がござんす。いよいよにっちもさっちもいかねえ段になったら、御殿様おんみずから商人を集めて、「借金は返せぬ、お断り」と申し付ければ、その一声でちゃらくらになりやんす。そこいらの旗本御家人にはできねえ芸当だが、万石の御大名の権柄《けんぺい》てえのは、そうしたものでござんす。

こんな無体《むてえ》があるものかと訴え出たところで、享保の昔に有徳院《はちだい》様がお定めになった「金公事停止《かねくじていし》」の御法があるもんだから、奉行所は一切受け付けません。銭金の貸し借りにお上は介入せず、おたがいで解決せえというお定めにござんすな。

御殿様の鶴の一声で、千両万両の大名貸しをちゃらくらにされたんじゃあ、よほどの大店ならともかく、当たり前《めえ》のお店はひとたまりもなく潰れちまう。そうとなれァ、「不埒《ふらち》大名」と呼ばれて蔑《さげす》まれ、商人たちにはみなそっぽうを向かれて、年貢米も産物も金に換えられねえ、金銀の両替すらままならねえって、ひでえ話になりまさあ。

だから、もし切羽つまって「お断り」の手を使うんなら、「不埒大名」と呼ばれぬ程度の根回しをしておかにゃなりやせん。

たとえば、潰れちまいそうな小店《こだな》には相応の返済をするとか、嵩《かさ》んだ利子はちゃらくらにしても元金は返すとか、返せぬのなら延べ払いにするとか。商人たちがどうにか納得できるだけの仕度をせにゃなりやせん。

そんなふうにして、御大名はときどき「お断り」の伝家の宝刀を抜き、どうにかこうにか面目を潰さずに御家を保っていなさる。

つまり、丹生山様が度を越しているてえのは、「お断り」の根回しもできねえくれえに困窮なすっちまったてえことで、そんな話はまず三百諸侯中、聞いたためしがございません。

それにしても、御当代の和泉守様はお気の毒だ。

何でも下屋敷のお女中に手が付いて、お腹《なか》の子もろとも御家来に下げ渡したというじゃあねえか。兄君たちが揃いも揃って不出来だから、取り返《けえ》して御家の跡を継がせようって、ひでえ話もあったもんさ。

しかも、その御家がとんだ有様なんだから、目も当てられねえや――。

「おい、水売り。与太もたいがいにせんか」

磯貝平八郎は辛抱たまらなくなって、桟窓ごしに叱りつけた。話が話であるだけに、叱るにしても声をひそめねばならぬ。

「ああ、聞いてらしたか。与太も何も、私《あつし》の独り言でござんすよ」

まさか若侍を茶化しているわけではあるまい。いったい何のために、こんな話を聞かせるのだろうか。

「おやじ。おぬしはただの冷水売りではあるまい」

矢部貞吉は桟窓に顔を押しつけて訊ねた。

「いんや。ご覧の通り、この下の商いはねえ水売りでござんす」

「御託《ごたく》は並べずともよい。どういう了簡でわしらに、言わでもの話を聞かせるのだ」

水売りは二人の目の下で門長屋の壁に倚《よ》りかかったまま、広小路の明け空を退屈そうに仰ぎ見た。

「そりゃあ、毎朝一番で冷水を買うていただいている、お礼のつもりでござんすよ。宵ごしの金は持たねえってほどの鯔背《いなせ》な男じゃあねえが、余分な銭は持ちたかござんせん。まずはこちらさんから、四文の二杯で八文。ゆんべの腐れ銭を二文足して十文。それを水道橋の辻番の袂に落として、一日の商いが始まりやんす」

「もうよい」

平八郎は業を煮やして言うた。

「ゆすりたかりの類《たぐい》でないのなら、正体を明かせ」

貞吉の一言は効いたらしい。冷水売りは険のある三白眼をぎろりと巡らせて、桟窓を睨み上げた。

やはり素町人ではない。天秤棒ではなく、竹刀で鍛え上げた二の腕を組み、面の中の目で二人を睨んでいた。

「ゆすりたかりとまで言われたのでは、申し開きをせぬわけには参らぬ」

ふいに侍の物言いで、水売りはふたたび語り始めた。

――姓名の儀は比留間《ひるま》伝蔵《でんぞう》、もとの主家についてはご容赦下されよ。恨みつらみを申し立てればきりはないが、父祖代々にわたり禄を食《は》んだ御家の体面を傷つくるは、不本意にござるゆえ。

御尊家丹生山松平様とは、おおむね同格の大名家であるということだけは、申し上げておく。石高格式が異なれば御家事情もまちまちであろうが、よう似ていると思えば節介も焼きたくなるというものだ。

家中における比留間家の役職は、七十俵五人扶持《ぶち》の勘定方添役《そえやく》、まずまず上士の末席に列する家格であった。ただし、父の代からは財政困難につき、御禄米は歩二《ぶに》、歩三《ぶさん》のお借上げで、拙者の代にはついに半知となり申した。

お借上げと称するからには返していただくのが道理だが、豊作の年であってもそこまでの余裕はない。すなわち、父祖代々の給金が父の代に二割、三割と引き下げられ、拙者の代には半分になってしもうたのだ。

御家来衆にさなる無理を強いるからには、まずは勘定方の面々がまっさきに御禄返上を申し出ねばならぬ。先を見越して、勘定方が幾年も身を切ったうえでなければ、御家来衆に同じ要求はできまい。

それでも父の代までは、貯えを切り崩してどうにか体面を保っていたが、拙者が家督を相続したころには貯えどころか借金が嵩んで、奉公人に暇を出したうえ家族が手内職に精を出さねばならぬ有様となり申した。

勘定方は江戸と国表《くにおもて》に一人ずつあって、添役はそれぞれに三名、ただしそのうち二名は御殿様の参勤に従う。つまり在府と在国の勘定奉行は動かぬが、添役は御留守に一名のみを残して年ごとに往還せねばならぬ。ましてその一名は齢かさの老役と定《き》まっておるゆえ、若くて体もよい拙者は常に御殿様に従うて、江戸と国表を行きつ戻りつせねばならなかった。

そのような勤仕《ごんし》のかたちが十数代二百年以上も続いていると、奉行職などは名ばかりとなる。添役に任ずる者にも出来不出来があるゆえ、仕事のできる一人か二人が家政を切り盛りせねばならぬ。

祖父も父も、その一人であった。よって拙者も、物心ついたとたんから読み書き算盤を教えこまれた。二十歳で家督を襲ったのちは、家政の実務をひとりで担ったようなものであった。

血筋というは代を経るほどに病み衰える。武方にせよ役方にせよ、昔はそれなりに実力のある者がしかるべき御役を賜わったのであろうが、同じ力がいつまでも相伝するはずはない。

さなる道理は知れ切っておるゆえ、なるたけ親類から嫁婿を取って血脈を守ろうとしても、長い間にはやはり薄まってしまう。

それはわが比留間家にしても同じだ。拙者はどれほど頑張ろうと父の仕事ぶりには及ばなかったし、その父は父で、爺様には及びもつかぬと口癖のように言うておった。ただ、他家に較ぶればいくらかはまし、力の及ばざるところを努力精進の家風でどうにか補っていたのであろう。

今さら畏れ多くもあるが、御殿様とてそれは同じであったよ。いや、最もわかりやすい家系衰弱の雛型と言うてよかろう。

主君が幕閣に列すれば相応の実入りもあり、在任中は参勤交代も免ぜられるうえ、治水工事だの御城の修復だのという、御公儀のお手伝に大金を支出することもない。よって家政は潤う。

ところが、わが主家の御歴代様は、せいぜい御奏者番《ごそうじゃばん》までしか出世が叶わなかった。むろん、それはそれで目端《めはし》が利く御殿様でなければ務まらぬ御役だが、少くとも二十人は任じておるゆえ、もう一歩進んで、寺社奉行、若年寄となるのはなかなかに難しかった。しかも、奏者番は格別の実入りがあるわけでもなく、参勤交代は従前のまま取り行うので、家政にとっては何の旨味もない。むしろ出世の資格を得たに過ぎぬ、益よりもかえって損の多い御役職だ。

主君の出世は、どれほどの豊年続きよりも家政に利をもたらす。だが、出世が叶わなければ歳出高の三割にも及ぶ大金をかけて参勤道中をくり返し、お手伝を命じられれば黙って引き受けるほかはない。

御殿様はじめ譜代の重臣たちが、みな血脈を衰弱させて、うつけ者ばかりになった結果がそれであったと思う。

新田の開拓。産業の奨励。節倹の徹底。そうした政策によって改革をなした主君といえば、まず御養子様と定《き》まっている。ご不自由な部屋住みのご苦労をなさっておられるうえ、御家に過分の愛着がないせいで、政《まつりごと》に身を入れる。

とりたてて有能である必要はない。当たり前に物を考え、当たり前の算術ができればそれでよい。御養子様なら譜代の重臣たちとも縁故がないゆえ、改革をなすに当たっては人材を登用する。よって衰弱した血脈は斥《しりぞ》けられる。

しかるに、幸か不幸かあらまし一系を保っている当家には、そうした機会もなかった。あらまし、と申すは、幾代か前に御分家筋から御養子様を迎えたことがあったのだが、おそらく当座は改革の必要もないほど、呑気な時代だったのであろう。

祖父の代には、まだそうした呑気な時分の貯えがあった。父の代にはそれも底を突いて領内の百姓町人に御用金の拠出を命じ、やがて大坂の蔵屋敷に出入りする商人から利付きの借金をするようになった。

父からは勘定方の実務をさまざま教示されていたが、十全と申すにはほど遠かった。拙者が二十歳の年に、父は四十三の働き盛りで急逝した。同輩たちの分まで骨身を削って働いたあげく、思いもよらぬ卒中でぽっくりと逝ってしもうた。それも、出張先の大坂で、銀主《ぎんしゅ》の商人を接待している酒席の最中であった。

家督の相続はまこと間が悪かったというほかはない。父は務めに追われており、拙者は半端な教えを授けられていた。もし何ひとつ知識を持たなければ、算盤と帳付けしかできぬ添役のひとりとして、今も半知の家禄《かろく》に甘んじていると思う。それはそれで、幸福な人生であったろうが。

御殿様はご在府の年であったから、国表での弔いもわびしいものであった。四十九日の法要も待たずに江戸へと向かったのは、父にかわって勘定方を背負わんとする気概ゆえだ。

上屋敷に到着すると、その日のうちにお目通りが叶い、君臣の盃を頂戴した。お言葉も賜わった。

「比留間は大坂に出張中の不幸と聞く。向後は何事も上司と言談《いいだん》し、念を入れて勤めい」

ありがたさに胸が慄《ふる》えた。父は同輩たちの不甲斐なさをしばしば口にし、酒が入れば上司を非難することもあったが、御殿様については忠義一途であった。もっとも、政にはいっさい容喙《ようかい》せぬ御方なのだから、文句のつけようもないのだが。

上屋敷の勘定所に出仕して、まず言いつかった務めは帳面の検算であった。勘定方の役人は唐変木《とうへんぼく》であっても算盤には熟達しておるゆえ、まちがいはない。とりあえずは数年分の算盤をはじかせてみて、比留間の倅がいかほどのものか推し量ろうとしたのであろう。

ところが、何日もかかって数年分の帳面を検《あらた》めておるうちに、とんでもない誤りに気付いた。

年貢米を売り捌いた現銀も、無償の御用金も、利付きの借入金も、すべて収入として一緒くたなのだ。

そんな馬鹿げた話があるものか。銭金の素性などてんから頭になくて、税収も献金も借金もひとからげに計上し、これが大名家の勘定帳だなどと、よくも言えたものだ。

これでよろしいのでしょうか、と先輩に訊ぬれば、答えがまた耳を疑う。

年貢米については毎年作柄が異なり、大坂の米相場も上げ下げするゆえ、まずいくらになるという見込みが立たぬ。足らぬ分は御領内の百姓町人に御用金を命ずる。それでも不足の場合は借金をするが、これは何年かに一度は「お断り」を宣告して棒引き、もしくは棚上げとなる。

すなわち、武士の権柄でどうにでもなるのだから、委細かまわず、帳面はこれで十分というわけだ。

そうした事情は父からもいくらか聞いてはいたが、まさかこれほどまでのどんぶり勘定だとは思うてもいなかった。つまり、働き者の祖父や父は、勘定所で算盤をはじいていたわけではなく、商人や大百姓に頭を下げ続けていたのだと知った。誰かしらがそうした根回しをしたうえでなければ、権柄ずくの御用金だの借金の「お断り」だの、できるはずはあるまい。

そうと悟ってからは肚を括った。勘定方添役比留間家の務めは、百姓町人との折衝なのだ。

しかし拙者は、祖父や父の御役目をそっくりそのまま引き継ごうとは思わなかった。権柄ずくの慣習が罷り通らなくなったから、御家来衆に御禄借上げを強いるほど、家政は窮乏したのだ。よってそうした慣習を改めねば、御家はいつか破綻する。

新参者の分限では何もできまい。むろん経験も知恵もない。少くとも幾年かは分限を弁《わきま》えて職務に精進し、経験を積み知恵を得て、慣習の改革をなそうと誓うた。

「念を入れて勤めい」というありがたいお下知を全うするすべは、それしかなかろう。

「もし、比留間殿とやら――」

抜き差しならぬ話を聞きながら、矢部貞吉は目の下の饅頭笠に向こうて訊ねた。

「そこもとが勤仕《ごんし》なされていた御家は、そののちどのようになったのでござるか」

最も知りたいのはそこである。石高格式が似たようなもので、御家事情もあらまし同様であるなら、丹生山松平家も同じ運命をたどるはずである。

「どのようになったと思われるかの」

比留間伝蔵と名乗る水売りは、気を持たせるように煙管《キセル》を取り出して口にくわえた。

磯貝平八郎が答えた。

「当たり前に考えれば、領知経営不行届の廉《かど》で御家は改易、御家来衆は浪人となってしまわれた、かと」

一椀四文の水売りに落魄《らくはく》した武士の姿を見れば、ほかの顚末《てんまつ》は考えられぬ。

水売りは煙管の吸い口をかちかちと嚙みながら静かに嗤《わら》った。

「さようなわかりやすい結末は、あるようでないものよ。御家は今も安泰だ」

二人は顔を見合わせた。この先の話は一言一句たりとも聞き洩らしてはなるまい。水道橋の辻番が、きょうばかりは寝過ごしてくれるよう、貞吉は祈る気持ちになった。

「よろしいか、御両人。大名家のお取り潰しなどというものは、せいぜい三代大猷院《たいゆういん》様までの話でござっての。三百諸侯が今のかたちに定まってよりは、これもまたあるようでないものなのだ。もっとも、あると思わせておかねばなるまい。あると思うておらねば政にも身が入るまい。すなわち、御公辺も大名家も、たとえば神仏の祟《たた》りだの閻魔《えんま》大王のお裁きみたように、そうと信じておるだけに過ぎぬ」

言われてみれば、どこそこの御大名が改易になったという話は、聞いたためしもない。にもかかわらず、世子《せいし》がなければ御家断絶だの、勝手に城を改築すれば謀叛《むほん》の疑いをかけられてお取り潰しになるだの、はては御公儀の許可なく婚姻すればやはり改易だのと、武家の子なら誰しもこと細かに知っているのである。

つまり、そうした幕府と大名の定《き》めごとは、大名と家来の間にも敷衍《ふえん》されるから、御法というよりも倫理として、汎《ひろ》く伝えられている。

あるようで実はない。実はないのだがあると信じる。そのあたりはたしかに、神仏の祟りや閻魔大王のお裁きに似ている。

「ということは、どれほど困窮しても大名家の改易はなく、破産倒産もない、と申されるか」

「いかにも」

平八郎が、おおと低い快哉《かいさい》の声を上げた。困窮きわまっていよいよにっちもさっちもいかなくなれば、やはり御殿様みずから「お断り」を申しつけて、借金をすべてちゃらくらにするのであろうか。それとも幕府がかわって始末をつけてくれるのか。

筋向かいに長く続く水戸屋敷の門長屋の瓦屋根が、鴇色《ときいろ》に染まっている。貞吉はおのれの心にも曙光《しょこう》がさしたように思うた。

やはり政をなす武家の権威は、銭金などで揺るがぬのだ。

しかし、御家が今も安泰ならば、勘定方の務めを担っていた彼が、どうして水売りに身を落としたのであろうか。

「では、そこもとはなにゆえ――」

貞吉の疑念を拒むように、水売りは立ち上がった。

広小路に明六ツの鐘が渡った。近在の寺は上野寛永寺の時鐘を聞いて撞《つ》き始めるから、どうかするときょうのように、陽が昇ってからの寝呆け鐘になることもあった。門長屋に住まう侍たちも起き出したようである。あちこちの栈窓から、目覚ましの冷水を呼ぶ声がかかった。

「へい、少々お待ち」

小商人の声音で威勢よく答えてから、水売りは真鍮の椀になみなみと冷水を注いで、貞吉と平八郎に差し向けた。

「朝っぱらから、言わでもの愚痴をこぼしちめえました。冷水でご勘弁」

「おいおい、まだ話は終わっておらぬぞ」

貞吉は平八郎の袖を引いた。他聞を憚る話である。

「続きは改めて、ゆっくり聞かせていただきたいと思うが、いかがか」

そう言うて貞吉が椀を受け取ると、水売りは陽に灼けた顔を少し綻《ほころ》ばせた。

「水道橋の屋台が閉まれァ、家《ヤサ》に帰《けえ》って寝るだけでござんす。もっとも、ここんとこ寝付きが悪くなっていけねえが」

「で、どちらにお住まいなのだ」

「御屋敷の裏っかしの、本郷元町の長屋にござんす。そこいらで水売り伝蔵と聞いて下されァ、知らぬ者はござんせん」

それから二人の若侍の顔をじっと見上げて、水売りは謎をかけるように言うた。

「何なら、耳が増えてもようござんす」

実にうまい水である。もしやこの冷水は看板に偽りなく、毎朝加賀百万石の井戸から汲み上げてくるのではあるまいか、と貞吉は思うた。

六、中屋敷御蔵内之有様《なかやしきおくらうちのありさま》

陽光が馬上の背を灼《や》く。

蹄《ひづめ》の踏む影も乏しい真午《まひる》である。中山道《なかせんどう》は行手の逃げ水から立ち昇るような、陽炎《かげろう》にくるまれている。あまりの暑気に怖れをなしてか、沿道には人影がなかった。

小石川の上屋敷から駒込の中屋敷までは一里足らず、馬に乗ればよほどのんびり行っても小半刻で着く。

御殿様の外出は定めて四人舁《が》きの御駕籠であるが、昨夜の遠駆けの勢いで騎馬と決めた。

付き従う者は勘定方の橋爪左平次と添役の徒士《かち》がひとり、口取りと挟箱持ちの姿はあるが槍持ちはいない。この供連れならば、まさか御大名とは思われぬ。

鞭《むち》をくれて駆け出したい気分だが、昼ひなかの中山道を騒がせてもなるまいと、松平和泉守は苛立ちながらも悠然と駒を進めた。

昨夜の遠駆けは短慮であったと、御殿様は反省した。

今さら急いでどうなる話でもなかった。家老どもがのらりくらりとして答えぬから、柏木村の下屋敷に隠居する父を詰問しようと思い立った。しかし夜討ち同然に乗っこまれた父が、まともな返答を用意しているはずもなかった。

（金はない。だからどうだと言うのだ）

話はその一言で終わってしまった。そもそも武士にとって、金銭は卑しいものなのである。ましてや武将にとっては、声に出すのも穢《けが》わしいとされる。

それでも和泉守は、やむにやまれず禁忌を踏んで訊ねたのだが、「だからどうだと言うのだ」と返されたのでは話の継ぎようがなかった。

つまり父は一言で、武将たるものが金銭にかかわる非を厳しく詰《なじ》ったのである。そしてまた同時に、大名の権威は金銭の有無で揺らぎはせぬ、と答えたのだった。

まっすぐな気性の和泉守は、おのれの非を悟り、かつ安心もして上屋敷へと帰った。ところが疲れ果てた体を牀《とこ》に横たえると、折からの蒸し暑さも相俟《あいま》って、不安がぶり返してきた。

今は三万石の大名であっても、もとは十五俵二人扶持の下士の子であった身である。金銭が卑しいものであるという武家の道徳はさておき、そのありがたみも、貧乏の切なさも知っている。

まんじりともせずに一夜を明かしたのち、上屋敷の近在に役宅を構える、勘定方の橋爪左平次を呼び立てた。昨夜の評定《ひょうじょう》には同席しなかったが、最も問い質《ただ》したい重臣である。

襲封《しゅうほう》してよりわずか半年、いまだ主君としての勝手がわからぬゆえ、二人の家老の頭越しに何かをしたためしはない。よって橋爪にとっては寝耳に水のお召しにちがいないが、早朝六ツ下がりでは居留守の使いようもなかったとみえて、うろたえつつも御前に現れた。

しかし、のらりくらりとした返答は、家老たちと同様であった。

曰《いわ》く、

(御殿様を煩わせ奉り、恐懼《きょうく》に堪えませぬ)

(目録不渡の件につきましては、何かの行き違いと存じまするが、ただちに取り調べまする)

(御殿様におかせられましては、どうか卑しき竈事《かまどごと》などにご懸念あそばされませぬよう、お願い申し上げます)

橋爪左平次は四十のあとさき、奉行職は同家の世襲である。よって御家の金銭事情についてては知らぬことなどないはずだが、「その件は配下に任せおりますれば」だの「詳細は配下に問い質し」だの、いちいち配下のせいにして、いっこうに答えが要領を得ぬ。

何事ぞと駆けつけた家老たちも書院には立ち入らせず、和泉守は橋爪ひとりを詰問し続けた。

家中の序列でいえば、あんがいのことに勘定方の身分は低い。金銭は卑しいもの、という武士の道徳に照らせば自然にそうなるのである。よって重職とはいえ、御殿様が直々に召し出すというのは異例だった。

日ごろ直《じか》に向き合うためしがないから、和泉守の質問も遠回しとなり、そのうえ回答がのらりくらりでは埒《らち》があかぬ。とうとう昼飯どきの水入りとなり、橋爪を下がらせて茶漬けをかきこんだ。朝飯も食うてはいなかったので、たちまち力が漲《みなぎ》り、頭が回り始めた。

そこで箸を置くとただちに、ふたたび橋爪左平次を呼んだ。

（日和もよいゆえ、これより中屋敷に兄上を訪ぬる。そちは供をせい）

橋爪はあからさまにうろたえた。それで和泉守は確信したのである。やはり当家は困窮きわまっている、と。

何が日和のよいものか。あまりの暑さに、御手馬の足も漫《そぞ》ろである。振り返れば橋爪の馬は、半町ばかりも後ろをのろのろとついてくる。よほど気が進まぬと見える。

長兄が急逝したあと、順序からいえば家督を襲《と》るべきであった次兄は、駒込の中屋敷に住もうている。八朔《はっさく》の祝儀《しゅうぎ》を兼ねて暑中見舞に伺うのは、誰にも止める理屈がない。

では、なにゆえ橋爪がうろたえたかというと、家宝の多くが中屋敷の蔵に収められているからである。いやおそらく、かつては収められていた、いたからである。

八朔の祝儀も済んだゆえ、東照神君様御拝領のお宝を見たいと言えば、たとえからっぽの御蔵でも、扉を開けぬわけにはゆくまい。ましてや家宝の取り扱いは勘定方の領分であるから、はなからそのつもりで供を命じられたのだと橋爪は悟った。うろたえもしようし、今は言いわけをあれこれ考えながら、つき従っているのであろう。

本郷の加賀屋敷を過ぎれば、中山道と日光御成道が岐《わか》れる駒込追分である。丹生山《にぶやま》松平家の江戸中屋敷は、そこから町家の続く中山道をしばらく下ったあたりに、一万余坪の広い敷地を有していた。

水道橋北詰の上屋敷は三万石の御家門《ごかもん》としては手狭であるから、御道具類を収めた御蔵はこちらにある。参勤道中の江戸御暇《おいとま》の折も、上屋敷を出立した御行列にここで御道具類が加わり、中山道を下って越後の領分へと向かう。

もっとも、柏木村の下屋敷に生まれ育った和泉守は、いまだその国元を知らぬ。当家の参府御暇は八月が通例だが、本年は襲封後の初の国入りゆえ、翌閏《うるう》八月に日延べということで、すでに幕府の許しも得ていた。

楽しみにしている場合ではない。この一月《ひとつき》余の間に家政の実情を確かめておかねば、国元での一年を、なすすべもなく過ごさねばならぬやもしれず、その間に御家がどうなるかわかったものではなかった。

御供の徒士が走り出て門番の奴《やっこ》にお成りを告げると、屋敷内はたちまち大騒ぎになった。先触れぐらいは立てるべきであったと、和泉守は反省した。

せめて迎え仕度が斉《ととの》うまで、と思うてしばらくは門長屋の前を行きつ戻りつした。

中屋敷の周囲には楠の大樹が茂っている。常緑の葉は厚く幹も硬いので、防火に役立つ。また、木が太ければ太いほど御家の古さを示して神秘でもある。

葉叢《はむら》の先に御蔵の屋根が見えた。あたりには油蟬の声が湧き立つようである。

からっぽ、という言葉が脳裏をよぎって、和泉守は打ちひしがれた。

実子として迎えられたころ、父に連れられて中屋敷を訪ね、初めて家宝の数々を拝見した。そののちもしばしば、虫干しの折などに一覧する機会があった。

家宝の筆頭といえば、藩祖公が幾たびもの戦陣で着用なされた白糸威《しろいとおどし》の具足である。きらびやかな飾りはないが、いかにも戦国の世を彷彿《ほうふつ》させる精悍な鎧兜《よろいかぶと》で、白糸のところどころに赤黒い血染みがあった。関ヶ原の合戦の折、敵将を組み打ちに果たした証であると伝わる。

その軍功として、家康公から下賜《かし》された褒美の品が一文字《いちもんじ》則宗《のりむね》の太刀で、これには金《きん》梨子地《なしじ》に葵紋を散らした、立派な拵《こしらえ》が付いていた。

白糸威の御具足と一文字則宗の拝領刀、まずこの二品が家宝中の家宝で、例年正月には上屋敷に運ばれ、表書院の床の間に飾るが習いである。

そのほか、あまたの拝領品だの名物の茶道具だの、軸だの壺だの刀だのと宝物は夥《おびただ》しい数に上るゆえ、よもや御具足と御刀を金に替えてはおるまいが。

あれこれ考えつつ、ぼちぼち迎え仕度も斉うたであろうと駒を返したとき、和泉守はふと思いついた。

待てよ。この正月、それら御宝を見たか。

元旦は拝謁《はいえつ》のため父が登城し、三ヵ日は来客も多いので、年始に伺うのは正月四日が通例である。

柏木村の下屋敷から、母と御駕籠を列《つら》ねて小石川へと向こうた。中屋敷に住まう次兄もやってきた。しかし、親兄弟うち揃うて御具足と御刀を拝した記憶はない。到着したとたんから、上屋敷は大騒ぎだったのである。この春にも家督を襲《と》るはずの長兄が、血を吐いて倒れた。新年の挨拶も何もあったものではなかった。

書院の床の間に、家宝の品々が並んでいたかどうかは思い出せぬ。もし、今年に限ってそこにあるべきものがなかったとしたら、長兄が胃の腑に穴があくほど苦悩した原因は、それかもしれぬ。

「これはこれは、御殿様。ふいのお出ましゆえ、仰天いたしました」

中屋敷差配役の老臣が、門から駆け出て馬前に蹲踞《そんきょ》した。

「苦しゅうない。兄上に八朔のご挨拶をせねばと思い立った。大儀である」

和泉守は汗みずくの懐に手を入れて胃の腑を探った。どうか穴があかずにいてほしい。

騎馬のまま門を通ると、あわただしく水を打ったと見える玉砂利の先に、御玄関の式台があり、そのまわりに中屋敷詰の家来どもが平伏していた。

弟とはいえ当主を迎えるのであるから、式台には兄が端座していなければならぬのだが、姿はなかった。

「御兄君様は、折あしく行水をなさっておられます。ご無礼の段はお寛《ゆる》し下されませ」

「苦しゅうない。兄上には、ごゆるりとお出まし下されとお伝えせよ」

人並みに身仕度ができる人物ならば、十三代松平和泉守は兄なのである。

「やあ、小四郎。しばらくじゃったの。来るなら来ると言うてくれれば、行水などいつでもよかった」

どたばたと廊下を踏み鳴らして客間に現れるなり、兄は浴衣がけのまま大あぐらをかいた。

礼儀知らずではない。はっきり言うて馬鹿であった。馬鹿に慣れ切っている近習どもは、今さら何を言うでもない。

しかし、立場がどのように変わろうが少しも意に介さぬ兄は、和泉守にとってむしろ愉快である。何やら肩の力が、どっと抜けてしもうた。馬鹿の功徳《くどく》、とでも言うべきか。

「兄上を下《しも》に置くはいささか心苦しいが、ご寛恕《かんじょ》下されませ」

床の間を背にして和泉守は言うた。もともと上の下のとこだわるような兄ではない。

「いやいや」と無邪気に笑いながら、足を投げ出して団扇《うちわ》を使い始めた。

これにはさすがに差配役が眉をしかめて、「新次郎《しんじろう》様、御前にござりまするぞ」とたしなめたが、兄はその意味もわからぬふうであった。

「や、父上もお出ましか」

「そうではござりませぬ。こちらが――」

「あ、さようか。そうであったな。小四郎はわしのように馬鹿ではないゆえ、父上の跡を襲《と》ったのじゃ。はあ、だとすると弟ではあるが御殿様じゃによって、わしはかような格好ではまずいの。あー、どうしよう」

まったく邪気がない。和泉守は思わず笑い返して、「いや兄上。そのまま、そのまま」と宥《なだ》めた。

父の勝手で若様に仕立て上げられたあのころ、支えとなってくれたのは五つちがいのこの兄であった。しばしば下屋敷を訪ねて、遊び相手になってくれた。小さな御駕籠を門前の田圃道に下ろして、「小四郎やーい」と叫びながら駆けてくる姿は、今も忘られぬ。

ところが、その「小四郎やーい」という無邪気な呼び声は、それからずっと変わらなかった。弟がいつの間にやら兄を追い越し、とうとう家督まで継いでしまったのだった。わけても、生母が亡うなってからの兄は気の毒だった。父に疎《うと》んじられ、駒込の中屋敷に押し込め同然に住もうて、わずかな近習たちのほか話し相手もいないはずである。

「昨日は八朔の式日でございました。遅ればせながら、兄上にお祝いを申し上げようと思い立ちまして、罷《まか》り越した次第にござります」

ついては、御宝蔵の内なる御具足と御刀も拝見して、ともに御先祖様の遺徳を偲《しの》ぼう――というふうに持ってゆくつもりであったが、「ハッサク。何じゃいそれは」と、話の腰を折られてしもうた。

「何か、うまい食い物かの」

「え。いや、そうではございませぬ。東照神君家康公が、江戸入りをなされた八月一日を八朔と称するのです」

「ほう、そうか。わしはまた、うまい食い物の話かと思うた」

「手みやげならば、本郷の水饅頭を買うて参りましたゆえ、のちほどお召し上がり下さい」

二人のやりとりがばかばかしくなったのか、近習どもはみな退《さ》がってしもうた。風通しのよくなった御庭に、蟬の声がしぐれていた。

和泉守はしばし、その庭のたたずまいに見とれた。木々の枝は姿よく刈られ、青苔は豊かに艶めいて、ところどころに白と紫の桔梗《ききょう》が、少しの衒《てら》いもなくむしろはかなげに咲いていた。

兄の手がけた庭である。どうしたわけか、兄には草木を育て花を咲かせる才があった。誰に教えられたはずもないのに、草花も石も水も、おのずと兄の意に服《まつろ》うのである。ましてや、手先の器用さは父譲りであった。

「相変わらず、おみごとでございますな」

お世辞ではない。大名家に生まれさえしなければ、兄はきっとひとかどの庭師になったのではないかと思う。

「おまえとちごうて、わしにはほかにすることがないだけじゃい」

いや、暇にかまけてできるものではあるまい。御庭に面した客間に腰を下ろしたとたん、すうっと汗が引いたのは、楠の葉叢に漉《こ》された風が、松ヶ枝を渡り百日紅《さるすべり》を巻き、池の面《おもて》と苔を撫でて、桔梗や槿《むくげ》の侘びた香りをそっくりそのまま座敷に招き入れていたからであった。

座敷から庭を眺めるのではなく、庭のただなかの亭《ちん》に座っているような気がした。しかも、兄の手がけた庭には企みが見当たらない。

ところが、ほとほと感心してその横顔を窺《うかが》えば、まなこは薄ぼんやりと濁り、唇はしどけなく緩んだ、天下一品の馬鹿面なのである。行水が過ぎたのか、嚔《くさめ》をひとつ。水洟《みずばな》が垂れたついでに、あろうことか片尻を持ち上げて屁をひった。馬鹿さかげんまで器用である。

「あ、ご無礼」

「いやいや、兄上。お気になさらず」

相手が誰であろうと無礼にはちがいないが、この天然のかたちも庭の一部分だと思えば気にもならぬ。

それから兄は、少し考えるふうをした。少しも何も、兄が物を考えるふうをするのはきわめて稀である。

「兄上、何か」

「ああ、いや。その八朔とか何とかいううまいものを、おまえが持ってきてくれたというのは――」

「いえ、兄上。うまいものは水饅頭のほうで、八朔ではござりませぬ」

「あ、さようか。八朔は家康公江戸入りの吉日であったな。まあ、それはさておくとして、おまえがその水饅頭の吉日に八朔を持ってきたと申すは――」

「それは逆様。いや、どうぞお続け下され」

「要領を得ずに相すまぬ。ともかく、水饅頭の江戸入りにおまえが八朔を持ってきたというは、やはり吉祥日《きっしょうび》じゃによって、御蔵内にある藩祖公の御具足やら御拝領刀の御前にの、お供えするべきじゃろうと思うた」

馬鹿の話が思いもよらず道を拓《ひら》いて、和泉守は背筋を伸ばした。

「はい、兄上。それがしも御宝蔵を拝見いたしとう存じます」

涼やかな風が寄せてきた。廊下にも襖《ふすま》越しにも、人の気配はない。

「ところが、お供え物をしようにも、御具足と御刀は――」

兄は言い淀んだ。藩祖公の御具足と一文字則宗の太刀。ほかの品々ならともかく、その二品を手放すことは許されぬ。

「のうなっている、と申されますか」

和泉守は天井を見上げて溜息をついた。やはり今年の正月にはすでに、家伝のお宝は消えていたのだ。神とも崇《あが》める二品を手放したがゆえに、天罰が下って長兄が卒したのだと思うた。

「兄上。顚末をご存じでしょうか」

「よくは知らぬがのう。去年の暮であったか、留守居役が町衆を連れてきおって、鎧櫃《よろいびつ》と刀箱を御宝蔵から運び出した」

留守居役の楠五郎次郎。江戸屋敷の総差配である。町衆は質屋か、それとも高利貸しか。

「わしはてっきり、小石川にて正月飾りをするためとばかり思うておったのだが、それにしては御蔵に戻らぬ」

「いまだに、でござるの」

「うん、いまだにじゃ。八朔だの水饅頭だのはさておき、実はわしにも藩祖公やら権現様やらにご報告いたしたいことがあるじゃによって、往生しておる。のう、小四郎。小石川にあるのなら、御宝蔵に戻してくれまいかの。わしも丹生山松平の裔《すえ》として、恥ずかしながら申し上げたい儀があるのじゃ」

御具足と御刀がのうなったというだけで、和泉守は魂を引き抜かれたように落胆してしまった。家宝の二品は丹生山松平家の魂であった。

この兄を責めたところで始まらぬ。

「して、兄上。改まって藩祖公と権現様にご報告なされたき儀、とは」

どうでもよいことだが、聞いてやらねばなるまい。

髷《まげ》に手を当てたり、空咳《からぜき》をしたり、さんざ逡巡《しゅんじゅん》してから兄は、桃色の溜息とともに言うた。

「嫁御をの、貰おうと思う」

ええっ、と和泉守は声を上げて愕《おどろ》いた。どうでもよいことではない。思えば兄も算《かぞ》え二十六歳、いまだ独り身でいるのは天下無双の馬鹿に嫁するおなごがいないからである。

しかるに、かりそめにも大名の兄が嫁を娶《めと》るとなれば、やれ結納じゃ祝儀じゃとたいそうな金がかかる。幕府にも婚姻の届けを出し、むろん役人どもには、それなりの心付けも用意せねばならぬ。

動揺を色に表さず、にっかりと笑顔さえ繕《つくろ》うて和泉守は訊ねた。どうか近在の村娘であってほしい。身分がちがえば金もかからぬ。

「それはそれは、何よりの重畳《ちようじよう》にござりまするな。して、お相手は」

さんざ照れながら兄は答えた。

「わしは馬鹿ゆえ、世間のことはよく知らぬがの。何でも父親は、どこぞのオオバントウじゃそうな」

商家の大番頭の娘ならば金もかかるまい。ほっと胸を撫で下ろしたのもつかのま、頭の中に「大番頭」と字を書いて、和泉守は凍りついた。

「あの、兄上。よもやそのお父上は、オオバントウではのうて、大番頭《おおばんがしら》ではござりますまいの」

「あー、そうじゃ。ほんにわしは馬鹿じゃのう。漢字もよくは読めぬ。たしか、お初もそう申しておった。オオバンガシラ。まあ、オオバントウも似たようなものじゃろ」

ちがう。全然ちがう。大番組は武役五番方が筆頭、名門名家が列なる、いわば旗本中の旗本である。大番頭といえばその各組を率いる名誉の職であり、大名でも呼び捨てにはできぬ。「大御番頭《おおごばんがしら》」である。

いったいどうして、その息女「お初」と兄が縁を持ったかは知らぬ。いや、それこそどうでもよい。

嫁を取ろうにも金がないのだ。

「いやはや、それにしても兄上。いつ見てもすばらしい御庭ですなあ」

宝蔵に向こうて外廊下を歩みながら、和泉守はけっしてお世辞ではなく、心から褒めたたえた。

「さようか。わしはよその庭を見たためしがないゆえ、よしあしもわからぬがの」

不憫《ふびん》な兄である。父はこの兄の馬鹿さかげんを家門の恥として、人前に出さなかった。幼いころにはしばしば柏木村の下屋敷を訪ねて、遊び相手にもなって下されたが、いくらか齢が行って馬鹿が瞭《あきら》かになったのちは、駒込村の中屋敷に押し込められてしまった。

よその庭を見たためしがない、というのは、つまりそうした意味である。越後の国元も知らぬどころか、おそらく江戸前の海すらも見たことはないであろう。

とみに名高い大和郡山《やまとこおりやま》柳沢家下屋敷の庭園は、駒込村のすぐ近在にあるはずだが、むろん見たためしはあるまい。だが、おそらくはいかな名園とて、兄の手がけたこの御庭には及ぶまい。

こうして廊下を歩んでいても、時折ふと足が止まってしまうのである。御庭は歩みに合わせて徐《おもむ》ろに相を変えてゆき、その移ろいはみなことごとく美しいのだが、ある一瞬に思わず立ち止まってしまうほどの、全《まった》き景観が出現する。一枝《いっし》の過分もなく、一草《いっそう》の不足もないと思える完璧な風景であった。

兄が庭仕事に精を出すさまは、幾度も見ている。出入りの職人たちに混じり、庭師のなりをしてみずから道具をふるう。そして職人たちはみな、兄を親方のように仰いでその指図に従った。

主殿をめぐる外廊下の端で、和泉守は根の生えたように立ちすくんだ。しばらく息をつくのも忘れた。

池泉の向こう岸に滝が落ちている。荒くもなく、細くもなく、銀色の反物を滑らせたような滝である。

その先は緑なす丘になっているが、頂に繁る杉木立は滝の上だけ截然《せつぜん》と払われていた。その空隙《くうげき》に、隣屋敷の楠の巨木がぴたりと嵌《は》まっている。

これは風景ではなく、兄の描いた絵だと思うた。

隣屋敷の濃密な楠を借景として、やや淡い杉の緑を描き、その手前に薄緑の笹を敷き、さらに明るい青苔の付いた岩の間から、銀色の滝が落つるのである。しかもその緑の階調には、少しも企まれた様子がなく、たとえば風の道が標《しる》すままに長い時をかけて、その景色が出来上がったようにしか見えぬのだった。

「小四郎は目が利くのう。ここからの眺めはうまくできた」

いや、自分には美しいものを見極める目などない。誰が見ようと等しく感動する天然の景観を、兄は造り上げたのだと思うた。風流をなすは人の才であろうが、天然を造り給うは神の業《わざ》である。

しかし――。

洟水をすする音に興をそがれてふと見れば、そこに佇んでいるのはまさか神様ではなくて、乾坤一擲《けんこんいってき》の馬鹿であった。

行水を使ったあとなのだから、浴衣姿はまあよしとしよう。しかし着物というは古今東西、真正面から金玉を晒《さら》すものではあるまい。しかも三尺帯は緩み切って、二尺五寸を廊下に曳いておるではないか。仮に闇の廊下でこいつに出くわしたなら、人面の大蛇《おろち》と思うて腰を抜かすであろう。

その尻尾のあたりに控えおる家来衆は、なぜどうにかせぬのであろうか。ばんたびのことゆえすでにあきらめているのか、いやおそらく、内心は見世物小屋にでもおるような気分で、面白がっているのやもしれぬ。

そのとき、池のほとりの躑躅《つつじ》の植込みががさりと動いて、姐《あね》さんかむりに襷《たすき》がけのおなごが立ち上がった。

「あ、新次郎様――」

にっこりとほほえむ顔が、丸く愛らしい。

手甲《てっこう》で頬を伝う汗を拭いながら、おなごは縁側に走り寄った。たくし上げた裾からこぼれる、白い脛《はぎ》と紅絹《もみ》が眩い。

「まったく、もう。下帯ぐらいお付けあそばせ」

娘は草履を脱いで外廊下に上がりこむと、目の前の金玉をものともせずに兄の醜態を手早く改めた。

女中が「新次郎様」などと呼ぶはずはない。職方の手伝いにしては垢抜けている。いや何よりも、こうまでかいがいしく世話をするのは、情が通うているからであろう。つまりこのおなごこそ、オオバントウの娘ならぬオオバンガシラの息女、お初にちがいない。

和泉守の胸は熱くなった。兄が勝手に見染めたわけではない、とわかったからである。お初のほうが兄を好いていなければ、ここまで世話は焼けぬであろうし、またそのあられもない姿ばかりを気遣って、客人が目に入らぬはずはなかった。

内心は、(この馬鹿のどこがよいのだ)と思わぬでもない。

よほど心のやさしいおなごなのであろうか。それともやむにやまれぬ母の性《さが》か。蓼食《たでく》う虫も好き好きとはいうが、如何《いか》物食《ものぐ》いにもほどがあろう。

それはともかくとして、目の前の金玉にひるまなかったというは、すでに慣れ親しんでいると見るべきである。

そこまで思い至ると、和泉守は御庭の絶景が歪むほどのめまいを覚えた。兄とお初はすでに契《ちぎ》りを交わしている。子を孕《はら》む前にさっさと祝言を挙げねばならぬ。しかるに、わが家には金がない。

「はい、新次郎様。きちんといたしましてよ。役者のような男前でございますこと」

「そ、そうかの。惚れ直してくれたかの」

「惚れ直してなぞおりません」

「えっ、わしが馬鹿ゆえ、嫌いになったか」

「滅相もない。惚れ直したのではのうて、ずっと、ずうっと惚れておりましてよ」

お初は兄の足元に両膝をついて愛しげに見上げ、兄はその肩を抱き寄せていた。あたりには噎《む》せ返るほどの恋恋《れんれん》たる気がたちこめた。

兄は二十六、お初もいくつとちがわぬ女盛りであろう。溢れ出る大人の色気が、和泉守の胸を圧した。

兄の腰を引き寄せて甘え、ふと横を向いた拍子にようやく、お初は客人に気付いた。

「あれ、新次郎様。見知らぬお方が」

「ああ、べつだん怪しい者ではない。わしの弟じゃ」

「と申されますと、越後のお里の死にぞこね」

「それはすぐ下の弟で、これなるはその下じゃい」

「血を吐いて亡うなられた」

「いや、それは兄上じゃ。これはまだ生きておる」

二人が惚れ合うたわけがわかった。つまり、相身《あいみ》互《たが》いの馬鹿が惚れ合うたのである。

それならば何のふしぎもないと、和泉守は得心した。

「ということは――」

どうにも頭が回らぬようなので、和泉守はその場に蹲踞して名乗りを上げた。

「それがし、和泉守にござりまする」

お初はぽかんとしている。やはり馬鹿のようではあるが、当家の事情ぐらいは承知しているであろう。怖がらせてはなるまい、と和泉守はほほえみかけた。

「お初にお目にかかりまする。それがし――」

「お初はわたし」

「いえ、そうではなく。お初にお初にお目にかかりまする」

このままでは馬鹿が伝染してしまう、と和泉守は怖れた。

「それがし、弟にあたりまする松平和泉守にござる」

とたんにお初は、くわっと目を瞠《みひら》くや、もんどり打って御庭に転げ落ちた。

「ご無礼つかまつりました。御殿様とは露知らず」

「いやいや、さよう他人行儀は申されますな。兄上をよろしゅうお願いいたしますぞ」

そう言うたなり、和泉守の胸はふたたび熱くなった。相身互いの馬鹿などではないと思うたのである。

前につかえたお初の指先は、土の色に染まっていた。旗本の姫君の手ではなかった。兄とお初は丹精こめてこのみごとな御庭を造り、その奇蹟の天然のうちに愛を育《はぐく》んだにちがいなかった。

それから三人並んで縁側に座り、しばし午下りの景色を眺めた。雲がかかれば雲を映し、風が渡れば風に靡《なび》く、正直な御庭であった。

なれそめを問われて、お初は俯《うつむ》きかげんに語った。

生まれつき庭いじりが大好きで、番町《ばんちょう》の屋敷の御庭もおのれの手で造作した。あると き出入りの庭師から、駒込にあるという天下一の御庭の話を耳にした。柳沢様の六義園《りくぎえん》ではのうて、そのお近くにある松平和泉守様の御庭だそうな。

その話が忘られず、昼はわが家の庭のまぼろしに、夜は夢にまで見るなどしたあげく、とうとう辛抱たまらなくなって、女中を供連れに駒込村を訪ねたのだった。

無理を言うて御庭仕事を手伝わせていただいた。新次郎様と草木の手入れをしているうちに、このお方は人間ではのうて神様だと思うようになった。草も木もその御手のなすがままになり、風も水も、その心に服《まつろ》うからだった。

もう何もいらない。この御方のおそばにずっといられるのならば、いつか御庭の肥《こえ》になってもよいと思うた。

お初の話を聞きながら、和泉守は胸に誓うた。

この二人をきっと添わせる。そしてとこしえに、江戸中屋敷の庭守《にわもり》になっていただく、と。

外廊下をたどって主殿の北側に回ると、小さな式台のついた納戸口《なんどぐち》がある。

万が一、火が出た場合の類焼に備え、御宝蔵は主殿と離して建てられていた。

顧《かえり》みればいつの間にか、中屋敷の差配役も勘定方の橋爪左平次も姿を消していた。お初も庭仕事に戻り、兄弟につき従う者はまだ前髪の取れぬ小姓のみであった。

庭草履をはいて納戸口を出れば、陽光が月代《さかやき》を灼いた。防火のために周辺には樹木がなかった。

敷石伝いにしばらく歩むと、石段の上に青銅の小門があって、火が移らぬという珊瑚樹《さんごじゅ》の高い垣が繞《めぐ》っていた。夏の光を爆《は》ざして、しんと静まり返っているさまは、まさしく神域である。

その垣根の上に、宝蔵の銅葺《どうぶき》屋根が抜きん出ていた。中屋敷はいくども焼けて建て直されたが、この宝蔵だけは二百幾十年も昔のままであると聞く。

銅門の鎖鑰《さやく》は解かれており、小姓どもが葵御紋を象嵌《ぞうがん》した緑青《ろくしょう》の扉を押すと、神さびた漆喰《しっくい》壁の宝蔵が姿を現した。

苔むした石組の裾には、砂利が広く敷きつめられている。その四隅には真鍮の水瓶が据えられており、なるほどここに家来衆が踏ん張れば、いかな大火も防げるであろうと思えた。

宝蔵の扉は開いていた。二百幾十年もの間、丹生山松平家十三代の家宝を納めた鋳物《いもの》の大扉《おおど》である。

からっぽ、という言葉がふたたび和泉守の脳裏をかすめた。

兄の語るところによれば、去年の暮に江戸留守居役の楠五郎次郎が、家宝中の家宝たる一文字則宗の太刀と、白糸威《しろいとおどし》の御具足をいずこかへと運び去ったのである。

その二品を金に替えるからには、そのほかのお宝などとうの昔に売り払うているであろう。すなわち、からっぽである。

そのような有様は見たくもないが、この目で見定めねば話は進まぬ。もしからっぽの御蔵内に、権現様はじめ父祖代々の御みたまがましまして、このていたらくを叱りつけるのであれば、平伏して詫びねばならぬと和泉守は思うた。

「のう、小四郎。わしはお初と夫婦《めおと》になりたいのじゃ。そのためにはの、権現様やら藩祖公やらにお許しをいただかねばならぬ。じゃによって、御刀と御具足を返してくりょう」

日ざかりの砂利の上で、兄は和泉守の袖を引きながら、駄々を捏《こ》ねる童《わらし》のようにそう言うた。

「兄上。小石川の屋敷の仏間には、御歴代のご位牌がございまする。権現様のお許しを得たくば、お初と二人して上野のお山の東照宮にお詣りなされませ。小四郎もお供いたしまするゆえ」

和泉守は頭ひとつもちがう兄の目の高さに屈みこみ、浴衣の肩を抱いて言いきかせた。

「いんや、小四郎。わしにはご位牌に御みたまが宿っているとは思われぬのじゃ。武士の魂は刀と鎧にとどまるはずじゃろ。ちがうか、小四郎」

和泉守はきつく目をつむった。兄の言は正しい。天然の美しさを知る人は、物事の真理も知っているのだと思うた。すなわち人間の優劣は、賢愚ではない。

そこまで思い至ると、とうとう熱い思いが眶《まぶち》に溢れてしまった。幼い日のように、兄が肩を抱いてくれた。

「おお、よしよし。泣くな、小四郎」

兄に支えられながら、和泉守は宝蔵の石段を昇った。

大扉も内扉《うちど》もこれ見よがしに開け放たれていた。御蔵内は思うた通りのがらんどうであった。

壁際にどうでもよさそうな長持やら調度類やらが積まれており、明かり取りの窓から解き落ちる光が虚しかった。真正面に据えられているはずの刀箱と鎧櫃は影もかたちもなく、注連縄《しめなわ》に下げられた幣《ぬさ》が、吹き入る風にからからと鳴っていた。

腰が摧《くだ》けてしもうた。財産を売り立てたのではない。魂を売ってしもうたのだ。

「兄上」

「何じゃらほい」

「誓うて申し上げます。お初どののとのご祝言の席には、東照神君御拝領の一文字則宗が御太刀《おんたち》、ならびに藩祖公が関ヶ原の合戦にて武勲を立てられたる白糸威の御具足の両二品、必ずや並べ奉ってご照覧を賜わります」

兄は和泉守のかたわらに、ぺたりと座りこんだ。それから解き落ちる光の帯を目でたぐって、しみじみと言うた。

「小四郎は、やさしいの。おまえだけは、わしを馬鹿にせぬ」

父も長兄も家来たちも、この人を穢れのように馬鹿にしてきたのである。顧みて自分もそうであったかと思えば、返す言葉も見当たらぬ。

「小四郎は、まじめじゃの。わしの願いを聞いてくれる」

「わたくしがまじめなのではのうて、世間がふまじめなのです」

ふと見れば、せっかくお初が斉《とと》えてくれた浴衣ははや着崩れて、三尺帯の二尺五寸が大扉の外まで曳かれていた。

「尻が冷やっこくてここちよい」

「兄上。面倒でも下帯はお付け下されよ」

うん、とひとつ肯いて、兄は見当ちがいのことを言うた。

「いつか、まことの海や山が見たいの」

和泉守はたまらずに両手で鼻と口を被《おお》った。くぐもった声で、ようやく言葉を返した。

「まことの海や山など、見ぬほうがよろしゅうございます。兄上のこしらえた海山のほうが、ずっと美しゅうございますれば」

語らううちに光の帯が天に巻き上げられ、からっぽの宝蔵の中は蜩《ひぐらし》の声に満ちた。

七、本郷元町《ほんごうもとまち》九尺《くしゃく》二間《にけん》裏長屋《うらながや》

算え二十一歳にしていまだ嫁取りせず、側女《そばめ》も持たぬ御殿様が女郎買いに出るのは無理からぬ話であろう。

内藤新宿の岡場所は近く、吉原にくり出すのであれば、神田川の河岸で舟を雇い、大川を日本堤まで伸《の》せばよい。

御殿様は深編笠に着流し、お供が二人の御近習ならばまあそういう話であろうと察して、門番の奴《やっこ》は潜り戸を開けた。

むろん見て見ぬふりをするのであるから、礼を尽くす必要はない。間違っても土下座などしてはならぬ。潜り戸を抜けるのは、夜分の急用で外出する御家来衆、ということにするのである。

御隠居なされた先《せん》の御殿様は月に三度もお出かけだったが、御当代様はそうしたご道楽をなさらぬから、見て見ぬふりの心付けにもありつけぬ。まじめ一方にも困りものじゃ、と奴どもの噂になっていたところに思いもよらぬお忍びで、当番の奴は身の果報を欣《よろこ》んだ。

御近習が足元を照らす提灯は、屋台も引けた水道橋の辻を左に曲がった。この時刻から吉原へと伸すなら、明け烏がカアと鳴くまでのお泊まりか。御大名の花魁《おいらん》遊びたァ豪気な話で、どうやら御屋敷のご内証が火の車だなんて噂は、根も葉もないらしい。

心付けを頂戴したうえに、離れかけた首まで繋がった気がして、奴は思わず南天の眉月に掌《て》を合わせた。

さて、水道橋の辻を左に折れた一行は、神田川の河岸に下りる様子はなく、川沿いの緩い坂道を登ってゆく。

しばらくは旗本屋敷の築地《ついじ》塀《べい》が続くが、三丁先の辻を北に曲がれば、やがて長屋の建てこんだ町人地である。

「ちと物を訊ぬるが、水売り伝蔵なる者の住まいをご存じか」

縁台で夕涼みをしている木戸番の老人に問えば、考えるふうもなく答えが返ってきた。

本郷元町と大雑把に言うても、しめて六丁七丁はある広い町場で、みっしりと詰んだ長屋には幾千人が住もうているやも知れぬ。いかに木戸番の年寄りでも、住人をことごとく知るはずはあるまい。

そこで矢部貞吉は、重ねて訊ねた。

「そこもとの知り合いか」

「いんや、知り合いてえほどの仲じゃあねえが、ここいらで伝蔵を知らぬ者はござんせん」

それから木戸番は、問わず語りに伝蔵の評判を語り始めた。

ここいらは古い長屋で、独り暮らしの年寄りが多いのだが、伝蔵は水売りの商いをおえるとそうした家々をめぐり歩いて、力仕事や用聞きをしているそうな。

「何だって世知辛《せちがれ》え世の中だが、溝浚《どぶさら》いだの井戸洗いだの、貧乏人の弔《とむれ》えだのてえ一文の得にもならねえ仕事は、みんなあいつの仕切りだ。きょうび珍しい鯔背《いなせ》な野郎さ」

どうやら伝蔵は、世を拗《す》ねた偏屈者ではないらしい。老人の言う「一文の得にもならねえ仕事」には、伝蔵なりの深い意味があるのだろう。

教えられた通りに歩みを進め、いくらか迷いもしたが、どうやらそれらしい路地に行きついた。提灯の上明かりを照らせば、木戸の上に並ぶ表札に「傳藏」の名があった。

十数枚も懸け並べた表札はどれも新しく、端正な筆跡である。同じ長屋に住まう大工が木屑を用立て、伝蔵が字を書いたのだろうか。

木戸は閉まっており、「ろじ暮六ツ限り通りぬける不可」と、同じ筆跡で書かれた木札が下がっているが、押せば開くのはご愛嬌であった。

「わしはどう名乗ればよいかのう」

小四郎は困惑している。夜更けに町家を訪ねて、御殿様のお出ましでもあるまい。

だが、伝蔵はたしかに言うたのである。（何なら、耳が増えてもようござんす）と。それはつまり、苦労な御殿様も同道していただきたい、という意味にちがいないと、貞吉は考えたのだった。

「松平和泉守家来、松平小四郎でよかろう。伝蔵は察するはずだ」

貞吉は小四郎を励ました。そもそも水売りなどとは縁がないのだから、不安に思うのは仕方あるまい。かくかくしかじかと事のなりゆきを語っても、耳で聞けばわけのわからぬ話であろう。

磯貝平八郎も口を添えた。

「貧しき人々に善行を施しておる伝蔵に、他意があるとは思えぬ。あやつから見れば、われらこそが貧しき者なのであろうよ」

その通りじゃ、と貞吉は諾《うべの》うた。正しくは「われら」ではあるまい。倒産寸前の大名家を突如として背負わされた小四郎を、伝蔵は天下の貧乏人と見たのであろう。おのが経験に照らして、悪い噂を看過できなかったのである。

「命懸けであろうにの」

小四郎がぽつりと言うた。御大名が武士を捨てた男を長屋に訪ねる奇行に、とまどうているのではないと知った。この友はそうした些事《さじ》を怖れはしない。ただ、善意の人間が命懸けで助言をなそうとしている事実を、小四郎は怖れているにちがいなかった。すなわち、おのが身に纏《まと》う権威を怖れているのである。

だが、こうでもするほかに、伝蔵が小四郎に見《まみ》ゆる術《すべ》はなかったのだ。

「どのような無礼があろうと、咎《とが》めてはなるまいぞ。よいな」

二人に向こうてそう言うと、小四郎はみずから木戸を押して、長屋の路地に歩みこんだ。

通りに面した表店《おもてだな》の裏手に、蓋を被《き》せた井戸があった。江戸の町人地は水が悪いので、井戸のあらかたは神田上水から引かれた溜め水である。

いきおい清浄な水を貯えておくためには、たびたび井戸の底に下りて、汚れを洗わねばならぬ。それも伝蔵がおのれに課した務めであった。

しばらく行くと路地はやや広まって、左右に間口九尺二間《くしやくにけん》の裏長屋が続く。小さな稲荷が鎮《しず》まっていた。その向かいの戸口に、見慣れた水桶が二つ裏返しに置かれ、天秤棒が立てかけられていた。水売り伝蔵の住まいである。

煤《くす》んだ障子に灯火が揺らいでいた。

「夜分お騒がせいたす。伝蔵が住まいはこちらか」

貞吉は声をひそめて訪《おとな》いを入れた。やや間を置いて、「おう」という寝呆けた声が返ってきた。

人の気配がし、しんばり棒が解かれた。がたくりと建て付けの悪い戸を引き開けて、七分丈の藍の単衣《ひとえ》物を着た伝蔵が現れた。

「きのうのきょうたァ、お早いお着きだの。戸は開けっ放してくんない。風が抜ける」

伝蔵の目は、深編笠を冠《かむ》った小四郎に向けられていた。

「ごめん」と口々に言いながら、三人は敷居を跨《また》いだ。土間に竈《へっつい》と洗い場と水瓶《みずがめ》が並んでいる。座敷は四畳半で、裏側にも障子窓がついた割長屋であるから、風はよく通った。

座敷には茶簞笥ひとつなく、蚊帳《かや》の中に床が延べられていた。

「大の男が四人《よったり》じゃあ狭苦しいが、酒だけはたんとございやす。蚊帳は吊ったままでようござんしょう」

伝蔵は蒲団を畳んで座敷の隅に置き、枕屛風で隠した。三人は蚊帳の中にかしこまった。たしかに狭苦しいが、生まれ育った下屋敷の門長屋と、さしてちがいはなかった。

清潔な部屋であった。小さな置行灯《おきあんどん》から漂い出る魚油の匂いが懐かしく、貧しさは感じられなかった。

思えば伝蔵は、親の齢である。

「溝《どぶ》を浚った駄賃に、大家さんから頂戴いたしやした。上方の下り酒しかお飲みにならねえ御武家様の口には合わねえでしょうが、冷水よりァましでござんしょう」

茶碗酒を酌みかわす前に、見知らぬ客人を紹介しておかねばなるまい、と貞吉は思うた。

「これなるは朋輩にござる。耳が増えてもかまわぬと申されるゆえ、同道して参った。姓名の儀は――」

松平小四郎と言いかけて、貞吉は声を呑んだ。

伝蔵が威儀を正し、両手をつかえて頭《こうべ》を垂れたのだった。

「御無礼の段、なにとぞご寛恕《かんじょ》下されませ。和泉守様におかせられましては、ご困難これありと聞き及び、卒爾《そつじ》ながら言上いたしたき儀がござりまする。お聞き届け下されましたなら、どうぞご存分になされませ。惜しむ命はござりませぬ」

囁《ささめ》くような声は、壁ごしの耳を気遣ったのであろう。

ややあって、御殿様は名乗りを上げられた。

「それがし、松平和泉守家来、間垣小四郎と申しまする。士分とは名ばかりの足軽ゆえ、無礼も何もございませぬ。お顔を上げられよ」

この友にはかなわぬ、と貞吉はつくづく思うた。

伝蔵もその器量に感服したのであろう、しばらく顔を上げようとはしなかった。


では、御三方。拙者の話を酒の肴にしていただこうかの。

ご覧の通りの破《や》れ長屋だが、幸い隣りは流しの按摩取《あんまとり》で、まだ当分は帰るまい。もっとも、何の悪だくみをするわけでもなし、誰に聞かれたところで、拙者の恥を晒すだけのことだ。

とまれ、ようお越し下された。四十を過ぎた男やもめゆえお構いはできぬが、そのぶん気を遣わずにすむであろう。

妻子は武士を捨つる折に離縁した。女房の里は苗字帯刀を許された名主ゆえ、ともに流浪するよりはよい。跡取りの男子を授からなかった義兄《あに》は、ゆくゆく十三になる倅を婿として下さる。拙者に迷いはなかった。

お若いのう、おのおの方。

このごろ若侍と見れば、捨てた倅の齢をつい算えてしまう。そこもとらと同じほどであろう。

縁は切っても親は親じゃ。幸せに暮らしているとわかってはいても、悪いふう悪いふうに考えてしまう、あらぬ妄想が膨らんで、おちおち寝つけぬこともある。めでたく名主の跡を襲ったはよいが、郡奉行《こおり》様から無理難題を吹っかけられておるのではないか。いや、それならばまだしものこと、よもやかつての勘定方添役《そえやく》、比留間伝蔵が倅と知れて、御役に召し出されておるのではないか、などと。万が一にもさような話になっているとしたら、何のために親子の縁を切ったかわからぬではないか。

ああ、いかん、いかん。

立派なお侍様を呼び付けておきながら、のっけから私事を口にしてしもうた。

しかし、こうして要らぬ節介を焼くつもりになったのは、そのよもやまさかの妄想のせいでござるよ。

冷水を買うてくれるお客は、門長屋ずまいのお侍か奉公人で、聞かでもの噂が耳に入る。商いをおえてそこいらの屋台の酒を酌めば、またぞろ肴は噂話だ。しかも、悪い噂ほどうまい肴になる。

このところは丹生山《にぶやま》松平様の噂でもちきりであった。水道橋の御門は御屋敷と目と鼻の先ゆえ、屋台の客をざっと見渡して御家来衆の耳はないと確かめれば、たちまち噂の花が咲いた。一人扶持の奴《やっこ》など、誰が気にするものか。むしろ客たちにせがまれて調子に乗り、「ここだけの話だがよ」と御家の内情を得意げに吹聴するはきゃつらのほうだ。

そうは言うても仕方あるまい。このごろはどこの御大名も物入りで、お国元から忠義な奉公人を連れてくることなどできぬ。ご在府中に限って、口入屋《くちいれや》から素性の知れぬ渡り中間《ちゆうげん》を雇うのだから、御家事情が筒抜けになるのも当たり前だ。きゃつらにしてみれば、語るほどにただ酒がふるまわれるしの。

もっとも、さなるご尊家の噂話を、誰よりも興味深く聞いておったのはこの耳やも知れぬ。むろん、面白がっておったわけではない。聞けば聞くほど、他人事とは思えなくなった。

かつてそれがしが仕えておった御家と丹生山松平様は、御高《おたか》も格式も似たりよったり、御家来衆はおおむね五百、国元にはこれと言った物産もないゆえ、歳入のおよそ九割五分は年貢であろう。

そして、ここは肝心のところだが、御当代様も御先代様も幕府の要職には就いておられぬゆえ、毎年の参勤交代は欠かせぬ。御公辺《ごこうへん》のお手伝もせねばならぬ。つまり、両家は歳出も似たものであろう。

実情が同じと思えば、長く勘定方を務めた者として、他人事と聞き流すわけにもいかなくなったのだ。

ああ、間垣殿とやら。

昨日、こちらのご両人には言うておいたが、主家の名はご勘弁下されよ。愛想つかして辞したるそれがしではござるが、父祖代々が御禄を食《は》んだ主家の悪口は気がとがめるゆえ。

それに――同格の御大名であれば、そこもとの御主君とかつてのわが主は、城中殿席《でんせき》も近うござろう。

御領分が近隣ではない、ということだけは申し上げておく。御歴代が西国のひとつところを領知する大名家にござるよ。

西国ならば租税も多いはず、と申されるか。

いや、それはちがう。年に二度の収穫があるなどというは、西も西の、しかもよほど限られた御領分の話でござって、まるで夢のようだから西国がみな似たものに思われている。それがしも、いったいどこの話なのかは知りませぬ。

たとえば今から三十年前、天保の巳《み》の年に起こって幾年も続いた凶作などは、領民の半分が飢え死ぬか逃散《ちょうさん》するという大飢饉でござった。その酸鼻《さんび》きわまる有様は、子供心にもよう覚えている。

日照り。大雨。刈り入れの時節に狙い定めてやってくる嵐。さなる天災は東西にかかわらず、どこの御領分でも避けられるものではない。

しかるに、飢饉の原因は天災ばかりではござらぬ。人災による場合も多々あるのだ。いざというときに領民を飢えさせぬだけの貯えは、どこの御領分にも必ずあるのだが、大坂の米相場が上がると、翌《あく》る年の収穫は例年なみと見込んで、目先の銭金ほしさに売り捌《さば》いてしまう。むろん蔵元の商人がそのようにそそのかすのだ。そうした折に凶作となれば、手の打ちようがない。

これは明らかな失政であり、人災なのだが、御家が窮乏すれば役人はみな商人の言うなりになる。とどのつまりは、百姓ばかりが飢えて死ぬ。飢饉の正体とは実にそうしたものなのだ。

越後は米どころゆえ、不作はあっても無作はあるまい。そのぶん、ご尊家のほうがいくらかましと思うが、いかがであろうの。

もひとつ、西国の御大名には悩みの種がある。両替の手間賃だ。

知っての通り、東国と江戸の貨幣は金、西国と京大坂は銀と定まっておる。しかるに、御殿様は参勤交代により、どなたも江戸と国元を行き来し、家来衆もあらかたはお供する。奥方様と御世子様はずっと江戸住まいじゃな。

よって銀を主な通貨とする西国大名は、たびたび金銀の両替をせねばならぬ。両替商に落とすその手間賃が馬鹿にならぬのだ。さらには、何でもかでも小判や丁銀で支払うわけには参らぬゆえ、大小の両替もする。その際の、大を小にくずす切賃《きりちん》、小を大にまとめる打賃《うちちん》、これらもばんたびとなればなまなかの手間賃ではない。

おわかりかの。そうこう考えれば、東国西国の寒暖の差などは、およそ御蔵事情とかかわりがない。同じ貧乏をすれば、誰もが他《はた》の懐具合を羨《うらや》むというだけの話よ。

その伝で言うなら、越後は米どころゆえいくらかまし、というのも、それがしの勝手な思いこみやもしれぬ。ご尊家にはご尊家なりの事情がおありなのだろう。

天下が定まってより二百六十年、どの御家も十数代を経て、すっかり凝《こ》り固まってしもうた。わけのわからぬ繁文縟礼《はんぶんじょくれい》にがんじがらめにされ、祖法を守ること、過《あやま》たぬことにのみ汲々と心を摧《くだ》いて、武士は堕落した。

一方、商人どもは常に利を求めて擡頭《たいとう》した。泰平なる世は商人の戦場であり、そもそも戦うことが本分の武士は、身の置き場をなくしたのだ。

畏《おそ》れ多い話ではあるが、さすがに東照大権現様も、二百六十年後の世は予見なされなかったであろう。

長きにわたる勤仕《ごんし》の末に、拙者が見た結論はそれじゃ。よって、正しくは主家に愛想をつかしたのではなく、武士であるおのれがほとほと嫌になった。

ならばいっそ、仏門にでも入ればよかりそうなものだが、妻子を捨てたうえに世を捨つるは卑怯であろう。そこで、刀と苗字を捨てて町人になろうと思うた。

食わねばならぬが、もう銭金の面《つら》など見たくもない。素町人に身を堕とし、なおかつ利を求めずに銭金を小馬鹿にする方法として、この下はない水売りという商いはどうだ。商人のはしっくれとして生きれば、いつかひっそりと破れ長屋でくたばるまでには、何か得心ゆくかも知れぬ。

朝《あした》に道を聞かば夕《ゆう》べに死すとも可なり、というではないか。

そうして日々を過ごすうちに、どうにも他人事とは思われぬご尊家の噂が、耳に入ってしもうたという次第だ。知らんぷりでやりすごす気にはなれなかった。

まあ、飲《や》れ。

銭金で買うたのではなく、溝浚《どぶさら》いの祝儀じゃによって、安酒でも味は格別じゃ。

さて、かつての主家が今日も無事に存続しておる、という話はいたしたの。間垣殿もそこまでは聞いておられるであろう。で、いったいどのようにして財政を立て直したのか、その方法を聞くためにやってきた、と。

教示いたすはやぶさかではない。ただし、その方法が人の道に適《かの》うているか、武士道に則っているかというと、そうとは思えぬ。水売りに身を堕とした今も、ずっと悩み続けている。たしかに主家は窮地を脱したが、それでよかったのか、と。

よって、それがしの申すことは教示ではなく、ひとつの経験譚《たん》としてお聞き願いたい。けっして鵜呑《うの》みにしてはならぬ。

いや、ありていに申せば、それがしの犯した過ちをくり返してほしくはないのだ。過ちを改めざる、これを過ちという。しかし、もう一度やり直すことはできぬ。さよう思うて悩み続けていたそれがしの耳に、ご尊家の悪い噂が入った。もう一度やり直す機会を、権現様が与えて下さったのであろう。

すなわち、これはそこもとらの戦であるとともに、それがしの戦でもあるゆえ、そこは相身たがい、感謝したりされたりするいわれはない。

よし。ご了簡《りようけん》いただいた。理屈はさておくとして、肝心の話に入ろう。

比留間家の俸禄は定めて七十俵五人扶持、勘定方添役としての格別の御役料はなかった。

私事ではあるが、当時の御家事情を説明するには、これが最もわかりやすかろう。

七十俵の御切米《おきりまい》はすなわち本俸で、昔は年に一度、そっくりまとめて頂戴したらしいが、享保のころより年に三度に切り分けるようになった。ゆえに「御切米」じゃな。その内訳は、二月と五月に二十俵ずつ、十月に三十俵という定《き》まりであった。

しかるに、父の代からは財政困難につき、「お借上げ」と称して事実上の減俸が始まり、拙者の代には半知《はんち》となった。すなわち、二月と五月に十俵ずつ、十月には十五俵の、つごう三十五俵だ。

その御切米とは別に、毎月晦日《みそか》に頂戴する扶持米《ふちまい》は、いわば生活のための俸給じゃな。一人一日玄米五合を食うと算じて毎月一斗五升、五人扶持で七斗五升を頂戴する。主家の米俵は三斗五升入りであったゆえ、二俵と少々を一家の食い扶持として月々拝領しておった。本俸の御切米が半知となっても、さすがにこの扶持米は従前通りであった。

まあ、こうした俸禄の仕組みは、ご尊家とて同様であろう。

は。何と一俵が四斗入り。それは豪気なものじゃな。御公儀ですら旗本御家人の俸禄は三斗五升の俵だというに、さすがは越後の米どころじゃ。

だにしても、この地獄耳が聞いた噂によると、ご尊家の御家来衆にはいまだ俸禄のお借上げがないというではないか。

まず、そこがわからぬのだ。きょうび御切米の半知などは当たり前、むしろ家格通りに俸禄を下げ渡している御家のほうが少かろう。

よろしいかな。そもそもお借上げと称する減俸措置は、下士《かし》足軽に下げ渡すたかだかの給与を節約するためのものではない。財政に寄与するのであれば、五百石千石を領知する御重役方々が申し合わせたほうが、ずっとよいに決まっておろう。御家来衆の俸禄には天地の格差があるのだからの。

つまり、こういうことだ。

当家は下士足軽に至るまで半知とするほどの窮状ゆえ、と商人たちを説得する。「お借上げ」はそのための方便じゃな。かくして十分な根回しをしたのち、ならば仕方がないと肚《はら》を括《くく》った商人を伺候《しこう》させ、御殿様おんみずから「お断り」を宣言するのだ。

拙者は江戸上屋敷にて二度、その儀に立ち会うた。

場所はいずれも、表御殿の書院であった。参集した商人は、両替商、蔵元、札差、ときには付けの溜まった呉服屋や、もろもろの御用商人まであった。

書院の下段には肩衣《かたぎぬ》半袴の御重役方々が居並ぶ。末席に勘定奉行があって、それがしはその背うしろの御入側《おいりがわ》に控えておった。

商人どもはあらかじめ、下段に続く下座敷にかしこまっており、その間には唐紙が閉《た》てられている。

おかしなことに、常に十人や二十人はある商人どもの並び順は、お店《たな》の格などではなく、この際に放棄する債権の多寡《たか》なのだ。

前の方に座る者は、三井、住友、鴻池《こうのいけ》などの大番頭や、世に「十八大通《つう》」などと呼ばれる札差で、これらはまず数万両の被害を蒙《こうむ》るのだが、その中にさほど大店とは言えぬ商人の顔があると、しみじみ気の毒に思うたものであった。

あればかりの身代《しんだい》で、万両の貸金をちゃらくらにされたのでは、まずひとたまりもあるまい。そうした商人はたいがい、親の跡を継いで間もない世間知らずか、義理に絡んで回り証文を受けたかの、どちらかであった。要するに嵌められた口だ。

唐紙が左右に開かれても、即座に頭を垂れる商人はいない。つまり商人どもは御重臣方々を睨み据え、「よくもやってくれましたな」というふうな、無言の抗議をする。こちらもこのときばかりは、さすがに「無礼者」とは言えぬ。

やがて、お成りの声がかかって一同は平伏する。御殿様が上段の間にお出ましになる。

着座なされるとまずは一言、ねぎらいのお言葉がある。

「本日は苦労であった」

詫びではないよ。御殿様が町衆に親しくお声をかけるのだから、その名誉たるや万金に価する。

一同は平伏したまま小動《こゆる》ぎもせず、ただちに御殿様は仰《おお》せになる。

「断る」

実に簡潔なお言葉で、後先には何も付かなかった。

ほかの用件での謁見《えつけん》ならば、「誰々と言談《いいだん》せよ」だの、「念を入れて務めい」だのというお言葉があるが、この儀ばかりは「断る」の一言で御殿様はさっさと席を立たれてしまう。あとは左右から唐紙が引かれて終《しま》いじゃ。

商人どもに対する根回しは一様ではない。頑としてこの儀に応じぬ者もあれば、潔くあきらめる者もおる。利息は帳消しで元金のみ返済、という条件でまとまったお店《たな》もあるし、利息分は半済、元金は向こう十年棚上げ、などという決着もあった。要するに「お断り」の中身はまちまちなので、商人同士はけっして口を利かずに黙って退席するのだ。

大名家との信義を重んじているわけではない。落としどころをご同業に知られてはならぬゆえ、大名貸しの商人どもは談合をせぬ。

少くとも一年前から根回しを始めた「お断り」じゃ。その間にはさまざまの駆け引きがあって、権柄《けんぺい》ずくというよりむしろ、納得ずくと言うたほうがよかろう。よって儀式をおえて帰るときの商人どもは、何やら大仕事をすませたような、ホッとした顔であった。

もっとも、世間知らずか義理絡みかで、納得ゆかぬままその場に臨んだ気の毒な商人は、唐紙が閉まってもしばらくはへこたれておったな。まあ、そういう者がいてくれるからこそ、ほかの根回しもどうにかなるのだが。

つまり、根回しも何もなく、狙い定めて権柄ずくの「お断り」をする商人の一人や二人は、いてくれねば困るのだ。

いつまでもぼんやりしておるゆえ、「帰れ」とせかせれば、何やら狐につままれたような顔で訊ねる。

「あの、比留間様。断る、との仰せにございますが、御殿様はいったい、何をお断りになられたのでしょうか」

話にもなるまいて。そんなふうだから回り証文などを握ってしまうのだ。

「返済は断る、との仰せである。畏れ多くも御殿様直々のお下知ゆえ、神妙に承れ。よいな」

ちなみに、そうした手合いのさる商人は、身上《しんしょう》を潰したあと蔵に火を放って、女房子供を道連れに首をくくった。

「お断り」と申すはずいぶん手前勝手なものに思えるが、なかなかどうして、その実はさほど簡単ではない。

おお、よい風が入りますのう。

起伏に富んだ江戸の町は、おおむね台地が武家屋敷、谷地《やち》が町人地とされておるが、この本郷元町は水道橋から坂を上がった高台にある。

夏は風が通り、冬は陽当たりがよいゆえ、八百八町の長屋のうちでまずここにまさる住みごこちはなかろう。おかげで住人はどこもかしこも年寄りばかりだ。

その年寄りが死なぬ限りは空家も出ぬ。死んだところで、親類か知り合いが跡を継ぐ。

では、どうして何の伝《つて》もないそれがしが借り受けることができたのかというと、この先にある加賀宰相様が御屋敷の肝《きも》煎《い》りなのだ。

江戸詰の御家来衆の中に、知った人があった。御家の格式こそちがうが、同じ勘定方は何かの拍子に知り合う機会がある。

そのお方とそれがしは、かつて日本橋の本両替が催した、川開きの宴席でたまたま隣り合わせての。以来、拙者の在府中はしばしば酒を酌みかわす仲となった。

家中での身分は似たようなものだが、なにぶん百万石の御家来衆にはお借上げもなく、俸禄の米俵は何と五斗入りで、ほかに御役料もつく。そのうえ接待の経費は勘定方から支払われるというのだから、こちらは世話になりっぱなしであったな。

いや、まさか百万石の公金にて遊び呆けたわけではないぞ。商人の動向は捉《つか》みづらい。我の知るところ、彼の知るところを交換すれば、おたがいすこぶる役に立ったのだ。

そうした仲であったから、武士を捨つると決めたときには、その旨を伝えた。むろん反対されたよ。

「勘定役は武士の面をした鬼じゃ。おぬしはわしひとりを鬼にしたまま、人間に戻るつもりか」

たがいに愚痴をこぼしたためしはなかった。だが、そのときばかりは本音が出た。裕福なはずの大藩にも、それなりの苦悩はあるのだ。おのが務めを全うせんとすれば、勘定方の役人はみな鬼になるほかはない。

むろん、節は曲げなかった。友も執拗《しつよう》ではなかった。

餞別《せんべつ》のかわりに、拙者は家伝の刀を贈った。売り飛ばしたところでいくばくにもならぬ祐定《すけさだ》の数打ちだが、持っていたところで仕方あるまい。

友からは二つのお返しを頂戴した。一つは住みごこちのよい本郷元町の長屋。すなわち、ここだ。そしてもう一つは、本郷加賀屋敷内に滾々《こんこん》と湧く銘水を、毎朝汲みにゆくお許しであった。

おいおい、何もそうまで驚く話ではあるまい。さては口から出まかせと思うておったか。うまさもうまいはずじゃ。そこもとらが毎朝一椀四文で買うてくれる冷水は、正真正銘、百万石の御泉水なのだ。

とまれ、その冷水の取り持つ縁で、おのおの方とこうして膝を交えることができた。

話を本筋に戻すとしよう。

俸禄のお借上げをしていないということは、「お断り」という伝家の宝刀を抜くつもりはない、と見てよかろう。

おそらく御家門や御重臣方は、すでにいくばくかの知行《ちぎょう》や俸禄を遠慮なさっておられるであろうが、それだけでは商人どもが承服するまい。根回しなどとうていできぬ。

だとすると、実は噂に聞くほど困窮なさっておらず、節倹を促すためにわざとさような噂を流している、とも考えられよう。

ナニ、それはない、と。

ほう。献上品の目録が不渡、とな。それも年始の祝儀、家督相続のご挨拶と相次いで、ついには八朔の式日に至って御老中に叱責された。

尋常ならざる話だの。献上品といえば銀四十三匁が三枚、昔からの慣習ゆえ今日でも同じであろう。家政の中ではわずかな出費だ。

御公辺の用いる通貨はおよそ金であるのに、なにゆえ献上品ばかりが銀立てかはよくわからぬところだが、「銀馬代」などという名称からすると、まだ権現様が三河におられた時分に、御家来衆が持ち寄った軍費にちなむのであろうな。四十三匁が三枚という習いにも、何かしら謂《いわ》れがあるはずだ。

不渡りも二度三度となれば、まちがい手ちがいではあるまい。だとすると、何かしら暗意があると見るべきじゃな。

それだけではない、と。

やや。中屋敷の御宝蔵がからっぽ。東照神君御拝領の太刀、および藩祖公御着用の御具足まで消えている。

いよいよ尋常ではないの。さなる家宝は売り買いのできるものではないぞ。売ろうとしたところで、買い手がつかぬわ。

すなわち、お宝なるものも貴《たっと》き度を越せば、抵当としての値打ちもなくなる。もし御宝蔵から消えたとなると、神社に奉納したか、京におわす天朝様に献上したか、そのほかには考えられぬ。

これもまた、大いなる謎じゃな。

待て、待て。しばらく考えさせてくりょう。献上目録の度重なる不渡りと、銭金に替わりようのない家宝の紛失――。

間垣殿、そのまま、そのまま。けっして動いてはなりませぬ。

いや、刺客ではない。月代《さかやき》に蚊が。

御無礼いたした。ああ、手遅れであったな。たいそう血を吸うておるわ。月代を蚊に食われると、あとが痒《かゆ》くてたまらぬ。掻けば掻いたで見映《みば》が悪うなる。

叩いた拍子に思いついたわ。

御先代様と御重臣方々が結託して、わざと御家を潰そうと企んでいる、というのはどうじゃ。

商人どもとの交渉にもほとほと嫌気がさし、借金は膨れに膨れて今さら「お断り」の根回しもできず、このさき何十年と豊作が続いたところで焼け石に水。ならばいっそこのあたりで、大名倒産、御家来衆は解散。

こうしたご時世じゃ。病み弱まった三百諸侯中、さなる決断をする御大名のひとつやふたつあったところで、何のふしぎもあるまい。

しかし昔とちごうて、御公儀幕閣は御大名を潰したりはせぬ。そもそも大名が経営しきれなかった御領分を、御天領に引き取って何の旨味があるものか。世子不在のため絶家、とでもいうのなら致し方あるまいが、あいにくご尊家は多くの男子に恵まれた。

どうじゃ。実は金がないのではのうて、やる気がない、というのは。

いや、それもちがう。幕府と商人どもを相手に、古今に例のない大名倒産の壮挙をなさんとしているのではないか。

だとすると御父上、いやもとい、御先代和泉守様は怪物にあらせられる。

あ、御殿様。いやもとい、間垣殿とやら。痒くとも掻いてはなりませぬぞ。月代は武士の看板にござる。

八、一狐裘三十年《いっこきゅうさんじゅうねん》

夜明け前に下屋敷を出て、神田川の土堤道をぶらぶらと歩めば、青梅《おうめ》街道にかかる淀橋のあたりで六ツの鐘が渡る。

川向こうの中野村は御朱引《ごしゅびき》の外、こちらの柏木村と角筈《つのはず》村は江戸市中とされている。淀橋に立てば街道の西は中野坂、東は成子《なるこ》坂で、どちらも一面の畑を遥か稜線まで見渡すことができた。神田川に向こうて土地が傾いているゆえ田圃が作れぬのであろうか、そのぶん麦や菜の青が、敷物のようにくまなく大地を被っていた。

このあたりまで来ると、御隠居様は橋の欄干に腰を預けて莨《タバコ》を一服つける。年寄りのふりをしているが相変わらず身体すこぶる壮健、くたびれたわけではない。大久保村の丘の上から赫奕《かくやく》と昇る朝日を浴びて身中に精気を満たし、かつあかあかと明け初《そ》むる風景を、心ゆくまで眺めるのである。

言い伝えによれば、昔むかしこのあたりに中野長者と称されるお大尽《だいじん》があった。武蔵野には落武者が多くあり、野ぶせりも跳梁跋扈《ちょうりょうばっこ》する物騒な時代のことゆえ、長者はあるとき思い立って、金銀財宝を甲州道中の人知れぬ場所に隠匿《いんとく》した。

そしてその帰り途、神田川にかかる橋の上にて、金銀の隠し場所が世間に知られることを怖れ、荷運びの下男を斬り殺した。

もとより何の罪科《つみとが》もなく、忠義一途の下男であったから、村人たちはこぞってその行方を探した。そして件《くだん》の橋の上に血溜りを見つけ、事の大概を察した。しかるに、そうにちがいないとは思うても中野長者がなしたることゆえ文句はつけられぬ。なおかつ、川に流したものか葦原に埋めたものか、仏も見つからぬ。そこで村人たちは、この橋を「姿不見橋《すがたみずのはし》」と名付けて、せめて長者の非道を語り伝えたのであった。

時代は下って、三代将軍大猷院《たいゆういん》様が御鷹狩《おたかがり》にお出ましの折、村人より親しくこの昔語りを聞こし召され、さても不憫な話ではあるが天下の公道に不吉な名はふさわしからず、と仰せになった。

よってただちに「姿不見橋」は「淀橋」に改められた。その名の由来は京から大坂へと流るる淀川に因《ちな》むとされ、また当時の神田川が澱《よど》んでいたからだとも伝えられるが、正しいところは明らかではない。

しかるに淀橋は御朱引を隔てる境であり、四谷大木戸や内藤新宿で未練の袂《たもと》を分かちそこねた人々も見送りは定めてここまでであるゆえ、いつしか旅籠《はたご》や茶店なども斉《ととの》うた場末の名所となった。

――などと、物思いに耽《ふけ》りながら莨を吹かす御隠居の上に、東の丘の高みから明六ツの鐘が渡ってきた。

撞き出しは成子坂上の常円寺、それを聞いてあちこちの寺の梵鐘《ぼんしょう》が和する。やがて大小近遠の鐘が殷々《いんいん》と鳴り響くさまは、数知れぬ僧の声明《しょうみょう》を聞くがごとくであった。

伝説というものには、後生が戒《いまし》めとする寓意《ぐうい》が托されている。しかし中野長者がそののち、どのような運命をたどったかは知らぬ。

「知りたくもないわい」と、御隠居様は煙管《キセル》をねぶりながら呟《つぶや》いた。

早朝の散歩に供連れはなく、出で立ちといえば路考茶《ろこうちゃ》の着流しに茶羽織で、鬢《びん》の白髪に宗匠頭巾《そうしょうずきん》がよく似合う。

節竹の杖にすがるのは人とすれちがうときだけで、実は足腰に何の不自由もなかった。風雅に余生を過ごす隠居のふりも、なかなかに難しい。

少くとも大身の武士には見えぬ。そして念入りなことに、着物も頭巾も適度にうらぶれており、いかにも世を捨てて庵《いおり》を結ぶ隠居のふうであった。

この身なりのときは「一狐斎《いっこさい》」と号する。礼記《らいき》に曰く、「一狐裘三十年」に拠《よ》る。すなわち一枚の狐の皮衣を三十年も着る倹約家を称しているのだが、下屋敷の中では「大殿様」であり、鋤鍬をふるうときは「百姓与作」であり、散歩に出る折には「茶人一狐斎」に変ずるのである。

いったい何をお考えやら、早い話が先代松平和泉守は、伝説の長者などくそくらえの怪物であった。

「御留守居役様におかせられましては、他聞を憚《はばか》る火急の御用とて、この一狐斎、老軀《ろうく》に鞭《むち》って馳《は》せ参じました。いやはや、ご覧の通りわたくしめは、すでに世を捨てて風流に生きる身、今さら他《はた》の耳を気にするでも、何を急《せ》くでもござりませぬ。ささ、粗茶ではござりまするが一服なされませ。ご用談はゆるりと伺いまする」

熊野十二社《じゅうにそう》権現の神域には湧水を貯えた大小の池があり、弁天を祀った大の池のほとりには料理屋や茶店が建ち並んで、庶人の風流の地となっている。

そのうちの水面《みなも》に張り出した離れの茶室が、しばしば密議の場となった。

御隠居様がおもむろに点《た》てた茶を啜りおえるやいなや、江戸留守居役の楠五郎次郎は事の次第を切り出した。

「御隠居様、実は昨日――」

「サマは余計にござりまするぞ」

「あ、もとい。しからば一狐斎殿。実は昨日、御殿様がふいに駒込の中屋敷を訪ねたいと仰せ出されまして、主命《しゅうめい》とあらばお止めする道理もなく、これなる橋爪左平次を供連れとしてお出ましになられました」

「ほう。御勘定役を指名なされたか。だとすると、はなから中屋敷の御蔵内をお検《あらた》めになるご所存ですの」

かたわらにある左平次が、茶碗を掌《てのひら》に収めたまま然《しか》りと肯いた。

主君の在国中に江戸表の一切を差配する留守居役は、小才も利くし弁もたつ。しかし勘定役の橋爪は嘘のつけぬ小心者である。同じ役職を二百幾十年も世襲しておれば、その家役が気性そのものとなっていた。

話の先は聞かずもがな、小四郎めはからっぽの蔵の中に立って仰天し、勘定役を詰問した。橋爪はしどろもどろで平伏するのみ。目に見えるようである。

「で、橋爪様はいかように弁明なされたのでござりますかな」

てんで他人事《ひとごと》のように一狐斎は訊ねた。

「ははっ、知らぬ存ぜぬ、と。しかし中屋敷にお住まいの新次郎様が、昨年の暮に楠様が訪《おとな》われて家宝の品々をいずくかに持ち出した、取り返してくりょう小四郎、と訴えられました」

おや、この図は思いうかばぬ。新次郎めは天下無双の馬鹿じゃによって、家宝の行方など案ずるはずはない。

首をかしげていると、留守居役がさらに思いもかけぬことを言うた。

「聞くところによれば、新次郎様には情を交わした女人がおられましての。ついては夫婦《めおと》になりたいのだが、ご先祖様にご報謝しようにも御具足がない、御刀もない。それで、取り返してくりょう小四郎、という話になったらしいのです」

ふむ。馬鹿にしては殊勝な心がけである。また、あの馬鹿に思いを交わしたおなごがあるとは、蓼食う虫も好きずきとはいえ、父にしてみればまこと祝着《しゅうちゃく》である。

留守居役はさらに続けた。

「しかるに御隠居様、じゃなかった一狐斎殿。上屋敷にお戻りになられた御殿様が、拙者を膝前に据えて仰せになるには、たとえ家宝であろうと借金の抵当《かた》にするも売り払うのも、家来を食わせるためならば致し方ない。しかし御歴代様や東照神君様に対し奉り、この果報を感謝せねばならぬという兄上の真心を何とする。よって、取り返せとまでは言わぬ。商人なり金貸しなりに頭を下げて、一日でよいから借り出して参れ。武士の沽券《こけん》にかかわると申すのであれば、余がみずから頭を下げてもよい――さよう仰せになられました」

待て、待て。話の運びが意外に過ぎて頭が回らぬ。

要は銭金よりも面子《メンツ》よりも、弟として兄の真心に報いたい、というわけだ。何じゃいそれは。まるで君子の言いぐさではないか。君子が君主であれば、名君だぞい。わしの倅が名君だなぞと誰が信じる。

それでも一狐斎は乱れなかった。うちなる動揺がいささかも顔に出ぬあたり、名君ではないがやはり怪物であった。

「つきましては御隠居様、じゃなかった、与作、でもなかった、ええと一狐斎殿――」

「もうよい。話は尋常を欠くるゆえ、おたがい素《す》に戻ろう」

一狐斎は宗匠頭巾を脱いで太い白鬢《はくびん》を撫でつけ、大あぐらをかいた。たちまち数寄者《すきしゃ》の仮面が剝がれて、あろうことか大名倒産の壮挙に挑まんとする、怪物の相が露《あら》わになった。

重臣どもが思わずにじり下がって平伏したのは、先代和泉守に畏れ入ったからではない。目の前に成田屋扮する「暫《しばらく》」の鎌倉権五郎《ごんごろう》が、グイと大見得を切ったように見えたのである。

「楠。はっきりと物言え。ついてはどうせよと申すのじゃ」

濡れ雑巾を絞り切るほどの低く力のこもった声で、御隠居は言った。変幻自在の大殿様にいちいち態度や言葉遣いを合わせてゆくのは大変だが、わけても素に戻られたときは誰もがとまどう。

なるほど、立役者でなければ気のすまぬこの御方が、当代和泉守として御家を滅却するは無理であろう。在職中にせっせと下ごしらえをしておいて、もはやどうにもならなくなった御家を倅に譲る。凡庸で縁《えにし》も薄く、腹を切らせたところでさほど惜しくはない妾腹《めかけばら》の四男は、尻拭いの適役と思えたのである。

重臣たちにとっても、御齢九歳でようやく認知された若君はやはり縁遠い。ましてや生母は百姓の娘であり、御本人も足軽の子として育ったのだと思えば、ことさら忠義心も抱けぬ。むしろ「御殿様などとしゃらくさい」が重臣たちの本音であった。

しかし、楠五郎次郎は揺れていた。隔年ごとに江戸屋敷を預かる御留守居役は、他家の同役や町衆とも交誼《こうぎ》があるゆえ、世知に長《た》けている。超然とした武士ではないぶん、人情も解するのである。

「それがしが考えまするに、武家の体面よりも新次郎様のお気持ちを斟酌《しんしゃく》なさるるは、人の道にござりまする。よってここは、御隠居様のお許しを頂戴いたしたく」

ややゝ、これは案外な。やれ交誼じゃ接待じゃと、御家の経費を濫用しておる留守居役の言とは思えぬ。そもそも人情なるものは貧乏より生ずるのであって、さんざ飲み食いして世間を知れば、人は非情になるはずではないか。

「なかなか面倒じゃぞ」

「はは、面倒は承知の上にござりまする。御隠居様を煩わせはいたしませぬ。すべてはそれがしと、この勘定役にて仕切りますれば、なにとぞご裁可を。これ、橋爪。おぬしからもお頼みいたせ」

橋爪左平次も「なにとぞ」と頭を下げた。こやつが中屋敷にて実見したことを、楠五郎次郎に注進したのであろう。いやおそらく、まっさきに小四郎めの人情に絆《ほだ》されたはこやつであったらしい。勘定役は小心者かつ鉄面皮《てつめんぴ》と思うていたが、そうでもないのか。両名ともに四十あとさきの分別ざかりであるというに、情に流されるとは文字通り情けない。

「あいわかった。こたびは新次郎の真心を聞き届けようぞ。ただし――」

御隠居様は鎌倉権五郎の隈取《くまど》りもものすごく、グイと両目を寄せる感じで大見得を切った。さすがに柝《き》は入らぬが、そのかわり弁天池の鯉がポチャンと跳ねた。

「ただし、小四郎めの願いを聞き届けたわけではない。そこもとらも、ゆめゆめ情に流さるるではないぞ。家老どもにもよう伝えおけ」

御隠居様は立ち上がった。身の丈六尺、あわや小間の天井を突き破るかと見えた。

この武者ぶりならば、いっそ家伝の御具足を身にまとい、一文字則宗の太刀を提《ひっさ》げて謀叛でも起こしたほうが似合う。

ところで、その御具足やら太刀やらは、借金の抵当になったわけでもなければ、売り立ててしまったわけでもなかった。

昨年の師走のどさくさにまぎれて、まだ御当代にあらせられた御隠居様の密命により、留守居役の楠五郎次郎が駒込中屋敷の御宝蔵から持ち出しただけである。

歴代の借金が嵩む大店ならともかく、いずれ倒産と肚を括ってから濫発した約束手形や証文の類《たぐい》は、めぐりめぐってどこの高利貸ややくざ者の手に落ちているか知れぬ。掛け取りの押し寄せる年の瀬ともなれば何が起こるやもわからぬから、とりあえず家宝を避難させたのであった。

弁天池の茶店を出ると、一行は熊野十二社の森を歩き出した。誰があとさきというわけでもないから、傍目《はため》に見れば茶の道の師匠と門人の武家、というところであろう。

内藤新宿の追分で分岐した甲州道中と青梅街道の間にあたるこのあたりは、角筈《つのはず》村と呼ばれている。豊かな畑地の中にこんもりと森を貯えて、社域一万坪の熊野十二社権現が鎮まっていた。

応永年間の勧請《かんじょう》というから、とりたてて古社というほどではないが、江戸庶民の熊野信仰は篤《あつ》く、その霊験《れいげん》も灼《あらた》かであり、なおかつ市中からは日帰りの遊山《ゆさん》もできる景勝の地であるゆえに、参詣者は絶え間なかった。

いきおい、近在の柏木村に下屋敷を構える丹生山《にぶやま》松平家とは縁が深い。歴代の寄進もおさおさ怠りなく、また家中の神事といえば熊野十二社に、仏事といえば別当成願寺にお恃《たの》みするが常であった。

降り落つる蟬の声も涼やかに聞こえる森の中を、三人は黙りこくって歩んだ。境内の玉砂利を、木洩れ陽が斑《まだら》に染めている。

まずは社殿に昇ってお祓いをたまわる。今さら神も仏もあったものではないが、この手順をおろそかにするわけにはゆかぬ。

御隠居様はまさか「御家安泰」は祈らぬ。かと言うて、「御家滅却」を願うわけにもゆかぬゆえ、こうした折にはひたすら「武運長久」を念ずる。実に戦なのであるから、まちがいではあるまい。

それにしても神社仏閣とはありがたいものである。誰もが敬し、誰もが畏れる。よって世にこれほど安全な場所はない。境内の奥にある宝物殿を、家宝の避難先としたのは妙案であった。

古い誼《よしみ》の神官には、「奉納ではなくお預け」と申し付けてある。しかし神社の蔵に納められている限り、誰が見たところで奉納品にちがいなく、それに手を出す罰当たりもおるまい。

御神前にて潔斎《けっさい》した三人は、神官のあとに従って宝物殿へと向かった。

幾百年の時を経た森の中である。厚い扉が開かれて歩みこめば、あまたの奉納品の中に探すまでもなく、三葉葵《みつばあおい》の御家紋が輝く鎧櫃《よろいびつ》と刀箱が置かれていた。藩祖公御着用の白糸威《しろいとおどし》御具足、並びに東照神君より御拝領の一文字則宗が太刀である。

「一日で用は足りますのか」

神官がかたわらに蹲踞《そんきょ》して訊ねた。口ぶりからすると、「奉納ではなくお預け」という曖昧な申し付けを、迷惑に思うているのであろう。しかしもともと御隠居は、他《はた》迷惑など毛ばかりも考えたためしがなかった。

「かまわぬ。とりあえずは明日の一日、祝言の日取りが定まれば、またその折に一日でよい」

神主と坊主は苦手である。いったいに上下の立場がわからぬから、おのれのふるまいや物言いにいちいち苦慮する。

ましてやこの神官には、深い事情を伝えていない。物騒な世の中ゆえお預かり願いたい、とか何とか言うたきりなのだが、どうもその顔色から察するに、悪い噂を耳にしているとも思えた。

「実はのう、御師様《おしさま》」

と、御隠居は神官と同じ目の高さに屈みこんで、囁くように言うた。

「惣領には死なれる、次男はうつけ者、三男は病弱にて、末の倅に跡目を相続させたはよいが、出自の卑しき者ゆえ信用ができぬのじゃ」

留守居役と勘定役が、ギョッと面《おもて》を上げた。たしかに言は過ぎようけれど、これも方便のうちである。

「御家も物入りの昨今ゆえ、万が一売り立てられでもしたら、御先祖様に面目次第もあるまい」

方便ではあるが、嘘のようで嘘にあたらぬ。やはりおのが血は、どこかで家康公につながっているのだと、御隠居は妙な得心をした。

「もったいのうござりまする、御隠居様。貴き御家のご内実など、お口になされますな。何ごとも御意のままに」

神官は畏れ入った。やはり上下は明らかなのだと、御隠居様は二度得心した。大名の権威、なかんずく御家門大名家の権威とは、実にそうしたものなのである。

しかし――御隠居はふと鋤鍬《すきくわ》の歯が石を噛んだような気がして、「しかし」と胸に呟きながら茶羽織の腕を組んだ。

思えばあの小四郎めも、その権威とやらを身に纏《まと》うておるのだ。よもやとは思うが、その気になれば父を凌《しの》ぐ当代松平和泉守という権威で、身を鎧《よろ》うている。

油断はなるまいぞ。

「お初やーい!」

御門前にしゃがみこんで地べたに絵を描いていた新次郎様が、大声を上げて駆け出した。御門番が止める間もなかった。

「はーい、お待ちどーさまー！」

お初も女中の手を振り払って走った。

「お初やーい！」

「しんじろーさまー！」

たがいが懸命に走っているのに、なかなか近付かないのはどうしてだろう。

「なりませぬ、お初様。はしたのうございますぞえ」

女中の声など聞く耳持たず、お初は草履を脱ぎ棄て、着物の裾をたくし上げて走った。

御屋敷の壁に沿うて、少しずつ新次郎様の姿が大きくなってくる。少しずつ。少しずつ。そしてしまいには、その胸が夜のように大きくなって、お初の身も心も包みこむのだ。

ああ、それにしても、手甲脚半《てっこうきゃはん》に捻り鉢巻をきりりと締めたあの人は、何て格好いいんだろう。お着物を召されるときは帯すら満足に締められないのに。

「お初やーい！」

「しんじろーさまー！」

名前を呼ぶだけで、もうどうかなってしまいそう。きっと新次郎様も同じお気持ちだろうと思う。

お膝と腹掛けが土にまみれているのは、朝の一仕事をなさっていたのだろうか。今は何日かにいっぺんお訪ねするだけだが、輿入《こしい》れをすれば夜明け前から日の昏《く》れるまで、二人してずっと御庭にいられる。

新次郎様は草木のことなら何でも知っている。何という名前で、誰が兄弟で、誰がいとこやはとこなのか。いつ幾日《いつか》に芽が出て、またいつ幾日に花が咲き、実を結び、枯れるのか。そうした短くも美しい一生を送らせるためには、どれほどの光と、水と、肥とが要るのか。

人間と語らうのは苦手でも、草木とは上手に話をなさる。

咲いてくりょうと願えば、固い蕾《つぼみ》もたちまち開く。

耐えてくりょうと囁けば、しおたれた茎も頭をもたげる。

すまぬすまぬと詫びながら鋸《のこ》や鋏《はさみ》を握れば、木々はみな静かに枝を垂れる。

だからお初は、ひとりのおなごとして新次郎様に添いとげるつもりはなかった。叶うことなら、新次郎様が最も愛する草木になりたかった。

たとえば、御庭の端の南向きの丘に咲く、南蛮渡来の薔薇《そうび》がいい。四季折々に大輪の花を咲かせ、散りはしても枯れることのない、黄色い薔薇。

「お初やーい！」

「しんじろーさまー！」

ようよう腹掛けの胸に飛びこむと、安らかな闇がお初をくるみこんだ。

「会いたかったぞよ、お初。いったい何年ぶりじゃろう」

「いえ。きのうのきょう」

「あ、さよか」

小石川の上屋敷から御駕籠が遣わされたのは夜明け前だった。

訪《おとな》いを入れた二人の若侍は松平和泉守様の御家来で、提灯には紛うかたなく葵御紋が入っていたから、番町の旗本屋敷は大騒ぎになった。

お初が和泉守様の御兄君に、庭繕いを習っていることは父母も知っているのだが、お茶やお琴と同様のおなごの嗜《たしな》みとしか思うてはいない。二人の仲を知っているのは、大好きな祖母と、お付きの女中だけだった。

訝《いぶか》しむ父母を、祖母が説得して下さった。

聞くところによれば、松平新次郎様はかの小堀遠州公が生まれ変わりと評される作庭の名手にて、一途に打ちこまれるあまり御家督を弟君にお譲りになられたとの由。さなる師匠ならば愛弟子を夜明け前に呼び立つるも、厳しき修業のうちにござりましょうぞ。

そこまで言うのなら、いっそすべてを審《つまび》らかにしてほしいと思うのだが、大御番頭《おおごばんがしら》に任ずる父も、同格の旗本の出である母も、好いた惚れたなど聞く耳持つ人たちではない。ましてやこのところ月の障《さわ》りが絶えてなく、炊き上がる御飯《おまま》の匂いにも嘔吐《えず》いてしまうなど、どの口が言い出せよう。

ところが案外のことに、父母は顔を見合わせて、あっさり了簡した。許婚《いいなずけ》にはとっくのとうに袖にされ、二十歳《はたち》を過ぎても嫁入り先の見つからぬ娘が、よもやまさかの玉の輿に乗るのではないかと希《のぞ》みを抱いたのだった。

ところでお初や、その御方は奥方様をお持ちかえ、と母が言いづらそうに訊ねた。いえ、いまだお独りにございます、と答えれば、父母は何もそこまでというほど躍り上がって喜んだ。なにしろお相手は三万石の御大名家、この際だからお側女《そばめ》でも上等だと思うておられたのだろう。

などと、朝まだきの出来事を思い出せば、この幸せが夢か煙になるのが怖くて、半纏《はんてん》の背をかき抱く手にも力のこもるお初であった。

「して、新次郎様。急なお召しをたまわったわけは」

新次郎様はすぐに答えず、お初の肩を抱き寄せて歩み出した。お初も腹掛けの腰に手を回した。行き交う人はみな笑うのだが、気にはならなかった。

いくらか長いお言葉を口になさるとき、新次郎様はしばらくお考えになる。御門を抜け、みごとに刈り揃えられた躑躅《つつじ》の小径《こみち》に歩みこんだあたりで、新次郎様はようやくお答えになった。

「御具足が御刀と小四郎を取り戻してくれての。あ、ちがうか。御刀と小四郎が御具足を――」

「それを言うなら、小四郎様が御具足と御刀を取り戻して下さった、ですね。えっ、ええっ、うれしいっ！」

新次郎様はつねづね、御藩祖公と権現様に嫁取りのご報告のできぬことを気に病んでいる。ようやく貴き御みたまの前で夫婦《めおと》の誓いを立てられるのだと思うと、ありがたさに涙がこぼれた。

御庭向きの書院の床の間に、立派な御具足と黄金《こがね》造りの太刀が鎮まっており、四方には注連縄《しめなわ》が張り巡らされ、幣《ぬさ》がからからと風に鳴っていた。

「善は急げじゃな。では、さっそく」

新次郎様は縁先で草履だけを脱ぎ、お初の手を引いて書院に上がった。

こうした際には、せめて肩衣《かたぎぬ》半袴でなければと思いもしたが、新次郎様の盛装はこの庭師の姿にちがいなかった。御藩祖公も権現様も、きっとお許し下さるだろう。

御家宝の並びに、見届け人の御家来衆が威儀を正して座っていた。どなたも肩衣半袴なので、何やら罪を得てお白洲に引き出された町人の気分になった。

右手には番町から供をした若侍が二人。左手に御重役と見える齢かさの武士が二人。小四郎様のお姿はなかった。

舟の帆が一斉に倒れるように、見届人たちは肩衣を軋《きし》ませて平伏した。

御家宝の前には、海老だの昆布だの餅だのを供えた三宝が置かれているが、お初が目を奪われたのは丹塗《にぬ》りの桶に生けられた花だった。御庭の端の南向きの丘に咲く黄色い薔薇が、甘い香りを漂わせて溢れんばかりに咲いていた。武家の礼式にはありえぬ花を、新次郎様が誂《あつら》えて下さったのだった。

御女中の差し向ける盃も受け取れぬまま、お初は袖ぐるみに顔を被って泣いた。

「新次郎様、ご報告を」

御重役が水を向けた。

「ああ、そうじゃ。そうじゃったの。ええと、御先祖様、東照大権現様、わしは馬鹿ゆえうまくは申せませぬが、これなるお初を嫁に迎えとう存じまする。ありがとう、ありがとう――」

ありがとう、と百ぺんもくり返しながら、新次郎様もさめざめと泣いてしまった。

そのとき、ふと見上げた薔薇の花かげに、やさしげにほほえむお二人の武将のお顔を、お初はたしかに見たような気がした。


このごろ松平和泉守の頭の中は、「倒産」の二文字でいっぱいになっている。

牀《とこ》に就いて仰向けば、天井の闇から雪のごとくに、「倒産」と書かれた御札が降り落ちてくる。

朝《あした》に目覚めれば、それらは体じゅうに瘡《かさ》のごとく貼りついて、みじろぎもままならぬ。

すべてはまぼろしじゃと思い定めて起き出しても、やはり墨痕《ぼっこん》あざやかな「倒産」の二文字は、日がな一日頭から剝がれることがなかった。

気を紛らわせてすむ話ではない。けっして怨霊のしわざではなく、妄想の類《たぐい》ではないからである。

すなわち、このままではさほど遠からぬうちに、十三代二百六十年続いた丹生山松平家が倒産する。改易《かいえき》だのお取り潰しだのではなく、みずから大名をやめ、領国を手放し、家来衆は離散するのである。

むろん前例はあるまい。聞いたためしもない。どう考えようと、想像を超えている。

しかし本郷元町の裏長屋に住まう水売り伝蔵、こと比留間伝蔵の語るところによると、「このご時世ならば大いにありうべきこと」であるらしい。

思うように年貢が上がらず、借金まみれであるのはどこの御家事情も乙甲《おつかつ》、家来衆の御禄が半知とされて食うや食わずのありさまも、珍しい話ではないという。しからば、官位を返上し国も捨て、爾後《じご》一切は御公儀にお任せするというのも、ひとつの方法であろう。

伝蔵が申すには、それにしても御禄を削らずに祝儀の銀馬代すら払わぬ、というのはちとおかしい。出入りの商人衆と話し合う様子もなく、利息も払わずに書き物ばかりで凌いでいるというのも尋常を欠く。聞くところによれば、当家の家老名義で振り出された証文や手形の類は、江戸大坂の札差両替の帳場に溢れ返っている。そうこう考えればやはりこの事態は、現金を掻きこんで倒産するための謀事《はかりごと》と読むべきではないのか。

聞くほどに和泉守は震え上がった。たとえ仮説であるにせよ、奇妙に思えるくさぐさが、すべて段取りに沿うているような気がしたからである。

それ以来、「倒産」の二文字は和泉守の脳裏に貼りついて剝がれなくなった。

倒産。何とも生々しい言葉だ。「倒」の字の第一義は「さかさま」で、もともと「倒産」と言えば「さかさまに産まれる」すなわち「逆子」の意味であった。ところが、このごろではまったくちがう意味、すなわち「財産が倒れる」というふうに使われている。誰かが洒落で言い始めたのであろうが、今ではそう聞いて「逆子」を思いうかべる人はおるまい。

それくらい景気が悪くなったのである。米が穫れねば武士が困窮する。積もり嵩《かさ》んだ借金の返済どころか、利息まで払えぬとなれば商人が立ちゆかぬ。今や「どこそこのお店《たな》が倒産した」という噂は夜ごとの酒の肴、それも干鰯《ひいわし》か塩辛ぐらいの当たり前である。

かねてより「破産」という同義の言葉はあった。しかるに、産が破れる壊《や》れるというよりも、やはり「産が倒れる」ほうが怖い気がする。前者は「努力精進の甲斐もなくとうとう」という感じであるが、後者には「突然ドウと倒れる」ような迫力がある。

頭から離れぬ「倒産」の二字について、さようどうでもよいことを考えているうち、和泉守は確信したのだった。

やはり伝蔵の申すことは当を得ている。父と重臣たちは、前代未聞ではあるがこのご時世ならば大いにありうべき、大名倒産の画策をしているのだ。

「ときに和泉守殿、先日の居残りはいかがでござったかの」

隣席の松平大隅守が、蝙蝠《かわほり》の扇子を口元にかざして囁いた。

「いえ、特段のお叱りはござりませぬ。上様にお目通りの折、畳の目数がどうな、と」

嘘は苦手である。しかしまさか、御老中より「目録不渡《ふわたり》」につき、きつい譴責《けんせき》を受けたなどとは言えぬ。

本日は八月十五日の月次《つきなみ》登城日で、秋風が立ち始めたせいか欠席もほとんどなく、帝《てい》鑑《かん》の間にはみっしりと大名が居並んでいる。

「何と、畳の目数をたがえたか。それで特段のお叱りがないはずはあるまい」

「いや、そうではなく、畳の目をたがえまいとして、いささかためろうた挙措が悪いと」

「ああ、さようか。ならばお叱りというほどではないの。御目付は難癖をつけるのが務めじゃによって、気に病んではなりませぬぞ。かくいうそれがしも、そこもとのお父上もな、若い時分にはずいぶんと意地悪をされたものでござるよ。旗本の分限で大名を叱りつけるとは無礼も甚しいが、御役目とあらば文句もつけられまい。まさに吉良上野介《きらこうずけのすけ》を憎む内匠頭《たくみのかみ》の心境でござったよ」

どうやらこの御殿様は話し好きであるらしい。七月朔日《ついたち》の月次御礼の折にはむっつりと口をきかず、八朔の式日に少し話しかけ、三度目のきょうになって馬脚を露わした、というところか。

ならば水を向けてみようと和泉守は思うた。若い時分、などと言うからには、三十年も四十年も父と殿席《でんせき》を共にしていたのである。縁《えにし》の薄い庶子などより、よほど父の人となりを知っているのではあるまいか。

和泉守は膝を回して、老いた大名の横顔に向き合うた。広敷《ひろしき》の隅に控えていた茶坊主が忍び寄って、長裃《ながかみしも》の裾を斉《とと》えた。

これはおそらく、殿中作法にはずれてはおるまい。諸大名がみな前を向いたまま話しているのは、それぞれ御家の面目があるからで、親子ほど齢のちがう御殿様に謙《へりくだ》ることの無調法であるはずはなかった。

「大隅守殿」

「や、何を改まって」

少し驚いたように、ご老体もいくらか膝を向けて和泉守の面目を立ててくれた。

「それがしは妾腹ゆえ、父の人となりをよう知りませぬ。お聞かせ願えましょうや」

大隅守は白い眉の垂れた金壺《かなつぼ》まなこの底から、やや悲しげに和泉守を見つめた。

「子の知らぬ人となりを、他人が知っておるとも思えぬが」

「いえ。御尊家と当家は参勤の時節も同じ、江戸在府の間は、正月参賀、五節句、そのほかの式日、加うるに月に二度三度の月次御礼と、旬日を経ずしてご同席しておりましょう。それがしは、さほどわが父とは会うておりませぬ」

おそらく父から、家督相続に至る経緯は聞いているのであろう。老いた瞳にはいよいよ悲しみの色が現れた。

「これ、和泉守殿。もそっと声を小さくなされよ。御家の面目にかかわる話じゃぞ」

ふたたび蝙蝠の扇子を口に当て、囁くように叱ってくれた。情のある人だと思うた。

「忌憚《きたん》なきところをお聞かせ下されよ」

「さあさあ、そうは言われても、ご子息に向こうて遠慮なく物を言うことなどできますまい」

「いいや、大隅守殿。鏡を見れば実の親子だと思いもいたすが、人柄を知らぬのでは情も通いますまい。正直のところ、他人も同然でござる。そのあたりはおそらく、父の心中も同様かと」

大隅守は扇子の中で溜息をつき、ひとこと「不憫な」と呟いた。それから、しばらくまなざしを広敷の遠くに向けて、物思うふうをした。

「まっすぐな御仁じゃ」

そんなはずはない。父を実直な人物というのなら、梅ヶ枝も瓢箪《ひょうたん》も、いいや曲尺《さしがね》だってまっすぐである。

「どうか忌憚なきところを」

「は。あ、いやいや、まっすぐはそこもとじゃよ。はっきり言うて御先代和泉守殿はの、不実で無慈悲で非人情で、臍《へそ》曲がりの偏屈者じゃわい。よってそれがしは、四十年も殿席を並べて、めったに口を利いたためしもないのだ」

そこまで言うか。しかもかく言う大隅守の向こうから、誰ともわからぬ御殿様がヌッと首を伸ばして、「その通り」と合の手を入れた。

和泉守はがっくりと肩を落とした。こうも親を悪しざまに罵《のの》られて、腹の立たぬおのれが情けなかった。不実で無慈悲で非人情で、臍曲がりの偏屈者とは、よくぞ言うてくれたものだ。それはまるで、どうにもうまく言い表せなかった父の性情を、おのれに代わってまこと的確に、大隅守が言うてくれたように思えた。

しかし、今ひとつ何かが欠けている。

「それにしてもまあ、お顔やら居ずまい佇いやらはよう似ておられるゆえ、親子であることは疑うべくもないがの。よくもあの御先代から、かくも真面目でまっすぐなご子息が生まれたものよ」

また向こう側から、見知らぬ大名が「しかり」と合の手を入れた。

「ああ、そうじゃ。悪口雑言ばかりでは、そこもとも後生が悪かろう。ひとつだけお褒めいたすとしよう」

大隅守は冷えた茶を啜った。

「そこもとのお父上は、すこぶる頭がよろしい。物覚えがよい。打てば響く。一を聞いて十を知る。何事も目から鼻に抜ける」

その通りである。これで父の全人格が形になったのだが、睛《ひとみ》を点じた龍はまさしく怪物であった。

「ご無礼いたした。許されよ」

帝鑑図を描いた正面の襖に向き直って、大隅守は軽く頭を下げた。

「いえ、滅相もござらぬ。大隅守殿のご意見を肝に銘じて、わが身を慎みまする」

大隅守はふむふむと肯きながら俯《うつむ》いてしまった。幾筋かほつれた鬢《びん》の白さが哀れであった。

「のう、和泉守殿」

「は、ほかに何か」

「いや、無礼を申したは、そこもとのような跡目を立てて隠居をしたる御父上を、嫉《ねた》むがゆえでござる」

その先は口を閉ざしたが、この老人には家督を譲るに足る子がないのだろうと和泉守は憶測した。

もう何も言うてほしくはないと思うそばから、茶坊主の声がかかった。

「松平大隅守殿ォー」

下城の呼び出しである。続けてもう一声。

「松平和泉守殿ォー、蘇鉄《そてつ》の間へェー」

何たることだ。またしても居残りとは。

並び大名たちは肩衣の音をどよめかせて、気の毒そうに和泉守を振り返った。

「過日、御尊家より銀馬代が届き申した。年始献上分、襲封《しゅうほう》の御目見《おめみえ》分、八朔の祝儀分、つごう現銀四十三匁が九枚《くまい》である。和泉守殿には、まことご苦労にござった」

御老中は偉そうに言うた。

板倉周防守は備中松山五万石の城持ち大名である。しかし長く幕閣に参与しておられるゆえ、領国に帰る間もないであろう。今日の幕府は、この人物なしに回らぬと噂されていた。

蘇鉄の間は暗くて気が滅入る。陰湿な話をするにはもってこいであるから、もしや御老中はまたしてもこの座敷を選んだのではないかと思うた。しかも、きょうは目付の姿がない。蘇鉄の生い茂る密林の中で、悪い話をしているような気がしてきた。

「苦労というほどではござりませぬ。勘定方の手ちがいにて、御老中には迷惑をおかけいたしました」

毅然として答えた。「まことご苦労」という御老中の言いぐさは、「やればできるではないか」と聞こえた。ならばこちらは、手ちがい勘ちがいで押し通すほかはない。御家の面目である。

「なるほど。手ちがい、とな」

髱《たぼ》の根からうなじへ、ツウと汗が伝った。このやりとりのためだけに居残らせるはずはない。いったい何を言い出すのやら。

物ははっきり言え、と怒鳴りつけたいほどの間を取ってから、御老中は一息に言うた。

「のう、和泉守殿。御家の内情が苦しいのは、どこも同じじゃぞ。しかるに、わずかな儀礼の金銀が不渡りとなった例はない。とうとうそこまで困窮する大名も現れたかと思いもしたのだが、やはりどう考えても話がおかしい。もしや御尊家は、銭金のあるなしではのうて、何か格別の存念をお持ちなのではあるまいか。あ、いやいや、そこもとを詮議するつもりは毛頭ござらぬ。ただ、お兄君の急逝によって、思いもよらず家督をお継ぎになったそこもとの知らぬところで、妙な話が進んでおるのではないかと気を揉んだ次第じゃ。何を節介なと思いもしようが、その懸念を伝えたかった」

すばらしい。この人物なしにご政道は立ちゆかぬ、という評判はもっともである。寺社奉行兼帯の月番老中ともなれば、噂を蒐《あつ》むるほど暇ではなかろうし、つまり家督相続の経緯と目録不渡の事実から類推して、そうした懸念を抱いた。いや、面と向こうて釘を刺したからには、懸念ではなく確信にちがいない。まことすばらしいおつむである。

だが、ここで安直な受け答えをしてはならなかった。

「ご深慮、痛み入り申す。しかしながらそれがし、何ひとつ心構えもないまま急な襲封と相成り、いまだ家中に目を配る余裕がござりませぬ。来月は江戸を御暇《おいとま》つかまつりまして、初の国入りをいたしますれば、道中の折々にじっくりと考えとう存じまする」

そう、これでよい。何ごとも知らぬ存ぜぬ、而《しこう》して今はこの賢い頭脳から、聞き出せる限りを聞くのだ。

「ところで、御老中はご公務にお忙しく、国元にはお帰りになれぬのでしょうが、いったいどのようにして領知の経営をなさっておられるのでしょうか」

素朴な疑問である。幕閣に参与する大名は参勤交代を免除されると聞くが、たとえ御役料だの賂《まいない》だのの実入りがあるにせよ、領分がおろそかになったのでは元も子もあるまい。

御老中の回答は明晰であった。

「よき質問である。領知経営の骨《こつ》は、まず節倹。次に四公六民の収税の正確な実行。加うるに殖産興業。そのほかには何もない。考えればきりがないゆえ、ないものとする。かくして、その三点につき責任を負う奉行を抜擢する。むろん家柄などはかかわりない。むしろふさわしい家柄ではないほうがよい。それら奉行が君命を奉じて役目を全うする。ならばむしろ、主君は不在のほうがよい」

書きつけておきたいが、ここは頭に刻むほかはあるまい。

自信たっぷりの口ぶりから察するに、おそらく御老中はその通りに政《まつりごと》を行うて、実を挙げたのであろう。いや、あるいはそうした領知経営の手腕を買われて、ご自身が幕閣に抜擢されたのやもしれぬ。

節倹。収税。殖産興業。要するに無駄遣いをせず、年貢はきちんと取り、特産物を増産するのだ。しかし、悲しいことに今となっては、それどころではない。すなわち、父はやるべきことをやらなかったのである。

「薩摩守様ァー、御下城しゃっしゃりまするゥー」

廊下の先から茶坊主の甲高い声が通った。御老中は立ち上がる気配もなく、ふと思いついたように話を継いだ。

「だにしても、財政の改革をなすのであれば、まずもって借財をどうにかせねばならぬ。あれなる島津殿はの、五百万両の借金を踏み倒した」

「ゲッ。五百万両――」

驚くどころか、思わず嘔吐《えず》くほどの大金である。さすが七十三万石の太守ともなれば、借金も格がちがう。

「オエッ。さような大金、いったいどのようにして」

御老中は手拭で口を被う和泉守の顔を招き寄せ、「ここだけの話じゃぞ」と前置きをした。

「天保年間の話というから、二十幾年も前になろうの。お父上からは聞いておられぬかな」

「いえ、まったく」

たしかに初耳ではあるが、御老中がさりげなく父子の関係に探りを入れたようにも思えた。

「借金が五百万両、利息だけでも年に六十万両、そのうえ歳入はたったの十五万両であったと聞くから、これはもう病人でいうなら危篤でござった」

頭の中に「倒産」の二文字が高札《こうさつ》のごとく立ち上がって、和泉守は咳《しわぶ》くふりをして少し吐いた。

「おや、いかがいたした、和泉守殿」

「いえ、少々茶に噎《む》せましただけ。オエッ」

「続けてもよろしいか」

「はい。お頼み申す」

「ふむ。なかなか立派なご覚悟じゃ。さて、御家事情も重篤というそのとき、下士より抜擢されて家老職にまで進んだ侍があった。債権を握る商人どもに対し、その者が申し渡したるは、五百万両を向こう二百五十年賦として無利子償還、すなわち事実上の踏み倒し」

「エッ、エッ、五百万両を二百五十年賦ですと。だったら返さぬと言うたほうが話は早い」

「まあ、そこが武家の面目というものでござるよ」

薩摩は伝家の宝刀「お断り」を抜いたのである。さすがは島津七十三万石、比留間伝蔵の実見譚とは規模がちがう。

和泉守は気を取り直し、頭の中で算盤をはじいた。こうしたとき、寺子屋育ちは都合がよい。

なるほど、よくわかった。

「御老中、その家老は武家の面目で当てずっぽうの数字を口にしたわけではござりますまい。五百万両を二百五十年賦とすれば、年に二万両の返済にござる。すなわち、十五万両の歳入のうちから返済に回せる限度額を二万両と読み、完済までには二百五十年を要すると説明したのでござりましょう。武士の面目ではなく、御家を存続させるためにはそれしかない、という理を説いたのでござる」

聞きながら御老中は、虚を突かれたように口を尖らせ、聞きおえると和泉守の顔を見つめて、「ほう」と感嘆した。

「そこもとは武将に不要な芸を学んだか」

「ゆえあって寺子屋に通いました」

口が滑ってしもうた。しかし御老中は深くを訊ねようとはしなかった。おそらく明晰なおつむで、中《あた》らずとも遠からぬ事実のあらましを、推測して下さったのであろう。

「話し甲斐もあるというものだ。ならば今少しお伝えいたそう。借金をいかに棒引きしたところで財政の改革にはなるまい。薩摩はその形を固めたうえで、節倹に励み徴税を全うし、殖産興業にも力を注いだ。わけても黒糖の専売制を確立したるは、今日の安定に繋がったと思われる」

「しばらく」と、和泉守は御老中を遮った。

「さなる利《き》れ者の家老ならば、まず先に黒糖の専売という計画ありきと思われまする。商人どもにその利をさらわれぬためには、先んじて借金を棚上げにしておかねばなりますまい。順序よくことを運んだと見せて、実は逆算であった、と」

ふむ、ふむ、と御老中はしきりに肯いた。

「薩摩おそるべし、じゃのう。ところで、和泉守殿。先日、大御番頭《おおごばんがしら》の小池越中守殿《こいけえっちゅうのかみ》より直《じか》に聞いたのでござるが、ご息女とそこもとのお兄君が祝言をお挙げになられるとの由、まことにござりますな」

大御番組は老中支配の武役であるから、まっさきにお報《しら》せしたのであろうが、だにしても親から聞いた話を「まことか」とはこれいかに。

「はい。いまだ結納の儀もおえてはおりませぬが、当人たちはすでに言い交わした仲にござりまする」

「しばらく。少々立ち入ったことを伺うがの。御正室としてお迎えするのか、それともお側女《そばめ》かな」

「むろん正室にござりまする。それがしが江戸御暇《おいとま》をいたします前に、お輿入れを願おうと思うておりまする」

「それはまた、慌《あわただ》しい話じゃのう」

まさか腹の中に子が、とも言えぬ。たしかに慌しい話ではあるが、当主たる自分が番町の小池家を訪《おとな》い、結納をすませねばならぬのである。

「物入りじゃぞ、和泉守殿」

御老中は苛立つように扇子を開け閉《た》てしながら、きつい口調で言うた。

出費は覚悟のうえである。すでに焼鯛や鰹などのなまものは除き、小袖や帯、金銀の末広から酒樽まで、結納の品々は上屋敷の奥向《おくむき》に揃えられていた。それにしても、祝儀は金がかかる。

「むろん、承知いたしておりまする」

「さようか。つまらぬ老婆心から、僭越《せんえつ》を申し上げた。無礼は許されよ。いや、小池の家は昔から大御番士を務むる矜《ほこ》り高き旗本ゆえ、当主の越中守もしきたりにはやかましい人物じゃ」

待てよ。何か格別のしきたりがあるのか。亡うなった長兄の奥方は眷族《けんぞく》の出自であり、越後の領分にある三兄もいまだ独り身で、つまりわが家にはこのところずっと、改まった嫁取りがなかった。

大御番頭といえば、まず武役の筆頭であり、旗本中の旗本である。ならば三河岡崎以来の、ややこしいしきたりでもあるのだろうか。

もしや、と思うそばから、また吐気がこみ上げてきた。

「あの、御老中様――」

手拭の中のくぐもった声で、和泉守はようよう訊ねた。

「大御番頭の御家から嫁を取るには、結納の品々のほかに何か必要なのでござりまするか」

「お頼み金をご存じない、か」

「は。お頼み金、でござるか」

キンと名が付くからにはカネであろう。和泉守はきつく目をとざして、どうか祥福の金魚でありますように、と祈った。

そんなはずはないのである。鯛や昆布や鯣《するめ》に並んで、金魚の干物を三宝に供えるわけがない。金魚鉢であったらもっとおかしい。

「やはり知らぬか。念のために訊いておいてよかった。さもなくば、たちまち破談の憂き目を見るところであった。よろしいか、お頼み金とは三河以来の旗本旧家が、婚姻に際してあだやおろそかにせぬしきたりじゃ」

「それはもう、わかり申した。で、いかほど」

これはまさか、銀四十三匁を三枚というわけにはゆくまい。せめて、十両か二十両であってほしい。

「お頼み金は定めて五百両である」

何やらものすごくきっぱりと、まるで切腹でも申しつけるように御老中は言うた。

「ゲエッ、五百両――」

嘔吐《えず》きながらバッタリと倒れそうになる体を、和泉守はかろうじて持ちこたえた。切腹を申しつけられても、ここまで取り乱しはすまい。なにしろ御蔵の中はからっぽ、献上銀の目録まで不渡りとした当家に五百両を払えというのは、ひとつきりの命をふたつみっつよこせ、というほどの無理無体であった。

「しっかりいたせ、和泉守殿。こればかりは御先代様に相談なさるがよい。御家の事情はようわからぬが、親御殿ならどうにかして下さるであろう。では、本日はこれにて」

板倉周防守はすっくりと立ち上がり、蘇鉄の間を出て行った。長細い五十畳の座敷が、いっそう広まったように思えた。蘇鉄の図柄の金襖も、心なしか輝きを喪《うしな》ったようである。

父に相談しても始まるまい。親子の情どころか、人の情を欠く父である。もし話を持ちかけて断られたならば、そのとたんから父を憎むと思う。けっして親を憎んではならぬとおのれに言い聞かせてきた努力を、みずから水にしてしまうような行いは慎まねばならぬ。

ぼんやりと蘇鉄の図を眺めていると、光を喪うた金色《こんじき》の上に、育て親の父の顔がうかんできた。

なさぬ仲の倅であっても、命をくれと言えば黙って投げてよこしそうな人であった。むろん忠義の心などではなく、親の情において。

そういう人であったから、九歳の折に生き別れたのちも、その顔を忘れたことはない。節張った指のかたちも、襟元から立ち昇る汗の匂いも、胴間声《どうまごえ》も、しばしば腕をふるってくれた粥の味も、体が覚えていた。

わけもわからぬまま引き離されるとき、その間垣の父が言うたのだ。

親を憎むは畜生の道じゃ。恨むならわしを恨め、わしを忘れよ、と。

九、嫁取手形五百両《よめとりてがたごひやくりよう》

小池越中守は文化十年酉《とり》の生まれ、当年五十歳の老役ではあるが、日ごろより武芸の鍛練おさおさ怠りなくて身体にはいささかのたるみも見えず、あっぱれ三河武士の亀鑑《きかん》と敬されていた。

たとえば登城の折など、小池の御殿様がお出ましじゃと聞けば、番町界隈の御屋敷からはぞろぞろと人が出て見送る。それくらい威風堂々として見端《みば》がよいのである。

このごろでは何でもかでも略儀が罷り通っているが、小池越中守に限っては真冬でも単衣《ひとえ》の熨斗目《のしめ》に半裃《はんかみしも》、槍を立てた供揃えもものものしく、黒鹿毛《くろかげ》の馬に打ち跨《また》って御門より乗り出す。さすがは大御番頭様よと、人々は感心することしきりであった。

六尺豊かな大兵《たいひよう》であるうえ、赤銅色《あかがねいろ》に灼《や》けた顔はけっして笑わぬ。いかにも一朝ことあらば、鎧兜に身を固めて徳川が先陣を承る侍大将の趣きであった。

そもそも大番頭という御役は偉い。ものすごく偉い。

どれくらい偉いかというと、役高五千石は御旗本中の極官《ごつかん》である。そのうえ、差配する「大番組」は徳川家武役五番方が筆頭で、開府以前の天正年間に設けられた伝統を持つ。すなわち、旗本中の旗本であった。

侍の格を問うならば、三百諸侯の御大名が上ではあるが、将軍直率の御旗本には格別の矜恃《きょうじ》も権威もあって、いわんやその極官たる大番頭といえば、誰もが敬意を払って「御」の一字を加えるが常であった。

小池越中守は、実にそうした矜《ほこ》り高き旗本を、絵に描いたような武士だったのである。

「クッ、クッ、クッ……」

あたりに耳目なきことを確かめてから、越中守は声を殺して笑うた。

これが笑わずにおられようか。娘が大名家に嫁ぐ。きょうは結納の吉日である。いささか話は急に過ぎるが、御当主の松平和泉守様はもうじき江戸御暇《おいとま》につき、その前に祝言を挙げたし、との仰せである。

さなるご事情とあらば、さっさと事を運ぶもやぶさかではない。いや、できるだけさっさと運んでほしい。願ってもない話が水になってはたまらぬ。

なにしろわが娘は、気立てもよく器量も悪くはないのだが、いったい誰に似たものやら少々おつむが足らぬ。ために許婚《いいなずけ》には袖にされ、二十三にもなるというに今も土にまみれて庭仕事をしている。

子供はこの娘を頭《かしら》に娘ばかりが三人。行かずの小姑《こじゅうと》がおったのでは婿取りもままならず、むろん姉をさしおいて嫁に出すのもいかがなものかと思い悩んでいた。要するに、上がつかえていたのである。

「クッ、クッ、クッ……」

たまらぬ。いったん洩れ出た笑いは、ひごろ嚙み潰している分だけとどめようがなかった。

果報な娘が丹精こめて斉《ととの》えた山水の庭を、眺むれば眺むるほど嬉しゅうてならぬ。もはや相手など誰でもよいと思うていたのだが、何と越後丹生山《にぶやま》三万石の城主大名、松平和泉守様のご実兄に懸想《けそう》されるとは。

しかも本日は、御殿様おんみずから結納の品々とともに、この番町の屋敷を訪《おとな》われるとの由。もったいない限りである。

「クッ、ククッ、フゥー……」

やや落ち着いたので、小池越中守は手拭で眶《まぶち》を拭い、肩衣《かたぎぬ》の胸をグイとせり出して元の厳《いかめ》しい顔に戻った。

秋風の立つ午下《ひる》りである。千坪足らずの拝領屋敷は手狭ではあるが、娘の手がけた庭はまこと美しい。いったいこのような技をどこで身につけたかとふしぎに思うていたのだが、その師匠が駒込の中屋敷に閑居なさる若様であったとは。

そうした話であるならお側女でもけっこう。しかるに、御正室として迎えて下さるというのだから、聞いたとたんに越中守はでんぐり返った。

はっきり言うて、バカな子供ほどかわゆい。よって長女のお初は、たまらなくかわゆかった。そのかわゆくてたまらぬ、つまりバカでたまらぬお初が、御大名の兄君に見染められたというのだから、越中守が破顔するのももっともであった。

「フゥ……」

もう笑うてはなるまい。矜り高き大番頭の顔に戻って、親代わりの和泉守様と、お兄君なる新次郎殿をお迎えせねばならぬ。

茶坊主どもから蒐《あつ》めた噂によると、丹生山松平家は先ごろ、ご嫡男が頓死《とんし》するという凶事に見舞われたそうな。しかし、ご次男は作庭に打ちこまれて襲封を拒み、ご三男は病弱にて国元にあり、四男のご当代様にお鉢が回ったという次第であるらしい。

何やらややこしい話ではあるが、家督よりも技芸を選んだ数寄者とはまこと好もしい限りである。あのお初の嫁入る先は、まさしくこれしかなかった、という運命すら感ずる。

ご当代の和泉守様とはすでに面識があった。城中殿席は彼が帝鑑の間、我が菊の間椽《えん》頬《がわ》と定まっているが、さる八月十五日の月次《つきなみ》登城の折に、わざわざご挨拶を頂戴した。御中庭に面した入側《いりがわ》での、ほんの寸時の対話でも、真面目な人となりはよくわかった。

この人物の兄であり、なおかつ松平和泉守の名を潔く譲った無欲の人であるなら、まずまちがいはないと越中守は思うたのであった。

「クク……ああ、もう笑うてはなるまいぞ」

あれこれ思いめぐらすほどに唇がしどけなく緩み、越中守はおのれを叱咤《しった》した。

五番方の旗本屋敷がみっしりと並ぶ番町の空は、しんと静まっている。

半蔵御門外、麴町《こうじまち》広小路の北に拡がる屋敷町である。外濠ぞいには四ッ谷、市ヶ谷、牛込の各御門があって、すなわちこの番町そのものが江戸城の西の備えとなっていた。また万々が一、上様が御城を捨てて甲州道中を落つる折には、番町の旗本が繰り出してお護りし、後詰めとなるのである。

お初の嫁入りを、ひそかに欣《よろこ》ぶ理由が今ひとつ。しかしこればかりは、冗談にも口には出せぬ。

お頼み金である。

ああ、お頼み金。考えただけで口元がほどける。「娘御を貰い受けたい」と言うて、ズイと差し出す五百両。

思い起こせば三十年近くも前、御《お》小性《こしよう》組番頭の家から妻を娶《めと》った折に、亡き父が四苦八苦してこしらえたお頼み金が五百両であった。

そのような大金、後にも先にも見たためしがない。一体全体、嫁取りのたんびに五百両を納めるなど、いつから始まった習いなのであろうか。よほど景気のよい時分にどこかの家が見栄を張り、しからばわが家もと、とんだ悪習がはびこったにちがいない。

もっとも、嫁婿のやりとりはどこの家も同じなのだから、長きにわたる巨額の無尽講《むじんこう》を、武士ぐるみで行うているようなものであろうか。しかし、公平さは欠く。子がなくて両養子を迎えれば五百両が二件で一千両の出費。あるいは嫁婿に出す子供が多ければ、蔵も建とうというものだ。

小池家においては、娘が三人であるからして、二人を嫁に出し一人に婿を迎えれば、つごう五百両の儲け、ということになる。

そこまで勘定をしてほくそ笑みながら、越中守ははたと思い当たった。

お頼み金は同格の旗本で五百両なのである。大名家に嫁ぐとなれば、その限りではあるまい。そう。たぶん、一千両。

一千両と言えば、「千両役者」などという物のたとえしか知らぬが、たしか今節大評判の湯島天神大富籤《とみくじ》の突留《つきとめ》大当たりが、一千両と聞いている。すなわち、その歳末大富籤を突き当てたようなものだ。

「クッ、クッ、クェーッ！」

そう思いついたとたん、小池越中守は縁側に腰を浮かせ、肩衣を翔《はばた》かせて鶴のように鳴いた。

溜まりに溜まった父祖代々の借金が、これで返せる。

涼やかな日である。

小体な庭に法師蟬《ほうしぜみ》の鳴く午《うま》の下刻、松平和泉守様御一行が到着した。

式台にかしこまって待つ間、「雄々しいつくつく」と鳴く声が、「おいしいつくづく」と聞こえてしまう越中守であった。

まずは露払いの徒士《かち》が二人。これらはかねて知ったる御近習の若侍である。

続いて騎馬の和泉守様と、初めてお目にかかるお兄上。お二方とも御駕籠《おかご》に乗らず御手馬にての訪《おとな》いとは、まこと見上げたお心がけである。

しかも、門前にて下馬をなされた。風流人のお兄上は馬に乗りつけぬと見えて、お供が介添をした。まあ、よいではないか。弓馬の道とは無縁の、やさしげな人物と見た。

ご兄弟の肩衣に打たれた三葉葵の御家紋が眩《まばゆ》い。様の御一門かと思うと、常に徳川八万騎の劈頭《へきとう》を駆けた祖宗《そそう》の労苦が胸に迫って、越中守は熨斗目《のしめ》の袖で瞼《まぶた》を拭った。

お二方の後からは、やはり御家紋を徽《しる》した二竿の長持が門を潜った。数々の結納品であろうか、するとたぶん、お頼み金も納めてあるのだろうが、いやいや、考えてはなるまいぞ。

両家の家来衆が蹲踞《そんきょ》する中を、まずお兄上が式台へと歩み寄った。裃姿がどことなく垢抜けぬが、これもまあ、よいではないか。

迎える家族は平伏した。

「新次郎殿におかせられましては、わざわざ当家にお運びいただき、恐悦至極に存じまする」

この際、「ドノ」か「サマ」かは難しいところであるが、入婿ではないにせよ岳父《がくふ》丈母《じょうぼ》にはちがいないのだから、これでよかろうと妻とも話し合うていた。

少し間を置いてから、新次郎殿は「えーと」と言うた。

背うしろで和泉守様が囁いた。

「……お初にお目にかかります」

「あー、そうじゃ。お初にお目にかかりまする。松平新次郎にござります」

ふいに横合いから、娘が言うた。

「はい、お初はわたし」

越中守はあわてて娘の口を塞《ふさ》いだ。すでに娘のバカは知るところであろうけれど、バカさかげんまではわかっておるまい。

「……兄上。ご挨拶をお続けなされよ」

「あー、えーと、こたびはお初どのを、わしの、じゃなかった、それがしの嫁にいただきとうござって……」

ようやくそこまで言うと、新次郎殿は声を失い、叱られた童《わらし》のように俯いてしまった。

「わしはバカゆえ、うまく物が申せませぬ。されど、されど、お初が大好きじゃ。きっと幸せにするじゃによって、わしの嫁にちょうだいな。後生一生のお願いにござる。この通り」

他人に頭など下げたためしはなかろうに、新次郎殿は慣れぬそぶりで式台に膝をつき、両手をつかえた。

「なりませぬ」

小池越中守はその体を抱きとめた。

「エッ。やっぱりダメか」

「いえ、そうではござりませぬ。松平の姓を持つおまえ様が、それがしに頭など下げてはなりませぬ。わが小池の祖は権現様に死ねとお下知《げち》をたまわれば、喜んで命を捨て申した。目の前でおまえ様に手をつかれたのでは、それがし、腹かき切って御先祖様にお詫びいたさねばなりませぬ」

「腹は、切らんでほしい」

「はい、はい、切りませぬとも。しからば、どうかお下知をなされませ。お初を嫁にもらう、と」

「ああ、さよか。頭を下げてはならぬのじゃな」

新次郎殿は越中守の腕《かいな》をすり抜けて、ぺたりと座った。

髻《たぶさ》は横を向き、熨斗目の襟は抜け、肩衣はひしゃげている。娘が天衣無縫のバカならば、これなるは天下無双のバカである。そう確信したとたん、越中守はありがたさに涙をこぼした。権現様が祖宗の忠勇を嘉《よみ》して、二人を娶《めあわ》せてくれたのだと思うた。

「父上様、母上様、お初どのを嫁にちょうだいな」

泣き濡れる越中守にかわって、気丈な妻が答えてくれた。

「承りましてござりまする。ふつつかな娘ではござりまするが、宜しくお願い申し上げます」

小池越中守は涙の幕の向こうに、関ヶ原のまぼろしを見た。厭離穢土《おんりえど》欣求浄土《ごんぐじょうど》の旗指《はたさし》物《もの》を翻した大番士たちは、土埃と硝煙の中に馬を追い、次々と斃《たお》れていった。

身に余る果報である。越中守は式台の上に佇む和泉守様に向き合うて、深々と頭《こうべ》を垂れた。

「和泉守様へ。それがし、このご鴻恩《こうおん》はけっして忘れませぬ。ご覧の通り一介の武弁ではござるが、これよりは御尊家が郎党と思い定めまする。何なりとお申し付け下されませ」


ただちに結納の儀の設《しつら》いがなされた。

庭向きの書院に金屏風が立てられ、小袖や帯、金銀の末広、銘酒の角樽《つのだる》、焼鯛、昆布、鰹等々、きらびやかな祝儀の品々が並べられた。

おや、と思うたのは大きな塩引鮭《しおびきじゃけ》である。腹を裂いた干魚など縁起でもあるまいと家来衆に訊ねてみれば、越後丹生山は鮭が名物で、吉事には定めて贈るが習いであるという。

そういうことであるなら、難癖《なんくせ》つけるべくもあるまい。ましてや塩鮭は越中守の大好物であった。

結納と申すは、たがいに特段何をするというわけでもない。神事仏事もない。親類縁者が顔を合わせるのは祝言の折である。

こちらは両親のほかに祖母も同席したが、先方は本人の新次郎殿と弟御のご当主のみであった。

「本来ならば、父なる先代和泉守が罷《まか》り越しますところでござるが、あいにく病を得ておりますゆえ、ご容赦下されませ」

それはそれとして、物言いといい所作といい、実に如才《じょさい》ない御殿様である。地獄耳の茶坊主から聞いた話によると、ゆえあって足軽の子として育てられたという。

だいたいからして、結納のために御大名が旗本邸を訪《おとの》うなど、前例があるまい。親戚筋の旗本か、家老が名代《みょうだい》を務むるがせいぜいのところであろう。

和泉守様は出来の悪い兄君を、たいそう気遣っておられる。そのご苦労を思うと、越中守の胸は痛んだ。

「とんでものうございまする。むしろ御当代様がおみ足をお運びになられるなど、御尊家の面目にかかわりますまいか」

すると和泉守様は、羞《はじら》うようにふとほほえんだ。それもまた、威を誇る御大名にはふさわしからぬ、人間味を感ずる表情であった。

「それがしは、三人の兄の頭ごしに襲封つかまつりました。よって、当主としてではなく、弟として同席させていただきました。ご無礼の段はお寛《ゆる》し下されよ」

かたわらの老母が、「おいたわしや」と呟いて嘆いた。

茶坊主から聞いた限りの事情は、母と妻に伝えてある。ご本人も思いがけぬ家督相続であったろうが、かように誠実な末子に恵まれた御先代様は、果報であると越中守は思うた。

ところで、家族には伝えていない話がある。茶坊主が語るまでもなく、先代和泉守様はすこぶる評判の悪い人物であった。

たとえば、城中で行き会うても相手が旗本と見れば挨拶にも応じぬ。そのくせこちらが欠礼すれば口やかましい。

また、そうした態度は旗本のみならず御大名に対しても同様で、格下と見ればあからさまに軽侮《けいぶ》した。

越中守と殿席を同じゅうする菊の間椽頬詰《えんがわ》の御大名は、口々にその無礼者ぶりを噂したものであった。たしかに同席の御大名は、帝鑑の間の諸侯よりも総じて格下と言えるであろうが、何も殿席だけで武将の格が決まるわけでもない。

そうこう思いを致せば、襲封して間もない和泉守様が、親の七光どころかうらみつらみを蒙って、意地悪をされているやもしれぬ。

「のう、和泉守様。それがしは旗本の小身《しょうしん》ながら、城中においては知らぬ者のない古狸にござりますれば、向後《こうご》は何につけてもご相談下されませ。きっとお力になりましょうぞ」

老母がフムフムと肯いた。お顔を見れば父親によう似ておられるが、この御当代様が無礼者であろうはずはない。

「かたじけのうござりまする」

御大名らしく頭は下げぬかわりに、和泉守様は長い睫《まつげ》を伏せて感謝の心を伝えてくれた。

さて、ほかには間を繕う話材もない。しかるに、このまま辞去されても困るのである。金屛風の前に山と積まれた品々の中に、小判や二分金の包みは見当たらぬ。さきほど検《あらた》めた目録の中にも、「御頼金壱阡両」などという記載はなかった。

まさかこちらから、「ところでお頼み金は」などとは訊けぬ。さらにまさかとは思うのであるが、まさかまさか越後丹生山のお国では、お頼み金のかわりに塩引鮭を贈るならわしがあるわけではなかろうな。

所在なく一同がズルズルと茶を啜るうちに、ふと和泉守様と目が合うた。まこと思わせぶりなまなざしであった。

そこで越中守は機転をきかせて、まずはお初と新次郎殿を庭へと追い立てた。

「新次郎《ろう》殿、当家に運ばれます折もそうそうはござらぬゆえ、お初めの丹精こめました る庭をご覧じろ」

二人はよほど退屈していたとみえて、仲良う手など繋いで座敷から出て行った。

すると、ただならぬ気配を察したのであろうか、母と妻も立ち去った。書院の唐紙が閉《た》てられて、ようやく二人の当主が向き合うた。

いよいよ緊密なひとときが訪れた。

「ときに越中守殿」

「ときに和泉守様」

同時に声を上げてしもうた。

いやいや、とたがいに譲り合うたあとで、あろうことかふたたび声が揃うてしもうた。

「お頼み金につきまして――」

「ご結納の金子《きんす》は――」

まるで山の谺《こだま》であった。剣を交えれば、きっと互角の腕前であろう、と越中守は思った。

用心しいしい、越中守は先手を打った。

「卑《さも》しきことを申し上げまする。目録中にご結納の金子の条が見当たりませぬが、どうしたわけでござりましょうや。何か御尊家のならわしがござるのなら、お聞かせいただきとう存じまする」

和泉守様は然りと肯いた。

「それがしが申し上げたき儀も、その件にてござります」

「どうか忌憚《きたん》なきところを」

法師蟬は鳴き続ける。「つくづくほしい」と。

五千石高の大御番頭とはいえ、内情は火の車なのである。七十人もの陪臣を抱え、奥向には十幾人もの侍女が仕える。そのうえ上州の采地《さいち》では不作が打ち続いていた。

静かな声で和泉守様は言うた。

「恥ずかしながら、当家には金がござらぬ」

けっして色に表してはなるまい。金は欲しいが、今は娘の幸せが専一である。越中守は腕組みをして押し黙った。

わからぬ。何か駆け引きをするような人物とは思えぬし、仮にそうした事情であるならば、家老なり勘定方なりから話があるはずで、御殿様が直々に銭金がどうのと申されるなど、まったく信じがたい。

「しかるに、金がないで通る話ではござりませぬ。ひとまずはこれをお納め下されよ」

和泉守様は懐から封書を取り出した。中味を一瞥《いちべつ》して、越中守は愕然とした。

此度御尊家息女初殿御《お》輿入《こしいれ》被為付《なされるにつき》
御頼金御届可致《いたすべき》候処《そうろうところ》　当家手許不如意
随而《ついては》如斯《かくのごとく》御約束申上候

一金　伍百両
文久三年八月晦日《みそか》参府之節迄
宜敷《よろしく》御借入之事
若《もし》万一　本状不渡之《ふわたりの》次《し》第《だい》有之《これあり》候《そうろう》　随而《については》

拙者

以一命《いちめいもつて》御容赦被下度《くだされたく》　御《おん》願上候

恐惶謹言

文久二年壬戌《じんじゆつ》八月二十日

小池越中守殿　御許《おんもと》

松平和泉守源信房　花押

これは借用証文ではない。お頼み金を一年後に決済するという約束手形、いわば嫁取手形である。

越中守は目の前の振出人の顔色を窺《うかご》うた。少くとも大名の権威を笠に着て、無理強いをしているふうはない。

「もしやこれは、御先代様よりのご指南でござるかの」

あの偏屈者ならやりかねぬ、と思うたのである。

しかし和泉守様はにべもなく否《いな》んだ。

「いえ。それがしの一存にござる」

「では、ご相談はなされたか。親御殿ならばどうにかして下さるはずだが」

少し物思うふうをしてから、和泉守様は切なげに言うた。

「そこもとをわが身内と思い定めて、ありのままを申し上げまする。大名が旗本の家から嫁を貰うて、何がお頼み金じゃ、と父は申しました。お頼み申すと金を積むなら貰うてもやる。それがいやなら妾でよかろう、と」

越中守は思わず腰を浮かせて、「何を申される」と声をあららげた。

だが、そう言うたのは御先代なのである。和泉守様はこちらをすでに身内と信じて、言わでもがなのことを言うてくれたのだと思い直した。

若き御殿様の月代《さかやき》は紅潮し、瞳は潤んでいる。それはまるで、親に捨てられて他人の情にすがらんとする、童《わらし》のような顔であった。この若者には嘘がないと思うと、越中守の怒りは萎《な》えすぼんだ。

「よくぞそこまで打ちあけて下された。家内にもけっして伝えぬゆえ、ご安堵めされよ」

「かたじけのうござる」

越中守は死児の齢を算《かぞ》えた。幼くして亡うなった嫡男と、同じほどの年回りであろうか。以来、男子は授からなかった。

「しからば、お訊ねいたす。かような証文を振り出されるよりは、祝言を一ヶ年先に延ばすが道理ではござらぬか」

「いえ」と言うたなり、和泉守様は答えをためろうた。親の勘が働いてひやりと肝が縮んだ。

「いかがなされた、和泉守様。それがしを身内と思うて下されよ」

そのとたん、和泉守様はにじり退《さ》がって、畳の上にばったりと双手《もろて》をついた。御大名が頭を下げたのである。

唐紙ごしに御近習が「御殿様」と諫《いさ》めても、和泉守様は額を上げようとはしなかった。

「何をなされる、和泉守様」

「ご放念下され、越中守殿。これなるは大名などではござりませぬ。新次郎が弟にござりまする。お初どのの腹には、すでにやや子が宿っております。兄の不埒《ふらち》はそれがしからお詫び申し上げます。なにとぞ、一日でも早う御輿入れ下されますよう、伏してお願い申し上げまする」

もはや怒りも感じぬ。何から何まで、まこと要領というものを知らぬ侍だが、その質朴さに越中守は心打たれたのだった。

「ふむ。では、これでいかがか。無理に祝言を急がず、当家にて子を産んだのちにとども輿入れをする。たがいの体面を保つには、そのほうが賢いのではあるまいかの」

和泉守様は額を畳にすりつけて否んだ。

「体面などはどうでもようござりまする」

「はてさて、武家の体面は何より大切と存じまするがの」

「いえ、お言葉を返させていただきます」

顔をもたげて、上目づかいに和泉守様は続けた。

「わが兄は、馬鹿ようつけよと世間からないがしろにされて参りました。ご無礼ながら、お初どののもそれは同様と存じまする。しかるに、それがしはこのうえ世間の中傷を聞くに忍びませぬ。また、不幸である人はたとえ一日たりとも、不幸であってはなりませぬ。なにとぞご高配たまわりたく、伏してお願い申し上げまする」

けっして利口な人間ではない。しかし、金を軽く人を重く思う心に、まことの武士を見た。

「了簡《りようけん》いたし申した。お手を上げられよ」

こみ上げる涙を隠して庭に目を向ければ、丘の上の百日紅《さるすべり》の花陰に佇む、二人の姿があった。実にみごとな庭じゃ、と越中守は思うた。

さよう。兄だから娘だからではのうて、人間は不幸の分だけ幸せにならねばならぬ。

十、道中《どうちゅう》百里《ひゃくり》五泊七日《ごはくなのか》

「夜分におそれ入りやんす」

門外から声がかかって、当番の奴《やっこ》は思わず夜空を仰いだ。

実に夜分である。言葉遣いから察するに、女郎に袖を引かれていた御家来衆とも思われぬ。まさか大名屋敷に押し込む強盗もおるまいし、さては物怪《もののけ》、それもとうとう貧乏神が御家を乗っ取りにきたかと、門番奴は慄《ふる》え上がった。

「もし。御門番はおらぬかえ」

勇を鼓《こ》して潜り戸越しに訊き返した。貧乏神も神様のうちなら、めったな口はきけまい。

「えー、どなたさんで」

「水売りの伝蔵でございやす」

朝から水道橋の袂で冷水を売り、日が昏れれば屋台で酒を酌む伝蔵は顔見知りで、たしかに声もそうと聞こえる。だが、貧乏神が「貧乏神でございやす」と名乗るはずもないから、これは声色を使っているにちがいないと、門番奴はいよいよ怖気《おぞけ》をふるった。

「こんな夜更けに、水売りでもござるめえ。つるかめ、つるかめ」

門の内から掌《て》を合わせても、貧乏神が立ち去る気配はなかった。一両一人扶持《ぶち》の奴にこの下の貧乏人はいないが、御家が潰されれば三度の飯も食い上げである。

「いやさ、御門番。俺は何も、こんな夜更けに水を売りにきたわけじゃあねえのだ。御近習の磯貝様か矢部様に取り次いでおくんなさい」

つるかめ。つるかめ。そこいらの商家ならばともかく、天下の御大名家を引き倒すからには、それなりの手順もあろう。まずは御近習に取り次いで――いや、取り憑《つ》いて、か。

「そいつはご勘弁。きょうのところはお引き取り下さいまし」

「いやいや、きょうの子《ね》の刻に呼ばれたんだから、あすのあさってのじゃあ用が足りやせん」

「したっけ、おまえさん。よりにもよって俺が手引きをしたとあっちゃあ、後生が悪くてなりやせん」

「話が見えねえ。ともかくお取り次ぎ下さいまし」

今度ははっきり「お取り憑き」と聞こえた。妙な言い方もあるものだが、押し問答をしてておめえに取り憑かれたらたまらねえ、と思った門番は、摧《くだ》けそうな腰を六尺棒でようよう支えて、門続きの長屋へと向かった。

御近習のお二方は同じ門長屋に住もうていて、奥向《おくむき》での寝ずの番も交替で務めている。

「えー、ごめん下さいまし。門番奴でござんす。ただいま御門前に貧乏神が参《めえ》りやして、取り次がなけりゃ取り憑くなんて無体《むてえ》を申しておりやす」

　おう、おう、と頼もしい声がいくつも返ってきた。引戸からは薄明かりが洩れていて、さてはこの夜更けまで一杯やっていらしたか。

「何をわけのわからんことを言うておるのだ」

　引戸を開けた侍と目が合うたとたん、門番は六尺棒を放り捨てて腰を抜かした。磯貝様でも矢部様でもない。白勝ちの御寝巻《おねま》には御家紋が入っていて、これはどう見たところで御殿様にちがいなかった。

「ご勘弁、ご勘弁。つるかめ、つるかめっ」

「あれもこれも物怪ではない。こちらに通すがよい。他言は無用ぞ」

　御殿様はやさしげなお声で仰せになり、出遅れた御近習が震える手をほどいて、四文銭を束《つか》ねた差し銭を握らせた。

　どうやら夜来の客は貧乏神ではないらしい。それにつけても銭の験力《げんりき》は灼《あら》かで、頂戴したとたんにすっくと腰が伸びた。

　子の刻に水売りが訪《おとな》いを入れて、門長屋には御殿様と御近習。はてさていったい何が何やら、貧乏神が渋団扇《しぶうちわ》を手にしてやってくるほうが、よほどわかりやすかろう。

「やはり行列の頭数だな。馬上六騎、徒侍《かちざむらい》五十、中間《ちゆうげん》人足が八十、しめて百と三十六。も少し何とかならんものかのう」

御殿様は腕組みをして唸《うな》った。いや、この際は初の国入りをなさんとする松平和泉守ではない。少しでも旅費を節約しようと腐心する、松平小四郎である。

行灯《あんどん》の淡い光の中には、地図やら旅程表やら、例年の記録やらが散乱して足の踏み場もない。

矢部貞吉はしきりに算盤をはじいている。比留間伝蔵は水売りの身なりのまま、畳に這いつくばるようにして武鑑をめくっていた。

「やはりどう調べても、百三十六の供連れといえば、せいぜい一万石の陣屋大名だの。御家は三万石の城持ちのうえ、三葉葵の御家門じゃによって、これでも体面が保てぬ。世間の笑いものになりますぞ」

小四郎は寝巻の尻をからげて片膝を立てた。もはや伝蔵に対して隠しごとは何もない。

「いや、体面のどうのと言うておる場合ではないのだ。五日後には江戸御暇《おいとま》の出立じゃと申すに、わが家の金はこの通り」

そこで小四郎は、からげた尻をぺんと叩いて合の手を入れた。「カラッケツじゃわ」

洒落を言うても始まらぬ。むろん、誰も笑うてはくれぬ。

あれこれ理由をつけて日延べしていた出立も、どうにかこうにか格好をつけた兄の仮祝言をおえてしまえば、もう待ったはきかぬ。けさ方はあろうことか、御老中板倉周防守様の意を受けた御使番《おつかいばん》がやってきた。万障くり合わせて必ず出立せよとの厳命である。

だにしても、先立つ金がない。二人の江戸家老はたった二十両を差し出して、これでどうにかと空とぼけた。駄目でもともと下屋敷を訪ねれば、都合よく百姓与作になりすました父は、田圃の畦《あぜ》にこごまって「お代官様、年貢はこれでご勘弁」などと、むき出しの一両小判を捧げ奉る始末である。そのようにして掻き集めても、手元には四十両しかない。

「やはり御輿入れには、無理があったかのう」

しみじみと零《こぼ》す磯貝平八郎を、小四郎はきつい口調で叱った。

「いいや、順序にあやまりはない。無理と思えば何もかもが無理じゃ」

仮祝言は内輪で慎ましく取り行うつもりであったが、存外のことに金がかかってしもうた。仮だの内輪だのというても大名と旗本の祝儀《しゆくぎ》なのだから当然である。参勤交代の費用として算じていた金ではまだ足りずに、勘定方はまたぞろ手形を切って借金をしたという。出入りの商人はみな地獄耳であるから、旬日を経ずして金を用立てよなどとは、どこにも言えぬ。

大名家の務めであるところの、参勤交代の金すらないなどと世間の噂になれば、御老中に叱責されるくらいでは済まぬ。

それでも、小四郎には悔いがなかった。幼い日のまま成長を止めてしもうた兄が、人並みの幸福を得たのである。兄弟ゆえ無理を通したのではない。兄とお初の不幸を取り返すのは、おのれの務めにちがいなかった。

武鑑を閉じて黙想していた伝蔵が、何やら意を決したように言うた。

「和泉守様――あ、いや、小四郎殿。御家の体面など構いなし、と申されるは本心かな」

「むろんだ。笑いものになるも結構。痛くも痒くもないわい」

「しからば」と、伝蔵は検《あらた》めていた武鑑のうちの、縁《へり》が綿のように古びた一冊を開いて、小四郎の膝前に置いた。

「ここに、有徳院様のお触れが記されておる。ご覧《ろう》じろ」

享保六年丑《うし》の年の御沙汰といえば、ずいぶんと昔の御法である。徳川幕府中興の祖と仰がれる八代《はちだい》将軍吉宗公は、質素倹約を旨とするさまざまの改革をなしたことで知られる。

一読して、小四郎は目を瞠《みは》った。かようなお定めが正しく実行されたとはとうてい思えぬが、公方様《くぼうさま》おんみずから御下令あそばされたのはたしかである。

石高に応じて、大名行列の供連れを制限した。三万石ならば、馬上四騎、徒侍二十、中間人足三十。しめてたったの五十四《ごじゅうし》。

お定めとあらば無視はできぬが、そこは本音と建前を使い分けるが武家の習い、たぶん江戸市中はささやかな御行列でそろそろと進み、品川や千住《せんじゅ》を過ぎたあたりで、面目を施す陣容を斉《ととの》えたのであろう。

そうこうするうちに窮屈な時代は終わり、さして物を考えぬ文化文政に至って、元通りの華麗な御行列が復活した。

武鑑を回すと、貞吉も平八郎もハテと首をかしげた。あの吝嗇《りんしょく》な父ですら、参勤行列には総勢二百人の供連れを従えたのである。つまりそれが当家の面目というものであって、五十四人はさすがにありえぬ。

「どちらの御大名も、道中のとば口には御屋敷がござるゆえ、御家来衆はそこに待たせておいたのでしょうな。まあ、さような次第は、御老中も御目付役も、承知の上でござったろう」

伝蔵が苦笑しながら言うた。なるほど、当家になぞらえてみればわかりやすい。

江戸から越後丹生山《にぶやま》への道中は、奥州街道を白河で岐《わか》れて会津へと向かう。沿道御朱引《ごしゅびき》内の三河島村には、日ごろ使われることのない抱《かかえ》屋敷があって、到着と出発に際しての休息所とされていた。

また、道中の事情によっては中山道から三国《みくに》街道を経る場合もあるが、駒込の中屋敷は板橋宿に近い。

すなわち百四十年前の御先祖様は、たった五十四人の供連れで小石川の上屋敷を出立し、千住か板橋の手前で「松平和泉守様」にふさわしい行列を斉えて、領国へと向こうたのであろう。

「よおし」

小四郎は腹を固めた。

「このたびの江戸御暇の行列は、馬上四騎、徒侍二十、中間人足三十、しめて総勢五十四とする」

ワァッ、とどうしようもない声を上げて、平八郎が仰向けに寝転んだ。

「無体じゃ、小四郎。そこいらの御旗本でも、いくらか見栄を張れば二十ぐらいの郎党は連れ歩くぞ。しかも三十ばかりの人足で何が運べるものかよ」

貞吉も算盤の玉を払うた。

「参勤行列は軍行ぞ。弓矢も鉄砲も持たねばならぬ。御大将たるおぬしには、鎧櫃《よろいびつ》だの御刀箱だの、御弓だの御槍だのが——」

そこまで言うて、貞吉は声を喪《うしの》うた。

「さよう。中味のない鎧櫃や刀箱など、持ち歩いても仕様があるまい。不要なる品々をすべて除けば、五十四でも多すぎるくらいじゃ」

参勤道中の折には常に松平和泉守とともにあって、宿所となる本陣の床の間に飾られる家宝は、どこにもないのである。

一文字則宗の御太刀も白糸威《しろいとおどし》の御具足も、兄の仮祝言がすんだとたんに、またどこぞへと持ち去られてしもうた。

平八郎は不貞腐《ふてくさ》れて寝転び、貞吉は算盤を膝に抱いたまま銷沈《しょうちん》している。

小四郎は幼なじみの胸のうちを斟酌《しんしゃく》せねばならなかった。

江戸詰の下士や足軽の子として柏木村の下屋敷に生まれ育った二人は、小四郎と同様に領国を知らない。越後丹生山はまだ見ぬふるさとであった。

行列のお供衆を命じられれば、父は遥かなふるさとへと向かい、一年ののちにまたふるさとの匂いを背負って江戸に戻ってきた。

甲州道中をどこぞの御行列が通ると聞けば、見物に出かけたものであった。物陰や畑の中に身を潜めて、胸をときめかせながら大名行列を見送った。いつの日かおのれも供連れのひとりとして、威風堂々と越後の領分に向かうのだと思うた。

どうしたわけかは知らぬが、信濃への近道と思える甲州道中を往還する御大名は少ない。高遠《たかとお》の内藤家、飯田の堀家、高島の諏訪家の三家のみであった。しかし、御行列の見物は子供ばかりか大の大人にも人気があって、たとえば「内藤駿河守様のお通り」という噂は、幾日も前から近在に伝わるのである。

それぞれの御家は、丹生山松平と乙甲《おっかつ》の小さな大名家ではあるが、畑の中で指折り算えた頭数は、百も二百もあったと思う。きらびやかな武具や御道具も、目を奪うばかりであった。

それほど憧れ続けたふるさとに、初めて向かう御行列がたった五十四人の貧相な有様では、がっかりするのも当たり前であった。

「のう、平八、貞吉。有徳院様のお指図という大義名分があれば、恥ずるところは何もあるまい。道中に不要な品々を一切持たねば、人数は足りるはずじゃ」

それでよい、と吉宗公がお定めになったのである。

もともと大名行列は、余分な物を運ぶことで威を誇ったふしがある。弓矢鉄砲など使うはずもないのだし、厠《かわや》や風呂桶まで持ち歩くなど、笑止千万であろう。兄たちのようにお蚕《かいこ》ぐるみに育てられた若様ではないのだから、立小便もしよう野糞も垂れよう、風呂など入らずとも死にはせぬ。

気を取り直した貞吉が、達者な算盤をてきぱきとはじきながら言うた。

「仮に五十四とすると、ずいぶんな節約にはちがいないが、それでも手元の四十両ばかりではまだ足らぬぞ。やはり無理ではないか」

ううむ、と唸り果ててから、三人は依然として黙想する伝蔵の顔色を窺うた。

それぞれの父親と同じ年回りである。元の主家の名は明かさぬが、格も石高も同じ程度の西国大名と聞いている。この夜更けに呼び立てたのは、勘定方添役を務めていたうえに、おそらく幾度も参勤道中の供をしているはずと読んだからであった。

まなざしに気付いて、伝蔵はうっすらと半眼を開いた。

「のう、おのおの方――」

三人はぐいと膝を詰めた。ところが伝蔵は、詰め寄った分だけにじり退《さ》がった。

「わしは、御尊家の窮状を見るに見かねて、知恵を貸そうと思い立った。しかるに、できることとできぬことはあるぞい。ごく当たり前に考えれば、御尊家の供連れは百五、六十。道中は概《おおむ》ね百里と見て、九泊十日。祝儀、旅籠《はたご》代、人足の日当、御家来衆のお手当て等々、しめて四百両は下るまい。それを、五十四にまで減じたところで、とうてい四十両で収まるはずはない。では、これにてご免」

さっさと退散しようとする伝蔵を、三人は力ずくで圧《お》し潰した。

「ああっ、何をする。わしは知恵を貸すと申したが、かような無理を通すほどの知恵はないぞ」

逃がしてなるものか。頼みの綱から手を離してはならぬ。

小四郎は伝蔵の襟首を締め上げながら叱咤した。

「力になると申したその口で、今さら無理じゃなどとは言わせぬ」

「待て、息が詰まる。わかった、わかったから乱暴はやめてくれ」

しばらく揉み合うたあと、誰が何を言うでもなく四人《よったり》は力を抜いて、元通りにちんまりと座った。

「いや、ほんの冗談でござる」

伝蔵はシラッと言うた。冗談とは思えぬが気持ちはわかる。当家の事情を耳にして、座視するには忍びなかったのである。しかし、いくら何でもここまでの無理難題を押しつけられれば、もともとは赤の他人であるし、尻込みするのも致し方あるまい。

夜の黙《しじま》を縫うて、野良犬の遠吠えが渡った。曰《いわ》く窓の桟を星明かりが截《き》っている。

伝蔵が肩を落として俯いた。

「わしは、逃げたのだ」

返す言葉はない。小四郎はその膝元に手拭を置いた。

「何もかも嫌になり、御家も妻子も捨てて逐電《ちくでん》した。いわば戦場に背を向けたのであるから、武辺《ぶへん》の怯懦《きょうだ》これにまさるものはあるまい。町人に身を堕としてよりは、罪滅しのつもりで世のため人のために尽くして参ったが、内心忸怩《じくじ》たる思いであった。だからこそ、御尊家の窮状を聞いて力になれればと思うたのだが、よもや五日後に迫る江戸御暇の金もないほど切羽詰まっておられるとは」

そこまで言うて、伝蔵は手拭を目頭に当てた。

小四郎はみずからを恥じた。人目を忍んで本郷元町の長屋を訪ねるならばともかく、大名屋敷に呼びつけたのでは、「知恵を借りる」を越している。心に深い傷を負うている伝蔵を、巻きこんでしもうた。一度は背を向けた戦場に、むりやり連れ戻してしもうたのだった。

おのれの苦労はおのれひとりで負わねばならぬ。御家の困難は御家のうちで解決せねばならぬ。どれほどの苦戦を強いられようと、他者の力に恃《たの》むは武士道に悖《もと》る。

どうしてそこまで思い至らずに、伝蔵を呼び立てたりしたのであろう。

主家を捨てた夜、閉ざされた御門の前に手をつかねて不忠を詫びる武士の姿を、なにゆえおのれは想像できなかったのか。安易に呼びつけ、静まり返った大名屋敷の御門前に、ふたたび伝蔵を立たせてしもうた。

「数々の御無礼、お赦《ゆる》し下され。お帰りなされよ」

小四郎はそう言うて頭《こうべ》を垂れた。

「何を言う、小四郎。わしらでは何もできぬ。右も左もわからぬではないか」

平八郎が寝巻の袖を引いた。

ここはたしかに戦場なのだ。そして古来合戦とは、怪力無双の武将が馬上に名乗りを上げて干戈《かんか》を交うるものであり、家来はその場を設《しつら》えるための付属《つけたり》にすぎぬ。さればこそ武将たる大名は、かくも畏れられ崇められるのである。

おのれは権威のみを形にとどめた並び大名などではない、と小四郎は思うた。

荒ぶる家来どもを控えさせ、ただひとり槍を手挟《たばさ》み駒を進めて「松平和泉守見参」と名乗りを上げる、まことの武将であらねばならぬ。

ふいに伝蔵が、思い定めたように顔を上げて小四郎を見つめた。

「二度は逃げられませぬ」


はてさて、御殿様は算え二十一の若さと聞くが、だにしても門長屋に素町人を呼びつけて、夜の白むまで御酒を召されるとは、まこと酔狂にもほどがある。

やっぱりあいつは、水売り伝蔵に化けた貧乏神じゃあるめえかと、門番奴《やっこ》は気が気ではなかった。

もっとも、六尺棒を握って右往左往していても、奉公人の分際で何ができるわけでもない。

ましてや明日は、江戸御暇のご挨拶で登城なさると聞いている。夜は寝もせで酒を酌み、公方様にお目通りなど、もしやそれこそ貧乏神の悪だくみじゃあねえのか。

つるかめ、つるかめ。お内証は火の車、夜討ち朝駆けでやってくる借金取りを、棒っくに追い返すのが門番奴の務めだが、どうやら貧乏神はさんざいたぶった末に、とうとうとどめを刺しにきたらしい。

潜り戸を開けて広小路から曰く窓を見上げても、何やらぼそぼそとひそみ声が洩れ出るばかり、またうろうろと御屋敷内に入って、長屋の戸のすきまから覗いても、行灯の薄明かりの中に御近習の背中が見えるばかりである。

そうこうしているうちに、怖さよりも切なさが胸にまさって、門番奴は夜空を見上げながらしくしくと泣いた。

一年雇いの奉公人だって、かれこれ十五年も食い扶持を頂戴していれァ、心のうちは御家来衆とどこも変わらねえ。妾腹に生まれた今の御殿様が、泣きべそかきかき御屋敷に入られたご様子も、きのうのことみてえに覚えている。いってえ何の因果であの御方が、火の車に乗せられてご苦労をしなけりゃならねえのだ。

門番奴は思いついて懐を探った。今さっき戴いた駄賃は四文銭が四枚《よまい》の差し銭で、十六文の夜泣きそばでも食えというお心遣いである。

足音を忍ばせて戸口に戻り、敷居の際に差し銭をお返しした。

千両万両のご苦労に比べりゃあ、胡麻粒の値打ちもあるめえが、どっこいこの銭ばかりは腹に収めるわけにァいかねえのだ。

東の空がわずかに白む朝まだき、常人の目には見えぬ不吉な影が、小石川丹生山屋敷の表御門をふわりとすり抜けた。

忠義な門番奴は腰掛けに座って居眠りをしている。屋敷内は静まり返って、いまだ人の起き出す気配はない。

もしこの謎の影が目に見えたなら、誰もがたちまち腰を抜かすであろう。

正真正銘の貧乏神である。一見して、というのも何だが、よほどの霊力を持つ高僧か修行を重ねた聖《ひじり》が仮に一見すれば、あらまし男か女かもわからぬくらいに齢を経た、死に損いの物乞いとでも思うであろうか。

薄い蓬髪《ほうはつ》を振り乱し、金壺まなこはどんよりと曇っている。歯はない。浴衣だか長襦袢《ながじゅ》だかわからぬ着物は袖も裾も簓《ささら》のごとくちぎれ、藁縄《わらなわ》が帯がわりである。はだけた胸元には洗濯板のような肋骨《あばらぼね》が剝き出ており、極め付きは意味もなく握られた、深紅色の渋団扇であった。

貧乏神はくたびれている。景気のよかった文化文政のころには、ヒマでヒマで仕方がなかったのだが、天保以来は打ち続く凶作で大名旗本の身代《しんだい》がいっぺんに傾き、にわかに忙しくなった。

世に八百万《やおよろず》の神がましますとはいえ、貧乏神には手代わりがいない。ために夜を日に継いで、働きづめに働かねばならなくなった。

わけてもこのごろの大仕事といえば、この御屋敷。三万石の御大名家は潰し甲斐もある。できれば一気呵成《かせい》に引き倒したいところだが、なにぶんあちこち忙しいうえ、このごろはすっかり齢を食うたゆえ膂力《りょりょく》を欠く。

貧乏神は見えざる影となって、門長屋の戸をすり抜けた。敷居の際に置かれた、何やらものすごく貧乏くさい差し銭に目を留め、ここはクサいと感じたのである。

おや、これはどうしたことか。四人の男が牀《とこ》も取らずに、着のみ着のままで寝こけている。

貧乏神はよっこらせと座敷に上がり、間近で寝顔を見分した。近ごろ目が霞《かす》んでかなわぬ。

ふむ、こやつは殿様。みごとに貧乏籤《くじ》を引かせた。二人の若侍は、幼なじみというだけで特段の芸はない。怖るるに足らず。

やや、この四十がらみの町人体の男の顔には見覚えがある。なかなか思い出せぬが、何となく嫌な記憶があるような。

そうじゃ。数年前に引き倒しそこねた大名家の家来。こやつが踏ん張ったおかげで、殊勲をのがした。もっとも、このうらぶれようからすると相打ちになったというべきであろうが、よもやこやつ、懲《こ》りもせずもういっぺん貧乏神に楯つく気ではあるまいな。

だとすると、手強いぞ。

などと、心乱れつつ貧乏神は、消え残る行灯のもとに拡げられた書き付けに目を向けた。

ン？——何じゃいこれは。「文久二年壬戌閏《みずのえいぬうるう》八月道中次第」。なるほど、貧乏大名が夜っぴてこれを考えておったのか。クッ、クッ。ばァかめェー。

総費用がたったの四十両じゃと。笑わせるな。

なになに、ついては供連れに馬上四騎、徒侍二十、ほかに中間人足三十。しめて五十四。

これはこれは、みごとな貧乏道中だが、それにしても四十両では足りるまい。

ええと、何だ。字が細かくてよう見えぬが——道中百里五泊七日、宿駅は一泊目「杉戸」、二泊目「雀宮《すずめのみや》」、三泊目「鍋掛《なべかけ》」、白河街道に入り四泊目「長沼」、五泊目は会津街道「籠居《かごい》」。はてさて、ここまででもずいぶんな強行軍だが、御城下にはまるで行き着けぬではないか。

——会津坂下《ばんげ》より諏訪峠を越えたるのちは、昼夜を徹して丹生山に至る。

よって道中五泊七日、か。つまり余分な荷を持たぬ小さな御行列にて、通例ならば九泊十日の道中を六泊ならぬ五泊七日にて歩み通すという算段じゃな。フム、とうてい人間業とは思えぬが、それでも四十両ばかりではのう。

貧乏神は算盤を手に取った。音を立てぬようそろそろと玉をはじいた。職業がら銭勘定は達者である。算盤の腕前なら、宿敵たる恵比寿《えびす》や大黒《だいこく》にも負けぬ。いや、七福神が束になってかかっても、福運などはたちまちぶち壊す自信があった。

人間の性《さが》として、足すより引くほうがずっと簡単だからである。早い話が、稼ぐは難《かた》いが遣うは易い。

しかし算盤をはじきおえたあと、貧乏神は渋団扇を煽《あお》りながら腐った溜息をついた。

「くそ、足りるわい」

十一、御黒書院就封之儀《おくろしょいんしゅうほうのぎ》

翌朝巳《み》の下刻、松平和泉守は江戸御暇《おいとま》の許しを得るために登城した。

あだやおろそかにできぬ就封の儀である。同じ「しゅうほう」でも「襲封」は家督封《ほう》地《ち》の相続、「就封」は参勤交代で封地に赴くことをいう。まことややこしい。

天下に一朝ことあるとき、幕府から領分を安堵されている武将はただちに軍兵を率いて馳《は》せ参じねばならぬ。危機が去れば許しを得て帰国する。すなわち「すわ鎌倉」の気構えが、三代の幕府およそ七百年の時を経て、何やらものすごく面倒臭い儀式と化したものが、今日の参勤交代であった。

たかだか三万石の貧乏大名が謀叛《むほん》を企むはずもなし、今さら御家門《ごかもん》にまで忠誠を誓わせるほど二百六十年の天下は脆《もろ》くもあるまい。要するに参勤交代は、三百諸侯が莫大な金と手間をかけて江戸と領国とを毎年往還するだけの、いわば慣習の化物であった。

帝鑑《ていかん》の間の殿席《でんせき》でじっとお呼びを待つ間、和泉守はさようつらつらと考えていた。

多年にわたる慣習とは厄介なもので、まず簡素になることがない。それどころか年を経るごとに余分な上塗りが施されて、複雑怪奇になってゆく。

大名と呼ばれる人々はすでに武将などではなく、わけのわからぬ慣習と戒律にがんじがらめとなった、苦行僧か何かのように思える。しかしおのれは法衣のかわりに熨斗目《のしめ》半裃《はんがみしも》の出で立ちできらびやかな本丸御殿にあり、これよりお目通りする上様も、けっして仏ではない。

つまり権威の頂点にある上様と大名たちは、何の悟りも得られぬ苦行を幾年幾十年と続けたあげくに、空虚な人生をひたすら悔いながら死んでゆくのであろう。

たとえば、殿席を同じゅうするこの御大名。

さきほどから咳がやまず、一息ついても喘鳴《ぜんめい》が甚しい。

「もし、大隅守殿。よほどお苦しみとお見受け致すが、そのご様子ではお目通りは無理にございましょう」

老大名は手拭の中で咳《しわぶ》きながら答えた。

「いや、今しがた御典医《ごてんい》より薬を頂戴いたしたゆえ、じきに治まる」

松平大隅守は本日、和泉守と一緒に就封の儀に列する。

御家門大名の参勤御暇は、おおむね例年八月と定まっているが、家督相続をおえたばかりの和泉守は翌閏《うるう》八月への日延べを許されていた。

一方、大隅守は先日の月次《つきなみ》登城の折にはシャンとしておられたが、何かのっぴきならぬ持病を抱えておいでなのやもしれぬ。

二人きりの帝鑑の間が、常にも増して広く感じられた。

「和泉守殿のお国は、近うて羨《うらや》ましいのう」

「近いと申しましても、百里はござりまする」

「お生まれはお国元かの」

「いえ、江戸にござります。こたびは初の国入りにて」

「おお、さようでござるか。それはお楽しみであろう」

ちらりと横目づかいに、大隅守の顔色を窺《うかご》うた。

寝込んでおられたのか、だいぶ面窶《おもやつ》れしている。白い眉毛がいっそう垂れ下がり、金壺《かなつぼ》まなこもさらに落ち窪んでいた。

薬が卓効を顕《あら》わしたらしく、咳は鎮《しず》まったようである。

「豊後なる御領知までは、いったい幾日かかりますのか」

大隅守は内庭の光に老いた瞳を向けた。

「一月《ひとつき》はかかりますのう」

「何と、一月」

「さよう。大坂から船を雇うて瀬戸内を伸《の》せば十日はつづまるが、なにぶん費用がかさみますでな。西国道をひた歩まねばならぬ」

そういうものか、と和泉守は思うた。瀬戸内の廻船は金がかかるにしても、陸路の十日もそれなりの出費となるはずである。いくらもちがわぬなら船のほうがよかりそうなものだが、やはりどこの御家も節倹に心を摧《くだ》いているのであろう。

はたしてご老体は一月の道中に耐えるであろうかと、和泉守は殆《あや》ぶんだ。

なかなかお呼びはかからぬ。御廊下の軋《きし》りが近付いてはまた遠のいていった。襖に描かれた帝鑑図の軍勢の、今し動き出しそうな静けさであった。

和泉守はふと、比留間伝蔵の語った旧主の御家事情を思い出した。

今や大名家の困窮は東西を問わぬ、と伝蔵は言うた。それでもどうにか家政を建て直そうと身を粉にして働いたのだが、ついには何もかも虚しゅうなって武士を捨てたのである。

伝蔵はかつての主家の名を明かさぬ。武門の面目にかかわる話であるゆえ、和泉守も近習どももあえて問い質してはいない。

しかし、たしかこのようなことを言うていた。

丹生山《にぶやま》松平家とは御高も格式も似たりよったり。

御殿様は幕府の要職には就いておられぬゆえ、毎年の参勤交代は欠かせぬ。

御歴代が西国のひとつところを領知する大名家。

そして、さらに伝蔵はこう言うた。「同格の御大名であれば、城中殿席も近うござろう」と。

和泉守は膝を回して、老大名の横顔に向き合うた。

「大隅守殿にちとお訊ね致したき儀がござりまする。御家中に比留間と称する御家来がござりましょうや」

思わず声が大きゅうなってしもうた。大隅守が応ずるより先に、御廊下から茶坊主の諫言《かんげん》が通った。

「御殿様へェー、殿中にござりまするゥー、お静かにィ、しゃっしゃりませェー」

大隅守は扇子を開いて頰に当て、忍び声で訊き返した。

「比留間と申す姓は家中にいくつかあるが、名は何と」

「伝蔵にござりまする。かつて勘定方添役《そえやく》を務めていた、比留間伝蔵にござる」

よほど唐突な質問であろうに、大隅守は斥《しりぞ》けなかった。

「たしかにその者は、かつてわが家中にあった。しかるに先年卒然と逐電いたしたのじゃ」

苦々しげに大隅守は言うた。脱藩は大罪である。ましてや家政の実情を知る勘定方ならば、ことは穏やかではあるまい。そこまで思い至らず、よもやと訊ねてしもうたおのれは軽率であった。しかし、いったん口に出した声は吞みこめぬ。

考えてもみれば、さほどの偶然ではないのである。伝蔵は旧主家と似た困難を抱える当家を、見るに見かねて知恵を貸す気になった。大名家はピンからキリまで数あるが、同格の御家と知れば他人事《ひとごと》とは思われず、また知恵の貸し甲斐もあると考えたゆえであろう。

譜代同格の大名ならば、城中殿席も同じである。この帝鑑の間に詰める大名は六十数家であるが、在府在国は常に半々であるから顔を合わせるは三十数家、さらに幕府の役職に就く者は別の御役部屋に詰めるので、同席はせいぜい三十家足らずであろう。隣り合わせたところで、何のふしぎもない。

すなわち、伝蔵の旧主が松平大隅守であったのは、特段の奇遇でもなく、和泉守の勘働きでもなかった。いるべき人がそこにいただけの話である。

しかし、とっさにそこまでの計算をしなかった和泉守は、これぞまさしく神仏のお導き、わけても父祖代々信仰の篤い、熊野十二社《じゅうにそう》権現の奇特《きどく》にちがいないと考えたのであった。

「――で、その比留間とやらが、何か御尊家に厄体《やくたい》をおかけいたしたかな」

大隅守は金壺まなこを胡乱《うろん》げに細めて言うた。

御殿様にとっては顔も見覚えぬ軽輩であろう。そもそも勘定方という役職が、御殿様とは疎遠であり、奉行衆の中では格も下なのである。わが身になぞらえても、姓名と顔を知っているのは勘定役の橋爪左平次ぐらいのもので、配下の役人どもは黒衣《くろご》も同然であった。

つまり、大隅守は主家を捨てて失踪した重罪人として、比留間伝蔵の名を知っていることになる。

「いや、べつだん厄体などと――」

和泉守は答えあぐねた。すると大隅守はずいと膝を進めてあたりを憚《はばか》り、扇子の中に和泉守の耳を呼びこんだ。

「実はの、和泉守殿。その者は町人に身をやつして、江戸市中に住もうておるらしい。

すでに当家の探索方が居場所もつきとめておるゆえ、近々召し捕るつもりじゃ。もし何らかの伝《つて》をたどって、御尊家に厄体をおかけいたしておるのなら、惑わされぬようお下知《げち》ねがいたい。ひとつ、よしなに」

これはまた、面倒なことになった。さような生々しい話は、御殿様の耳に入るわけがないのである。すなわち御家事情を知る者の失踪は、それくらいの大事件なのであろう。

「お借上げ」と称する御禄の遅配が罷《まか》り通る昨今、食いつめた家来が辞めてくれるのはむしろありがたい。だが、勘定方となれば話は別で、こればかりは草の根分けても探し出し、斬って捨てねばなるまい。

それはまずい。孤立せる和泉守にとっての比留間伝蔵は、今やかけがえのない知恵袋であった。

ここはとまどうてはならぬ。日ごろ家来衆のなすがままになっている御殿様ではあるが、たがいの権威を発揮すべきは今しかないと和泉守は思うた。

「大隅守殿。父祖代々、この帝鑑の間に隣席いたす誼《よしみ》にて、ひとつご相談申し上げる」

「やや。改まって何と」

思わず身を引く大隅守ににじり寄り、和泉守は声を絞った。

「当家はただいま、大名倒産の危殆《きたい》に瀕《ひん》しております。わが父が、重臣どもと結託して悪だくみをいたしおるのです」

掲げた扇子の中で、大隅守は金壺まなこをクワッと瞠《みひら》いた。

「エエッ、お父上が倒産。とうさんがとうさん」

「洒落を言うておる場合ではござらぬ。しかし、洒落ついでに申し上げる。とうさんのとうさんはとうさん」

「ん？――ああ、お父上の倒産は通さぬ、と。さすが血は争えぬの。お父上もしばしば洒落を申して諸侯を笑わせたが、さらに磨きがかかっておるわい」

顔をつき合わせた大隅守が呟《しわぶ》いても、和泉守は怯《ひる》まなかった。伝染《うつ》ろうがかまわぬ。今はわが身より御家である。

「で、何のご相談にござるかの。先に申し上げておくが、金ならないぞよ」

「いえ、まさか殿中にて金の無心もござるまい。一文もかからぬご相談にござる。比留間伝蔵を当家に召し抱えたい。何とぞご寛恕《かんじょ》下されよ」

ふたたび襖ごしに、茶坊主の諫言が通った。

「御殿様へェー、殿中にござりまするゥー、お静かにィ、しゃっしゃりませェー」

大隅守はやにわに振り返って叱りつけた。

「黙れ、下郎。こは武将の軍議ぞ。茶坊主の分限で口など挟むではない」

それから老大名は、帝鑑図の襖絵に向き直って瞑目《めいもく》した。やがて目付の呼び出しがかかるまで、身じろぎもしなかった。

「これなるは松平大隅、並びに松平和泉、本日は御暇御礼《おんれい》のため罷り越しました。なお、大隅は病を得て臥床《がしょう》につき、和泉は初就封につき、常には八月御暇のところ万已《ばんや》むをえず出立繰延べと相成りました」

上段の間に上様が着座なされる気配が伝わったと思うと、御老中が両名を披露した。むろん御入側《おいりがわ》に平伏したままの御殿様たちには何も見えぬ。

御黒書院は上段十八畳、下段十八畳、さらにその先の御入側にある御殿様方には、御老中の声すらも遥かであった。ほかに数名の奏者番が控えおるはずだが、発言はない。どなたも領国を持つ御大名である。旗本職の御目付などは御入側にすら近寄れぬ。

「それへ」

ややあって、上様の静かなお声がかかった。十四代将軍家は算《かぞ》え十七の若さと聞き及んでいる。この二月に、皇女和宮様を御台所《みだいどころ》にお迎えなされた。これまでに幾度もお目通りが叶っているが、むろんお顔など知らぬ。

両名は平伏したまま、わずかに膝をにじって下段の間の裾に上がった。ここで畳の目数をたがえようものなら、下城差留《さしとめ》のうえ譴責《けんせき》である。

大隅守がこらえきれずに咳いた。しかし御老中がすでに、病を得た旨を伝えてあるのでお咎《とが》めはあるまい。

奏者番の視線を感じた。指先が畳の縁《へり》に触れていないかと、注視しているのであろう。

それでも、御目見《おめみえ》に際して下段の間の敷居内に入れるというのは、名誉なのである。両名ともに従四位《じゅしい》の侍従という官位を朝廷より賜わっておるゆえ、敷居内まで進める。

これが五位無官の諸大夫であれば、御入側の下から三畳目までしか許されぬ。

ああ、もう頭がどうかなりそうだ。登城したとたんから指先の一寸二寸にまで気を尖らせねばならぬこの繁文縟礼《はんぶんじょくれい》に、いったい何の意味があるというのであろう。

ふたたびややあって、というよりたいそう間延びした時間ののちに、上様の高貴なお言葉を賜わった。

「いずれも在所への暇をやる。ゆるゆる休息するように」

応じてはならぬのが定めである。声にはせず、頭ももう下げようがないゆえ、黙して感謝の気を発するのである。この按配《あんばい》はなかなかに難しい。つい「ハハァ」とでも洩らそうものなら、居残りのうえ「分限わきまえず」の譴責。感謝の気が伝わらねば、これまた下城差留のうえ「無礼の儀これあり」としてお叱りを受ける。

就封の儀はつつがなく終わった。たったこれだけと言うべきか、はたまたようやく済んだと言うべきか。

衣ずれの音のみを残して、上様はご退出なされた。にわかに黒書院の気が緩んだ。

「大隅守殿。お加減はいかがかな」

首を回しながら御老中が訊ねた。

「お蔭様をもちまして、すっかり本復《ほんぷく》いたし申した。無礼の段はお取りなし下されよ」

そこで和泉守は初めて、立ち合いの御老中が板倉周防守であると知った。いやはや、まったく働き者の御仁である。月番の手代わりもせず、しかも寺社奉行兼帯で、働き詰めに働いておられるのであろう。

先立って蘇鉄の間にて伝授された領知経営のコツは、胸に刻んでいる。節倹。収税。殖産興業。在国一年の間に、それらの実を挙げようと和泉守は考えていた。御家の実状は火の車であるにしても、収入の場は領国しかないのである。

「和泉守殿。初のお国入りは、さぞ楽しみでござろうの」

御老中はきっかりと目を据えて言うた。上様のお言葉通りに、ゆるゆると休息しておる間はないのだぞ、と暗に言うているように思えた。

「はい。楽しみではござりまするが、忙しゅうなると存じまする」

然りとひとつ肯くと、周防守は奏者番たちを従えて黒書院を出て行った。

「ところで、先ほどの件じゃが――」

頭を上げたあと、ふいに思いついたような口ぶりで大隅守が言うた。

「比留間伝蔵なる者、主家を捨てたる不届きは万死に価するが、父祖代々の家来を斬るは忍びない。いや、むしろ比留間の非を糺《ただ》す前に、それがしの不徳を恥じねばならぬ。他家に仕官したとあらば手出しはできまい。使えるものなら使うてはいただけぬか」

大隅守は目を合わそうとせず、金壺まなこを秋の陽の降り注ぐ御中庭に向けていた。

「ご高配、謹んで承りまする」

たがいの面目を潰さぬためには、それ以上に言葉を重ねてはならなかった。

文久二年閏八月吉日の暁《あかつき》七ツ、松平和泉守一行は小石川水道橋端の上屋敷の御門をこっそりと開けて、越後丹生山への道中を踏み出した。

先頭を行くはずの熊毛槍はない。御弓も御持筒《おもちづつ》もない。手が足らぬゆえ、徒侍が挟箱《はさみばこ》やら日用の御道具やらを担いでいる。かろうじて御駕籠《おかご》のあとさきに一筋ずつ立てられた御槍と、面懸尻懸《おもがいしりがい》で飾られた御手馬が、大名行列であることを示していた。

まだ人目につく時刻ではないが、もし他から見ればこの有様を、まさか就封の御道中だと思う者はおるまい。せいぜい急用にて駒込の中屋敷にお出まし、あるいは早朝よりその界隈の菩提寺にお墓参り、というところである。しかし、それにしては手甲脚半《てっこうきゃはん》の旅姿はどうしたことかと、首をひねるであろう。

貧乏神は感心した。

あまりにしょぼい。みごとにみみっちい。まことにけちくさい。

あやつら本気か、と思うて水道橋の枯柳の下で様子を窺っていたところ、たしかに墓参りとしか見えぬ行列が現れたのである。

「……すばらしいわい」

貧乏神は思わず声に出した。ふつう「しょぼい」だの「みみっちい」だの「けちくさい」だのは褒め言葉ではなかろうが、貧乏神にとってはすべてが讃辞であった。すなわち、その大名行列の出来映えと言うたら、貧乏神をして「すばらしい」と感心させるほど貧乏臭かったのである。

先頭の馬上には道中奉行らしき侍があるが、ハテ、どこかで見たような。ややや。あれは去る晩、門長屋で高鼾《たかいびき》をかいておった町人体の男ではないか。数年前にはあやつのおかげで、大名家を引き倒しそこねた。何と性懲りもなく、ふたたび当家に仕官して貧乏神に楯つくつもりか。よおし、今度という今度は容赦せぬぞ。

あれこれ荷を担いだ徒侍のあとに、御殿様の御駕籠。左右には御近習。いずれも二十歳かそこいらの若さで、貧乏神に魅入られるとは気の毒よのう。

中間人足どもは口入れ屋の周旋ではないらしい。なるほど、雇いでは金がかかるゆえ、一両一人扶持の奉公人を召し連れるというわけじゃな。おお、殿《しんがり》にはあの門番奴《やっこ》もおるではないか。年かさで膂力《りょりょく》にも欠くるゆえ、重い荷は担いでおらぬ。そのかわり、何やら大きな木札を掲げている。

ナニナニ、「享保辛丑歳《かのとうしのとし》有徳院様御沙汰之通《とおり》　罷通《まかりとおる》」。何じゃい、それは。

貧乏神は簓《ささら》のごとくちぎれた襤褸《ぼろ》着の袖を組み、遠い記憶をたどった。このごろ寄る年波のせいで、人の名前は思い出せぬし、飯を食うたかどうか忘れることもしばしばであるが、なぜか昔の話はよう覚えている。

さよう。有徳院といえば八代将軍徳川吉宗。今を去ること百四十年前、そやつにはひどい目をつかされた。もう一息で将軍家倒産の大殊勲を挙げるところであったのに、御三家紀州から養子に入ったそやつが、みずから改革を断行して天下を立て直した。

ああ、思い出したくもないわい。質素倹約、武芸振興、年貢増徴。新田開発に株仲間、上米《あげまい》だの足高だの目安箱だの、次々と沙汰を下して、ついにこの貧乏神を打ち負かした。そうだ。たしかその御沙汰の中に、参勤道中を簡素にすべしというお触れもあった。ということは、和泉守め。有徳院の沙汰を、このみすぼらしい道中の大義名分とするつもりじゃな。

しかし考えてもみれば、その大義を看板に掲げて、言いわけしいしい歩くというのも貧乏くさい。質素倹約だなどと、世間の誰が信じるものか。クッ、クッ、クッ。ばァかめェー。

そこで、いよいよこのみすぼらしさ、すなわちすぼらしさに感心した貧乏神は、江戸市中の忙しい仕事をすべてうっちゃらかして、行列のあとをひそかについてゆくことにした。

もっとも、ひそかにも何も弊衣蓬髪《へいいほうはつ》の姿は人の目に見えぬ。ただ、その影のまわりには常に異臭が漂い、いやな感じがするだけである。手にした渋団扇《しぶうちわ》で一煽りすれば、こっちにそのつもりがなくとも風に当たった人間はひとたまりもなくおちぶれるのであるが、そんな迷惑は知ったことか。

三河島の抱《かかえ》屋敷にて白湯《さゆ》と握り飯の朝食を摂ったあと、和泉守は御手馬に跨《また》がった。大名行列は江戸の華である。戸や障子のすきまには人の目があって、武鑑と首っ引きで見物しているのだと思えば、やはり武門の面目がない。ならばいっそのこと、この先しばらくは堂々と馬に乗ってゆこうと思い立ったのであった。

「おのおの、恥じ入るではないぞ。われらは有徳院様のお定めに順《したご》うておるのだ」

馬上からそう号令しても、跪《ひざまず》く家来衆が勇み立つ様子はなかった。みながみな、夜明けとともに瞭《あきら》かとなった慎ましい行列を恥じていた。

江戸の北の玄関に当たる千住宿は、東海道の品川宿を凌ぐ賑わいである。荒川に架かる千住大橋の向こうの掃部宿《かもんじゆく》と合わせて、長さ二十二町余、住人は一万を超すという。千住は水運の要所であり、また岩槻《いわつき》道、水戸佐倉道、下妻《しもつま》道等の分岐にも当たるからである。

御大名とわかれば、人はみな家に入るか土下座をするのだが、そうと知らずにぼんやりと見過ごす者も多かった。だからと言うてこちらにも、無礼を咎めるだけの威はない。このまま千住大橋を渡るのかと思えば、馬上の背中もしおたれるような気がした。

橋の賑わいが近付いてきた。恥を忍んで渡り切っても、その先にはいっそう繁華な掃部宿がしばらく続く。

貧乏は屈辱であると、和泉守は思うた。武士が百姓のように、飢えて死ぬることはあるまい。だが廉恥《れんち》のために死するが武士であった。つまり、おのれも家来どもも、死んだほうがよほどましな屈辱に晒されているのである。

おそらく父も重臣どもも、貧乏の屈辱に耐えるくらいなら御家を潰したほうがよい、と考えたのであろう。だとすると、その意思に抗《あらが》おうとするおのれは、武士にあるまじき破廉恥漢《はれんちかん》なのであろうか。

川風が砂埃を巻き上げて吹き、空は黄色く濁っていた。陣笠の耳元にひょうひょうと鳴る風音さえも、貧しい行列を嘲笑《あざわろ》うているように聞こえた。

ふいに駒が足を止めた。劈頭《へきとう》の比留間伝蔵が馬上に振り返り、無言で行手に鞭を掲げた。じきに風が已《や》んで塵が去ると、千住大橋の袂に二旒《りゅう》の旗指物《はたさしもの》が翻っていた。

笹丸の家紋を染めた軍旗と、厭離穢土欣求浄土《おんりえどごんぐじょうど》の幟《のぼり》であった。和泉守はわが目を疑うた。

陣羽織もものものしい侍大将が、悠然と駒を進めてきた。

「分限わきまえず、馬上にての御挨拶を許されよ」

小池越中守は厳《いかめ》しい大番頭《おおばんがしら》の顔に笑みをたたえて続けた。

「先日は御就封前のご多忙中にもかかわらず、わが娘のために立派な祝言を設《しつら》えていただき、かたじけのうござった。ついてはそれがし、越後丹生山の御領知を訪《おとの》うて、御尊家御先祖様に謝辞を申し上げたく、あれなる郎党七十人を召し連れまして、御行列のお供をつかまつりまする」

あまりのことに、和泉守は返す言葉を失うた。橋の袂に控えおるは、小池越中守の家来衆であろう。さすがは旗本武役筆頭と思える、大番頭の供揃えであった。

さらに駒を寄せ、陣笠の庇《ひさし》がぶつかり合うほど近くで、越中守は囁《ささや》いた。

「大番は徳川が先駆けにござる。松平が御大将のご苦戦を聞き及び、加勢つかまつる。ところで和泉守殿。先日頂戴いたしたこれなる書状は、戦陣に不要と心得ますれば、約束事はなきものとされたい」

言うが早いか小池越中守は、懐から嫁取りの約束手形を抜き出して、包紙もろとも真二つに引き裂いた。

「何をなさる、越中守殿」

「どうなところうなと、それがしの勝手にござろう。お頼み金のやりとりなど、どだいわけのわからぬならわしにござりまする」

手形証文を紙吹雪に撒き散らすと、越中守は駒を進めながら呼ばわった。

「松平和泉守様、お通りである。控えおろう」

行列は力を得て歩み出した。

十二、会津道中御本陣憂患《あいづどうちゅうほんじんのうれい》

会津街道籠居《かごい》は鄙離《ひなざか》る山間の宿場ながら、春は花、秋はもみじの風光すぐれて麗《うるわ》しく、また人の情も純朴で心のこもったもてなしをすることから、古来往還する旅人にすこぶる人気が高かった。

越後や出羽の諸大名も、参勤交代の折にはしばしばここを宿所とするゆえ、本陣と脇本陣のほかに旅籠は二十余軒を算える。

しかも質実剛健をもって知られる会津松平家御領内、「ならぬことはなりませぬ」とばかりに、旅人の袖を引く飯盛女《めしもりおんな》の姿もない。

この真面目な籠居宿の本陣を承《つ》ぐこと二十一代目の亭主、白石長右衛門《ちょうえもん》は、まこと土地柄に似合いの、清廉潔白、真面目の上に糞のつく人物である。

白石家は寛永の初年に本陣を許された。以後今日まで、たかだか二百三十年ばかりで二十一代を算《かぞ》えるは、ちと勘定が合わぬ。代々の亭主が真面目に過ぎて、客人に対する気配り目配りおさおさ怠りなく、ために身も心もすりへらして早死にするからであった。

ちなみに、当主二十一代長右衛門の算え五十一歳は、菩提寺の過去帳を見る限り長寿の記録を更新中である。

「遅い、遅い」

麻裃半袴《あさかみしもはんばかま》の長右衛門は、ぶつぶつと呟《つぶや》きながら歩き回る。夜の明けきらぬうちから午《ひる》下りまで、宿場の入口を右往左往している。昨日も丸一日、この調子であった。ときには痺れをきらして一里も先の峠道まで足を延ばし、また高札場《こうさつば》の火見櫓《ひのみやぐら》によじ登って、手庇《てびさし》をかざしたりした。

越後丹生山《にぶやま》三万石、松平和泉守様の御着到は本日夕刻の予定である。それまでにはまだいくらか間はあるのだが、先触れの御家来衆がやって来ない。早ければ御着到の五日前、遅くとも二日前には御先手の一行が来て、あだやおろそかにはできぬくさぐさの行事をすませておかねばならぬのである。

まず、「松平和泉守宿」と雄渾《ゆうこん》な筆で大書した関札《せきふだ》を、宿場の入口と本陣の門前に立てる。これは大名家が用意するので、「殿」だの「様」だのという敬称はつかぬ。いわば戦場に赴く武将の滞陣宣言である。よって、宿泊当日であれば、ほかの旅人は遠慮して次の宿場へと向かう。もっとも、泊まろうにも数百の供連れで旅宿は貸し切りである。

関札は宿場ごとの使い捨てではあるが、武将の宿陣を示す尊い品であるからして、本陣亭主が正装してこれを受け取り、みずから立てるが習いであった。

その儀式をおえると、御殿様の宿所となる本陣の部屋割をする。御重役や御近習等、おおむね三十人ほどが本陣に泊まる。御先手と相談しいしい、たとえば「御寝所次之間御近習某」、「一之間御座敷　御家老某」というように、正しく書き留めねばならぬ。

次には御供連れの宿割である。これがまた大仕事で、格上の侍は上等の旅宿に、御徒《おかち》衆《しゅう》はそれなりの旅籠に、中間《ちゅうげん》奴《やっこ》は木賃宿や民家に振り分ける。

本陣の玄関には御家紋入りの陣幕を張る。着到が夕暮どきならば篝《かがり》を焚く。そのころには夕餉《ゆうげ》の仕度もたけなわである。

すなわち、そうしたくさぐさを全《まった》きにおえておくためには、少くとも丸二日間を要するのである。よって、本夕刻に御着到であるにもかかわらず、午下りになっても先触れの一行がやってこぬというは、まこと肝の縮むような話なのであった。

ましてや白石長右衛門は、縦のものが横になっていても気に食わぬ糞真面目である。本陣の廊下の角などは、差し金でも渡したように曲がる。褌《ふんどし》は毎日、足袋は朝晩はきかえる。父祖代々、本陣亭主の分限でありながら苗字帯刀を許されているのは、この律儀さと潔癖さゆえであると信じていた。

「遅い。ああ、遅い」

長右衛門は宿場を行きつ戻りつしながら、それればかりを呟き続けている。

ところで、こたびの御滞陣につき、長右衛門がとりわけ気配りをするには格別の理由があった。

先立って巡察に訪れた会津松平家の御奉行様が、噂を置いて行ったのである。

例年、参勤御暇《おいとま》の道中のたびに、きっと白石家本陣に宿泊なされる松平和泉守様は、家督を譲られてご隠居、跡目をお襲《と》りになった御当代様は江戸屋敷のお生まれゆえ、こたびが初のお国入りとなる。

ただでさえ朝から晩まで気を張っている長右衛門は、それを聞いていっそう緊張した。御大名にとっての御初入りは、いわば初陣である。父祖の地を踏む晴れの舞台である。むろん一世一代の花道であった。

めったにある話ではないし、何よりも白石家は沿道の大名家よりずっと早死にの家系であるからして、当代亭主にとっても初めての経験だったのである。

「承知いたしました。用意万端ととのえまして、いささかの粗忽《そこつ》もなきよう接遇に相務めまする」

そう誓いを立てた。

さて、それが「とりわけの気配り」の理由ではあるが、実は本音がもうひとつ。会津街道はもともと御大名の通行が少いうえ、このごろではどちら様も懐具合がお淋しいとみえて、昔のように金を落としてはくれぬ。御供衆も年を追うごとに数をへらしてゆく。

それでも丹生山の松平様は、総勢二百の立派な御行列ゆえ、宿場は潤うのである。泊まり賃は上宿で二百文、下宿で百三十文、これはありがたい。

御大名の宿所となる本陣には、宿代などはない。あくまで軍陣を提供するのであるからして、いくらいくらなどという勘定はありえぬ。

頂戴する金子《きんす》は、戦捷《せんしょう》の祝儀である。これもこのごろはずいぶんしょぼくなって、立派な包みに中味はたったの一両などということも珍しくない。ところが丹生山様に限っては、三両の小判を包んで下さる。

また、亭主は御大名に献上品を奉り、返礼として白銀三枚を下賜《かし》されるという習いもある。つまりこちらは、地元の産物を偉そうに杉箱なんぞに詰め、およそ二両相当の銀を頂戴するのである。今の季節では松茸に干鮎、元手はかからぬ。

しめて五両。冬は雪にとざされて旅人も稀な宿場の名主にとって、この実入りは大きかった。

だいたいからして、本陣などというものはまるで割に合わぬ。建坪三百の豪壮な屋敷でも、大名貴人や幕府の役人のほかには泊めてはならず、そうした賓客の勘定とていちいちが「祝儀」なのである。すなわち、本陣という名誉のために、歴代の亭主は財も命もすりへらしてきたのであった。

だからこそ、きっと五両を下さる丹生山様はありがたかった。

かくして、ようやく御先手の侍が到着したのは、当日の八ツ下がりであった。

痩せ馬に跨った見知らぬ侍である。御供は奴《やっこ》がひとり、背に負った風呂敷包みには泥まみれの関札が二枚。ほかに荷はない。

ハテ、と長右衛門はひとめ見るなり首をかしげた。関札は各宿の使い捨てであるからして、このさき丹生山御城下までの二泊分も含めて、つごう六枚の用意がなければならぬ。御先手は御行列より少くとも二日は先行して、関札を立て、宿割をするのである。

「松平和泉守家来、比留間伝蔵と申す。御行列は暮六ツに御着到の予定ゆえ、よろしくお取り計らい下されよ」

玄関の式台に腰かけて旅装を解いたなり、侍は呑気なことを言うた。

女中どもが盥《たらい》と茶を運んできた。足など洗うている暇はない。茶など出すな。まずは関札を立てて、定紋入りの陣幕を張り、御部屋割と宿割。ああ、ムリ。

「ハハアッ。かしこまりましてござります
る。では、比留間様。早々にかかりましょうぞ」

「まあ、待て待て。咽《のど》がひりついてしもうた」

待てぬ。長右衛門は麻裃の肩がぷるぷると震えるほど苛立った。

御大名の先触れにしては、様子の悪い侍である。年かさでもあるし、すでに人生を消耗している感じで、どことなく貧乏臭い。

貧乏というならわが家も相当に貧乏しているが、だからこそ見栄を張らねばならぬ。お定めごとは守らねばならぬ。

「では、関札を立てて参りますゆえ、拝借つかまつりまする」

まっさらの杉板に墨痕淋漓《ぼっこんりんり》たる関札、ではない。奴が風呂敷包みを解いて取り出したるは、「使い捨て」ではなく明らかに「使い回し」である。

「いやな、ご亭主。関札を捨つるはもったいのうござるゆえ、ひっこ抜いての七ツ立ち、なかなかにくたびれるわい。ハッハッハッ」

ハッハッ、と長右衛門もお義理で笑うたが、ちっとも笑いごとではなかった。関札の使い回しなど、聞いたためしもない。さなるケチ臭いことをしていれば、この時間になってしまうのももっともであった。

「ところで、比留間様。御陣幕は」

「ああ、陣幕か。あいにく手が足らぬゆえ、持ち合わせぬ」

「は？　――それは、また」

まるで意味がわからぬ。御大名は武将であり、参勤御暇の道中は行軍であるからして、旅宿すなわち「本陣」には、定紋付きの陣幕を張りめぐらしてその所在を示さねばならぬのである。

呆然とする長右衛門を見つめながら、御先手はうまそうに茶を啜り、クククッと笑うた。

「のう、ご亭主。当方はけっして、無礼のどうのとは申さぬ。一夜の宿を所望いたすだけじゃ。わけのわからぬしきたりに、金や手間をかけるのはやめようではないか」

「しかし、御陣幕は――」

「あり合わせのものを張ってくやれ。ああ、そうじゃ。会津様の御領分なら、三葉葵の陣幕をお持ちであろう。それでよい」

「エッ、エエッ、何を申されまする。御殿様の御陣幕を貸せとは、ご無体にも程がござりまするぞ」

「では、お訊ねするが、その陣幕は会津様のものでござるかの」

「いや、当家にて誂《あつら》えましたる御陣幕で」

「ならば、ご亭主の一存でよろしかろう。なになに、黙っておれば誰にもわからぬわい。クックックッ」

　同じ松平の御家門ならば、定紋は三葉葵である。しかるに、その意匠は御家ごとにわずかに異なっている。葵の茎の太さがちがったり、葉脈の数に多寡《たか》があったりするのであるが、よほど疑うてかからねばわかりはすまい。

　時間がない。そこで長右衛門は、えいままよとばかりに、手持ちの葵の陣幕を張るよう、使用人どもに命じた。

　陽ははや弱《よろ》めいて、切り立つ西の稜線に近付いている。耳に迫る谷の瀬音が、早《はよ》う早うと長右衛門を急《せ》かした。

「さて、比留間様。本陣の部屋割と御供衆の宿割にかからねばなりませぬ。御人数はいかほどにござりましょうか」

「フム。五十四《し》と七《しち》十。しめて百二十四《し》である」

　妙な言い方である。百二十四はちと少なめであるが、まあいいか。

「御家来衆が五十四、荷運び衆が七十、でござりまするな」

「いや、そうではない。仔細《しさい》を申せば話が長うなるゆえ、ご放念いただきたい」

どういうことであろうか。よもや当家本陣に五十四を詰めこみ、わずか七十を旅宿に振り分けるつもりではあるまいな。さなる話になれば、揉み手をして客を待ち受けている旅宿に合わせる顔がない。

「あの、比留間様。本陣のご滞在は、御重臣御近習の三十を限りとするが習いにござりまする」

「存じておる。そこで相談じゃ」

一歩も譲るまいと長右衛門は身構えた。かつての賑わいなど今は昔、御大名は金を落とさず、旅人もめっきり減って、宿場は飢《う》えているのである。できうる限りの客を旅宿に振り分けねば、本陣亭主の面目が立たぬ。

比留間伝蔵は髭も月代《さかやき》も伸びた貧乏臭い顔を、きりりと引き締めて言うた。

「部屋割も宿割も不要である。総勢百二十四、すべて本陣に宿泊させていただきたい」

エッ、という驚きは声にすらならなかった。

「ご冗談を……」

「冗談ではない。よう聞け、亭主。無体は承知の上じゃ。食事は自炊し、夜具の必要もない。夜露さえ凌《しの》げるのであれば、納屋なり土間なりどこでもかまわぬ。暮六ツに入って、払暁《ふつぎょう》には出立いたすゆえ、知らんぷりを決めていて下さればよい。よろしいな」

呆然としつつも、長右衛門は気を取り直して訊ねた。

「それは、その、参勤御暇の御道中は戦陣に向かう行軍であるとの趣旨にございまするな。いやはや、見上げた御殿様にござりまする。武門の本分を忘れずにお初入りをなされるとは、いやはや、さすがは丹生山松平様──」

ほかに考えようはあるまい。どうかその通りであってくれますよう、と長右衛門は祈った。さなるお心掛けの名君にあらせられるのなら、きっと常にまさる大枚の金銀を、戦捷の祝儀として包んで下さるにちがいない。

ところが、御先手様はにべもなく、ひどいことを言うた。

「いや、さなるきれいごとではない。当家には金がないのでござるよ。ついにわずかな路銀も尽きたゆえ、そこいらで野宿をいたそうと思うたのでござるが、それでは御本陣の面目が立つまい。むろん献上品については前もってお断りしておく。もろうたところで下げ渡す金がない」

西の山に沈まんとする弱日《よろび》が、玄関の式台に赤い陽脚《ひあし》を延ばしている。

本陣という名誉のために、身も心もすりへらして斃《たお》れていった父祖を偲《しの》べば、白石長右衛門には返す言葉も思いつかなかった。

会津の御殿様は、どなたも尻ごみする京都守護職にお就きになられるという。天下のために、あえて火中の栗を拾われるのである。その貴《たっと》きお心に思いをいたせば、宿場の貧乏もおのれの苦労も、いかばかりのものであろう。

御先手が籠居の宿に到着して須臾《しゅゆ》ののち、茜色に染まった会津街道を下る不吉な影があった。

峠道ですれちがった馬子《まご》は、ふいに吐気を催してへたりこんだ。馬も鬣《たてがみ》をおっ立てて足をすくめた。地蔵の首がごとりと落ちた。

影の周囲には腐れた糠味噌《ぬかみそ》のような異臭がたちこめ、瘴気《しょうき》に中《あた》った楓の葉はたちまち朱を奪われて枯れた。

長旅をかけてきた貧乏神は、みすぼらしさにいっそうの磨きがかかっている。弊衣を荒縄でくくり、手には竹の杖と渋団扇、垢だかフケだか瘡蓋《かさぶた》だかわからぬ粉を撒き散らしてよろぼい歩む姿は、どれほどの絵師にも描けず、いかなる役者にも演じられまい。

宿場の入口に、「松平和泉守宿」と書かれた関札が立っていた。日に灼け、泥にまみれた使い回しである。実にしょぼい。

「おお、なかなかじゃ」

町並みを眺めて、貧乏神は得心した。会津街道籠居の宿といえば、風光明媚な地としてつとに知られている。しかし、その評判も今は過ぎにし日のようで、あたりには凋落《ちょうらく》の気が漂っていた。つまり貧乏神に言わせれば、「なかなか」のものなのである。

さもありなん。このごろの御大名は金を落とさぬ。景気が悪いゆえ、商人の往還も減った。この山間では耕す田畑も少のうて、銭がなければ食いつめる。

石畳の道をたどるうちに、旅宿の使用人たちの愚痴が耳に入った。

――やれやれ、さんざやきもきさせたあげくが、このザマか。

――ほかのお客はみなお断りしたのにねえ。

――マイッタ、マイッタ。御大名が聞いてあきれる。

――言いたかないが、名主様の独り占めってことさ。

上々である。何ごとも貧すれば鈍するじゃ。この山あいの宿場で人間どもがいがみ合えば、まず共食い共倒れは必至。しかしそれにしても、このうらさびれようはただごとではない。いかに不景気とはいえ、世に名高き籠居の宿が、これほどまでくすぶっているとは思わなんだ。

本陣が近付くほどに、貧乏神は感心した。障子の破れたまま、やる気のうせた宿がある。街道をうろつく犬猫までもが痩せている。埃をかぶったまま、すでに空屋となった商家もあった。

ハテ、いくら何でもこれはちとおかしい。評判の高かった宿場が、じりじりとではなく急激に、没落したと思える。いったい何があったのであろう。

本陣白石家は、上《かみ》に二丁、下《しも》に一丁半の宿場を分かつあたりに、それでも堂々と踏ん張っていた。

雪深い土地柄ゆえ屋根は茅葺《かやぶ》きながら、玄関には立派な千鳥破風《ちどりはふ》が上がっている。亭主はよほどやかましいとみえて、門の先は塵ひとつなく掃き清められ、庭木などもていねいに手入れがなされていた。

なるほど。二十一代を算える本陣ともなれば、いかに貧乏しようと体面は保つ、か。小癪《こしやく》な。よおし、しからば通りがけに引き倒してくれよう。

などと考えた貧乏神が、三葉葵の陣幕を張った玄関先に佇み、パタパタと渋団扇を煽り立てれば、垢だかフケだか瘡蓋だかわからぬ凶々《まがまが》しい粉が異臭とともに舞い立って、磨き上げた式台も柱も一気に艶を失い、茅葺き屋根にはたちまち雑草が萌えた。

と、そのときである。玄関の板敷に置かれた衝立《ついたて》から、青白い窶《やつ》れ顔が覗いた。

「もし。どなたかは存ぜぬが、勝手な真似をなされては困る」

貧乏神はハッと身を引いた。おのれの姿は人の目に見えぬはずである。さては出羽三山の修験道場に向かう聖《ひじり》か、はたまたさらなる道を求めて行脚《あんぎや》する、叡山の阿闍梨《あじやり》か。

「汝《うぬ》は誰じゃ」

貧乏神が訊ねると、窶れ男は大儀そうに衝立の向こう側から這い出てきた。思わず「おお」と声が出た。

月代《さかやき》のぼうぼうと伸びた百日鬘《かずら》。半白の無精髭。痩せた首には咽仏《のどぼとけ》が尖っており、まなこはどんよりと曇っている。身にまとっているのは負けず劣らずのぼろ衣で、股座《またぐら》からは黄ばんだ褌を引きずっているというていたらく。棒きれのような空《から》ッ脛《ぱぎ》に筋張った裸足、これはどう見ても物乞いや行き倒れの類《たぐい》ではない。

「誰じゃと問われても、あいにく名乗る名がござらぬ」

「わしが見えておるのじゃな」

「そういうそこもとも、それがしが見えておるらしい。何とも面妖《めんよう》な」

二人は式台を隔てて対峙し、たとえば武士が尋常の立ち合いでもするかのように、たいそう真剣に垢だかフケだか瘡蓋だかわからぬ粉を飛ばし合うた。

御行列の到着を前に、使用人たちは忙しく立ち働いている。

「あら、何だかくさい」

「おうよ。くせえ、くせえ。何の臭いだ」

「もうじきお着きになるってのにねえ」

「たんと打ち水をして、風を通しておくべえ」

そこで貧乏神は悟ったのである。この窶れ男も、人間の目に見えていない。ということは、いわゆる怪力乱神の類なのであって――エッ、もしやご同業？

「おぬし、できるな」

「そこもとも」

「どうやら諍《いさか》う相手ではなさそうじゃ」

「然《しか》り」

二人は同時にスッと身を引いて、瘴気の間合いを切った。とたんにどちらも咳きこんだ。

「くっせー。ゴホッ、ゴホッ」

「ゲエッ、くっせー」

「ゲホッ。ところでおぬし、わしは天に二つの陽のなきがごとく、地に二人の貧乏神はいないと思うておったがの」

「グェッ。そこもとは噂に聞く、江戸の貧乏神殿でござろう。さすがは大した貫禄でござる。それがしのような田舎者とはちごうて、垢抜けておりますのう」

ほめられたためしのない貧乏神は、頭を掻いて照れた。垢抜けているかどうかはともかく、垢やフケはポロポロと落ちた。

この宿場の急激な落魄《らくはく》の理由が明らかになった。貧乏神は生まれついて江戸から出たためしがなかった。しかし貧乏人はどこにでもいる。ということは、どこであろうとその土地の貧乏神がいるのである。

「すると、もしやおぬしは会津の――」

「さよう。このあたりを領分といたします」

貧乏神はおのれの了簡の狭さを恥じねばならなかった。世間は広いのである。たったひとりの貧乏神で、手の足りるはずはなかった。しかも、おのれが大小の貧乏人のあまたおる江戸で、やりたい放題やっている間にも、こうした山間の宿場では、ていねいな仕事をしている貧乏神もいるのである。

会津の貧乏神は、尚武《しょうぶ》の土地柄のせいか物言い物腰も武張《ぶば》っていた。

「会津二十八万石を引き倒すは、それがしの悲願でござっての。ところが、藩祖保科正《ほしなまさ》有之《ゆき》公以来、ご歴代に名君があってなかなか手強い。がっぷり四つに組み合うこと二百余年、こたびついに大名倒産の好機が訪れたのでござる。何と御殿様は、どちらの御大名も尻ごみする京都守護職を、みずから進んで引き受けたのでござるよ。この暮には御家来衆一千余を率いてのご上洛、しかも費用は手前持ち、クッ、クッ、この機会を見逃してはなるものか、とそれがし奮い起ちましての、まずは肩慣らしにと、この籠居宿に取り憑いた次第でござる」

おかしい。実におかしい。火中の栗を拾わんとする会津様は生真面目。先ほどから忙《せわ》しなく立ち働いている、本陣の亭主もそれに倣《なろ》うて生真面目。そして、ご当地の貧乏神までもが糞真面目なのである。江戸前のちゃらんぽらんな貧乏神の目から見れば、その真面目さがたまらなくおかしかった。

「ややや、そうとも知らずさしでがましいことをした。いやなに、わしは特段この本陣をどうこうしようなどとは思うていない。じきにやってくる、松平和泉守に取り憑いておるのじゃよ」

「さようでござったか。それがしの早計は許されよ。しかしまあ、けっこうな世の中でござりますのう」

「いかにもじゃ。天下の御大名を引き倒すなど、おたがい貧乏神冥利に尽きるわい。あぁ、くっせー」

「ごもっともにござる。くっせー」

そのとき、門前の街道から宿役人《しゆく》の声が通った。

「松平和泉守様ご一行、ほどなくご着到にござりまする。お出会いめされよ」

麻裃半袴の亭主が、まっさきに駆け出て行った。はきかえたばかりであろうか、足袋のあしうらが白い。白いものは嫌いじゃ。

次に現れたるは、あの男。比留間伝蔵なる、貧乏神の天敵である。道中の先触れなどを務めおって、いったい何を考えおるやら。

エエッ、何と。

会津の貧乏神が申すには、旅籠旅宿はいっさい使わず、総勢百二十四をこの本陣に詰めこむ、と。それで宿賃を浮かせ、晩飯も本陣の台所を借りての自身賄《じしんまかな》い、とな。

一体全体、何というケチ臭さであろう。いや、感心している場合ではあるまい。貧乏神にとって、ケチは脅威であった。

二柱の貧乏神は、それぞれ弊衣やら褌やらを引きずって街道に出た。

陽は峰の端に沈み切り、宿場はたそがれている。谷あいのツンと澄んだ気をとよもして、暮六ツの鐘が渡った。篝が爆《は》ぜ、乾いた赤松の燃える芳香が、あたりに満ちていた。

夕まぐれの街道を、御行列がしずしずと進んでくる。商いをしそびれた旅宿の人々は、逃げも隠れもせずに、それぞれの店の前にちんまりと下座していた。

来る者も、迎える者もみな真面目。怖るべき人間ども。

「どうやらこの御殿様は、ただものではござらぬのう」

会津の貧乏神が、近付く行列を睨みながら言うた。けだし炯眼《けいがん》である。

「さよう。ところで、本陣の亭主も相当のつわものじゃな。おたがい、油断は禁物じゃぞ」

その亭主は門前に佇んで深く腰を折り、手には葵紋の入った提灯を下げていた。もはや肚《はら》は括《くく》ったらしい。

腐った溜息をつきながら、二柱の貧乏神はいくらか怖気立《おぞけだ》っていた。


会津街道籠居宿本陣亭主白石長右衛門は、傍目には実に何事もなく、常に変わらぬ様子で御行列を迎えた。

しかし、内心は忿懣《ふんまん》やるかたなく、腸《はらわた》の煮えくり返る思いであった。そうした感情が片言《へんげん》にも顔色にも顕《あら》われぬあたり、長右衛門はひとかどの人物である。

越後丹生山を御領分とする松平和泉守家は、遥か昔よりお国替えがないと聞いている。すなわち白石家にしてみれば、本陣の許しを得てより二十一代、二百三十年にもわたる付き合いなのである。年に一度、参勤御暇の道中にはきっとご宿泊になられるという交《こう》誼《ぎ》を、二百三十年の長きにわたって続けてきたのであった。

かようなご時世には、ぬきさしならぬ御家事情があっても致し方ない。だにしても、きょうのきょうになって無理を言われたのでは、御行列の投宿をあてこんだ旅籠に対し、あるいは継ぎ立てるつもりの駄馬や人足に対しても、本陣亭主としての面目がなかった。

常の道中ならばせいぜい三十人が宿泊する本陣に、納屋でも土間でもかまわぬから総勢百二十四を詰め込むという。

ありえぬ話である。村人たちの耳に入れば、本陣が利を独り占めにしたと思われるやも知れぬ。だとすると、祝儀の多寡にかかわらず、いやたとえビタ一文頂戴できぬにしても、相応の詫び賃を村中に撒かねばならぬ。すなわち、金子が宿場のどこにも落ちぬどころか、本陣の持ち出しになる。

いくら何でもこんな理不尽があるものかと、長右衛門の腹は煮えたぎっていたのだった。

文句をつけようにも、御先手の比留間伝蔵なる侍は初対面である。そのうえあれやこれやと忙しく、とりつく島がない。

そうこうするうちに宿割も部屋割もないまま、百二十四人の一行は本陣のあちこちに詰めこまれてゆく。感心している場合ではないが、比留間なる侍の差配はまことにみごとであった。

無理難題を押しつけられたうえ、知った顔が見当たらぬ。三万石の御大名といえば、御家来衆は総数でもせいぜい四百か五百、例年の道中ならば知り合いだらけで挨拶に忙しいのだが、どうにも知った顔がない。

もしやこれは狐狸《こり》妖怪の類かなどと、ありもせぬことを考え始めたころ、殿《しんがり》から門を通ってきた徒侍《かちざむらい》と目が合うて、長右衛門はほっと胸を撫で下ろした。

勘定方の橋爪左平次様である。たしか昨年の参勤の折には、御先代の御殿様のかたわらにあって、金銭の一切を取りしきっていたはずだが、身なりといい顔色といい、どうも精彩を欠いているように見えた。

玄関の式台から草履をつっかけて、長右衛門は丁重に橋爪左平次を迎えた。

「これはこれは、橋爪様。聞くところによりますれば、江戸表の若殿様にご不幸がございましたとか。つゆ知らぬこととは申せ、ご無礼を致しました」

などと、いきなり銭金の話でもあるまいから、粗相のない挨拶を述べたのだが、なぜか橋爪の表情は濁ったままである。

「あ。拙者こたびの道中では、御供のひとりにすぎぬのじゃ」

「さは申されましても橋爪様。知ったお顔のひとつもないのでは、ご挨拶のしようもございませぬ。一体全体、どうしたことでござりましょうか」

長右衛門の困惑を察したのであろうか、橋爪は人目を忍ぶように踵《きびす》を返して、石灯籠の蔭に誘《いざな》った。

「あのな、御亭主。いろいろ迷惑をかけていると思うが、わしはそれどころではないのだ」

「は？　何と申されます」

「御当代の御殿様は、真面目の上に糞のつくお方での。すっかり傾いた御家を、どうにか立て直そうとお考えなのだ」

ほう。ご着到の折にちらりとお足元を拝見しただけだが、「真面目の上に糞のつく」という言い方は他人とは思えぬ。ご無体はさておくとして、長右衛門は俄然《がぜん》興味を覚えた。

「それはそれで、けっこうな話でござるよ。しかし、勘定方のおぬしには聞きたいことが山ほどある、国元においてもやってもらわねばならぬことがやはり山とある、よって供をせよと言いつかった。わかるか、御亭主。仔細を語れば三日三晩はかかるであろう。しかしわしは、それどころではないのだ。あとは想像してくれ」

「やや、想像せよと言われましても」

「ともかく、わしに相談されても困るのだ。勘定方と申すより、いわば佐渡送りの罪人みたようなものでござるよ。唐丸籠《とうまるかご》に乗らず、お縄も打たれずにこうして大手を振って歩いておるのが、ふしぎなくらいじゃわい」

「では、いったいどなたにご相談すれば、明かぬ埒《らち》が明きますかな」

「銭金のことならば、御近習の矢部貞吉に物申せばよかろう。あやつが道中供頭《ともがしら》を仰せつかって、すべてを差配しておる。ただし――」

橋爪左平次はぐいと眉根を寄せて、長右衛門の耳に囁きかけた。

「金は、ない。言うだけ無駄だ」

さて、その矢部貞吉はと言えば、上士《じょうし》から奴《やっこ》まで百二十四人がごった返す本陣で、あわただしく立ち働いていた。

　思いがけずに若く、かつ目立たぬ小兵《こひょう》であるから、よもや彼が御行列を仕切る御供頭だとは思いもしなかったのである。

「もし、矢部様」

　と、肩衣半袴の腰を低めて白髪頭を下げれば、若侍は一声で誰であるかを気付いたらしく、台所の土間から板敷に上がってかしこまった。

「ご亭主殿にござりまするな」

「いかにも。当家の主、白石長右衛門と申しまする」

　向こう前に座って、思い切り睨《ね》めつけてやった。手順がちがうであろう、と叱りとばしたつもりである。

「お世話になり申す。道中供頭を相務めまする、矢部貞吉にござる。事情はすでにお聞き及びと存ずるが、何とぞ了簡ねがいたい」

　了簡できぬ。飯もいらぬ蒲団もいらぬ、ただそこいらに寝るだけだから金は払わぬ。そんな勝手をどうして了簡できよう。

　しかるに、長右衛門はとうに腹を括っていた。ならぬ堪忍でも、するが堪忍である。だが、筋は通してほしい。なぜこちらから供頭を探して挨拶をせねばならぬのか。しかも見つけ出したるは、甚だ貫禄を欠く若侍である。

「矢部様。ひとつお訊ねいたしまするが」

「何なりと」

「御家老様方や御奉行衆は、御供なさっておられませぬのか」

おまえでは役者が足りぬ、と暗に言うたつもりである。すると矢部貞吉は、何の臆面もなく答えた。

「こたびは旅費が不足いたしておりますゆえ、常には九泊十日のところを、五泊と七日にて歩み通す所存にござる。よってご老役方々にはご遠慮いただき申した」

えっ、と長右衛門は小さく驚いた。早馬や早飛脚《はやびきゃく》でもあるまいに、江戸から越後まで五泊七日は無理であろう。

えっ、ええっ。今何と言うた。もしや五泊七日か。

「さよう。明日の晩は夜っぴて歩み通し、丹生山の城下にどうにかなだれこむのでござる。よって今宵は寝おさめ食いおさめにて、わがままはお赦《ゆる》し願いたい」

わけもわからずに長右衛門は、夕餉の仕度にてんやわんやの台所を見渡した。

「いくら何でも、百二十四人分の自身賄いは無理にござりましょう。当家には女中も使用人も大勢おりますゆえ、お手伝いさせていただきます。いや、もはや御祝儀がどうのなどとは申しませぬ。丹生山様のご難儀を、指をくわえて見ていたのでは、御先祖様に申しわけない」

言うが早いか長右衛門は、あたりの手代や女中を呼びつけて、飯を炊け、汁をこさえよと命じた。竈《かまど》の足らぬ分は、脇本陣や近在の旅宿に頼むほかはあるまい。

「それにしても、矢部様。これまでの四泊はずっとこの調子でござりまするか」

はあ、と矢部貞吉はうなじに手を当てた。

「いや、話せば長うなるゆえ簡単に申し上ぐるが、江戸屋敷を五十四で出発しましたところ、千住にて七十が合力《ごうりき》いたしましての」

わからぬ。わからぬけれど、問い質せば話がよけいわからなくなると思い、長右衛門は顔だけわかったふりをした。

「さようでござりまするか。五十四が急に百二十四に増えた、と。それはまた豪気な話でござりまするのう」

「はい。お蔭様で行列の見端《みば》はたいそうよくなり申した。しかも七十の合力は、大御番《おおごばん》頭《がしら》様とその御陪臣にござれば、それこそ後光がさすほどのあっぱれな武者ぶりにござりましての」

何だ、それは。大御番組といえば、旗本武役の筆頭とされている。その御頭様が七十の手勢を連れて合力なさった。

不審を色に表してはならぬ。とりあえずは、わかったふりをしよう。

「しかるに、ここだけの話でござるが――」

矢部が長右衛門の耳を手招いた。内緒話は嫌いだ。だが、どうやら丹生山の侍は、あんがい他人の蔭口が好きであるらしい。

「さすがに身なりはよいのだが、どうしたわけか金がない。あるのかも知れんが、出そうとなさらぬゆえ、当家の懐勘定が合わなくなったのでござるよ」

言われてみれば、なかなか見映えのする垢抜けた侍が多くあった。それらはみな、大御番頭様の御家来衆なのであろう。

わからぬ。悉皆《しっかい》わからぬ。もっとも、根が几帳面な長右衛門にとって、わからぬものをわからぬままにしておくということは、堪え難くもあった。

そこで、思い悩んだあげくに悶《もだ》え死んでも困るので、ひとつだけ選りすぐった質問をした。

あまりに考え抜いたゆえ、つい寺子屋みたように「ハイ」と手を挙げてしもうた。

「ハイ、矢部様」

「どうぞ、ご亭主」

「なにゆえ大御番頭様が、丹生山様の道中に合力なされるのでござりましょうや」

「なかなかよい質問です」

と、矢部貞吉は賢《さか》しげな顔を綻《ほころ》ばせた。この若侍はきっと、寺子屋では秀才と呼ばれていただろうと長右衛門は思った。

「では、簡潔にお答えする。先立って、御殿様の御兄君と、大御番頭様の娘御が祝言を挙げられた。要するに、義理の助太刀でござるよ。しかしながら――」

そこでまた、矢部が長右衛門の耳を招いた。

「ここだけの話だが、義理迷惑というものもござりまするの」

もう何も訊ねまい。矢部の答えはまこと明晳《めいせき》ではあるが、世の中にははっきりさせぬほうがよいことも多いのである。

そのとき、「本陣の主はあるか」というがさつな声が通って、矢部と同じほどの若侍が台所にやってきた。

「おお、ここにおられたか。御殿様も落ち着かれたご様子ゆえ、ご挨拶に上がられよ」

こうとなったら無礼も何もあるものか、真面目の上に糞がつくというそのお顔を、真向に睨みすえてやろう。


「まったく。どうしようもなく生真面目な亭主よのう」

梯子段の裏の暗がりに膝を抱えて蹲《うずくま》り、貧乏神は呟いた。

秋の日は釣瓶《つるべ》落としに昏《く》れて、竈の炎が眩《まばゆ》い。二柱の貧乏神のまわりには、漬物樽がいくつも置かれているので、たがいの臭いは気にならなかった。

風を孕《はら》んだ帆のように、一筋の乱れもなく切り立った亭主の肩衣のうしろで、貧乏神はやりとりの一部始終を見ていたのである。

生真面目とは言うても、頑固者ではない。思慮深く、情誼《じょうぎ》に厚く、物の道理を貴ぶ正義漢と見た。早い話が、貧乏神にとっては最も苦手な種類の人間であった。

会津の貧乏神は、漬物樽のかたわらにきちんと膝を揃えて、何やら物思うふうである。

「さは申されましても、生真面目は会津の家風でござるによって、致し方ない」

貧乏神は呆れた。こやつ、たしかに身なりはみすぼらしい浪人体で、百日鬘《かずら》といい無精髭といい、非の打ちどころはない。わけても、破れ袴の裾からほどけた褌を曳きずっているさま、大小の鞘《さや》の漆《うるし》が剝げ落ちているさまなどは、あっぱれな貧乏侍ぶりであった。

しかし、どこかちがう。何かがちがう。

人間ならば、真面目で何が悪いと言えよう。だが、真面目な邪神はまずい。考えようによっては、不真面目な不動明王と同じくらい危うい。

「おぬしは会津二十八万石を引き倒すための肩慣らし、などと言うておったがの。どうしてどうして、あの亭主は手強いと見たぞよ」

「いかにも。これまでずいぶんと骨を折って参ったが、おちぶれはしてもなかなか倒れぬのでござる。しかるに、それを言うなら御大名家の面々も相当に真面目でございますの」

「ふむ。わけても当代の御殿様は、真面目の上に糞がつく。どおれ、その御殿様と亭主のご対面、こっそり覗いてみようかの」

貧乏神はよろめきながら立ち上がり、梯子段の裏に頭をぶつけて二度よろめいた。

どうもこのごろ、足腰が頓《とみ》に衰えたような気がする。人の世に貧富貴賤の別が生じてよりこの方、幾千年も生きてきたおのれが今さら「頓に衰え」るはずもあるまいから、これは人並に旅の疲れが出ただけであろうと、貧乏神は思うことにした。

明日は夜っぴて歩き通すと聞いたが、はたしてこの老耄《ろうもう》の身がついてゆけるであろうか。

貧乏神の行き倒れ。

その姿を想像すればおかしくてならず、貧乏神はよろめきながら笑うた。

籠居宿本陣白石家は、総建坪三百、十七の座敷を大小の廊下が繋ぎ、奥向《おくむき》は上段下段各十畳の御座所とされて、その周囲には畳敷の御入側《おいりがわ》が繞《めぐ》っていた。

奥会津の山肌が迫る御庭は質朴にして閑寂《かんじゃく》、華美な作意は見られない。

それにしても、百二十四の供連れを、よくもまあ詰めこんでくれたものである。しかも長右衛門が通りすがりに覗き見たところ、上士、下士、足軽小者《こもの》、旗本が御家来衆と、うまい具合に住み分けているようであった。

連日の強行軍でみな疲れ果てているのであろう、ほとんどの者は旅装も解かぬまま、気を喪ったように寝入っていた。

とうに日は落ちて、腹も減っているであろうに、旅の疲れがまさっているのである。早う飯を食わしてやりたいが、台所は大わらわであった。塩握りに一汁一菜、それだけでも百二十四人前となれば、よほど手がかかる。

そうこう思いつつ、奥座敷に向こうて薄闇の廊下を歩いているうちに、長右衛門の腹のうちなる怒りもすっかりすぼんでしもうた。

村人たちが鄙離《ひなざか》る宿場を懸命に支えているように、丹生山の御家来衆もみな、貧しい主家のために身を削っているのだった。

だがしかし、けじめはつけていただかねば困る、と長右衛門はみずからを励ました。情と理の分別は弁《わきま》えねばならぬ。ここで甘い顔を見せれば、以後の慣例にもなりかねぬし、噂を聞いてほかの御大名も、これに倣《なら》うやもしれぬからである。さらに、よその宿場でも同じことをされたなら、おのれの情が天下の大迷惑となってしまう。

世間がどのように変わろうと、「ならぬことはなりませぬ」の覚悟もて節を貫くが、会津の魂であった。

「御殿様へ。本陣亭主、罷《まか》り越しましてございまする」

若侍が障子ごしに声をかけた。

外廊下の雨戸は閉《た》てられておらず、御庭は月かげが清《さや》かであった。

「大儀である」

澄んだ気にふさわしいお声が返ってきた。長右衛門は低頭しつつ誓うた。たとえお手打ちになろうとも、言うべきことは言わねばならぬ。

御近習の手で障子が開かれた。なぜか御殿様は、行灯《あんどん》のぼんやりとともる下段の間にお座りであった。

長右衛門は入側に平伏したまま口上を述べた。

「お目通りを賜わりまする。それがし籠居宿本陣亭主を相務めまする、白石長右衛門と申しまする。松平和泉守様におかせられましては、丹生山ご城下へお初入りの由、さなる吉祥の道中に御陣立てを賜わり、恐悦至極《きょうえつしごく》に存じ奉りまする」

日ごろのご挨拶ならばこれで終わる。あとは障子が閉まり、そそくさと退出するばかりである。しかし長右衛門は、語気を強めて続けた。

「分限わきまえず言上つかまつりまする。御大名に諫言《かんげん》いたしますからにはお手打ちも覚悟の上、和泉守様におかせられましてはお聞き届け願えましょうや」

本陣白石家はおのれをもって仕舞いにしてもよい。義に背いてまで家統をつなぐつもりはなかった。その気概あったればこそ二十一代の長きにわたって続いた家なのであるから、むしろ不義に諂《へつら》わずして潰すのであれば、誉《ほま》れとすべきであろうとさえ長右衛門は思った。

「それへ」

御殿様は怒りも叱りもせずに、静かなお声で仰《おお》せになった。意味がわからずに頭《こうべ》を垂れていると、近習が助け舟を出した。

「御殿様のお召しである。遠慮のう」

長右衛門は膝を進めて、下段の間ににじり上がった。背うしろで障子が閉てられた。

「面《おもて》を上げよ」

わずかに額を上げげた。

「もそっと。苦しゅうない」

「いえ。御殿様と同じ目の高さにて物申すなど、とんでもない。どうか上段の間にお運び下されませ」

溜息が聞こえた。あたりに邯鄲《かんたん》の集《すだ》きが満つるしじまである。

「長右衛門、とな」

「はい」

「それがしは、上段の間に上がるわけには参らぬ。よって同じ目の高さにて承る」

ハテ、と顔を上げられずに長右衛門は考えた。まるで謎をかけられたようである。

なるほど。急な病で亡うなられた御兄君に義理立てておられるのだな。惣領の若様はきっと江戸生まれと決まっておるゆえ、御兄君も越後の御領分はご存じなかったはず、よってこのお初入りは兄の魂魄《こんぱく》とともにあって、上段の間は常にその鎮座ましますところと定めておられるのだ。

思えば顔見知りの橋爪左平次様は、御殿様を「真面目の上に糞のつく」と評しておった。まこと言い得て妙である。

長右衛門はおのが浅慮《せんりよ》を恥じた。服喪中の御殿様は、何ごとについても身を慎んでおられる。御兄君の魂魄を奉ずる道中はけっして華美であってはならず、「祝儀」などはとんでもないのである。

「長右衛門、面を上げよ」

「ははっ」

「かまわぬ。同じ目の高さでなければ話ができぬ」

そこまで言われたのでは仕方がない。えいままよ、と長右衛門は背筋を伸ばして御殿様と対峙した。

そのとたん、御殿様はどうしようもないことを仰せになった。

「すでに聞き及んでおろうが、当家には金がない。それでも昨夜までは、どうにかこうにか格好をつけて参ったが、とうとう路銀も尽きてしもうた。よって、そこもとには祝儀も渡せぬ」

本気か、と怪しみつつ御殿様の顔を真向から見つめた。こうなったら無礼も糞もあるものか、天下の御大名が「金がない」と公言したのだ。

だいたいからして、この御殿様はまっすぐに物を言い過ぎる。銭金などは身の穢《けが》れとする武将の口から「金がない」などと言われたのでは、諫言をいたすどころか、返答もできぬではないか。

しかし長右衛門は怯《ひる》まなかった。常日ごろから、縦のものが横になっていても気に食わぬのである。廊下の角は差し金を渡したように曲がるのである。いわんや権柄《けんぺい》ずくの無理無体など、看過できるはずはない。

「金がない、と申されまするか。三万石の御尊家に金がないのなら、鄙の本陣にはもっと金がござりませぬ。よろしゅうござりまするか、御殿様。人間、何が何でも正直ならばよいというものではござりませぬぞ。家を背負い人の上に立つ者は、言ってよいことと悪いことがあり申す。御殿様は今、その禁忌を踏まれたのでござりまする。反省なされませ」

もはや死んだ気分である。しかし目の前の御殿様は、腹を立てるご様子もなく、実に生真面目に、フムフムと肯いておられるのであった。

わからぬ。この御殿様の人となりがまるでわからぬ。しかも入側に控えているはずの御近習も、長右衛門の無礼を咎めようとしない。

「もしやあちらには――」

と、長右衛門は襖をなかば閉てた上段の間の薄闇に掌《て》を向けた。

「御兄上様のご位牌がおわしまするのか」

ハア、と妙に下世話な驚き方をして、御殿様は苦笑なされた。

「あ、いやいや。兄の供養などいたす余裕はあるものか。金も払えぬのに上等の座敷は使えまい。持参の掻巻《かいまき》をかぶってここで寝るゆえ、おかまいなく」

高貴なお言葉が次第にほどけてきた。人となりがわからぬはずだ。あまりにわかりやすいお方なのである。

そのとき、障子ごしに御近習の声がかかった。

「御殿様へ。夕餉の御進膳にござりまする」

いかな事情があろうとも、まさか本陣が御大名の膳を誂えぬわけにはゆかぬ。山間の宿なれど心づくしの夕餉を、女中どもが捧げ持ってきたのであった。

「さあさあ、御殿様。それはそれ、これはこれにござりまする。大したおもてなしはできませぬが――」

「いや、遠慮いたす」

きっぱりと御殿様は仰せになった。

「ありがたく頂戴したとみなして、お下げいただきたい。そこもとがご厚意には痛み入り申す」

その一言で膳が下げられると、御近習が藁苞《わらづと》にくるまれた塩握りを捧げてきた。わずかな菜と汁が添えられている。

見るに見かねて、長右衛門は言うた。

「せめて御酒など、ふるまわせて下さりませ」

「いや、けっこう。それより、ひとついかがかな」

長右衛門の膝前にも、藁苞と一汁一菜が置かれた。御大名の相伴に与《あずか》るなど、ありえぬ話である。

忿懣も疑念も、どこかに吹き飛んでしもうた。二人は差し向かいに背筋を伸ばして、黙々と握り飯を食うた。

「こう見えてもわしは、足軽の倅でござっての。いまだに山海の珍味などより、塩握りが口に合うのです」

訊き返してはならぬ。何か深い事情がおありなのだ。さんざご苦労をなされたお方が、もっとひどい苦労を背負わされたのだろうと長右衛門は思うた。世の中とはえてしてそういうものだ。

「実は、それがしも入婿にござりましての。女房には頭が上がらぬし、村人には侮《あなど》られるし、このごろではすっかり景気も悪うなり申して、もしや天井裏に貧乏神でも住もうておるのではないかと」

こうして何となく平穏に、秋の夜は更けていった。

そのころ、本陣の天井裏ではなく縁の下に、ぼんやりと蹲《うずくま》る不浄な影があった。

風流の心がない二柱の貧乏神にとって、軒端を截《き》る月かげは眩しいばかりで、邯鄲の集きも耳障りなだけであった。

「まったく、糞真面目なやつらめ。ミエもハリもないではないか。しまいには差し向かいで塩握りを食ろうて、貧乏神がどうしたこうしたなどとほざきよる」

かくなるうえは一気に引き倒してくれようと、渋団扇を握って立ち上がりかけたところ、またしても思い切り床板に頭を打ちつけた。

「アッ、血が。しっかりいたせ、貧乏神殿」

職業柄、血も涙もないはずなのに、頭を割れば血は出るのである。ましておかしなことに、わが身を抱き起こした会津の貧乏神のまなこが、涙に潤んでいるではないか。

「いや、これはしたり。生真面目な人間どもの話を聞いておるうちに、すっかり情にほだされましての」

やはり真面目な貧乏神はダメだ、と貧乏神は思うた。会津侯のあとを追うて京に上ったところで、こやつには何もできまい。

それにしても、貧すれば鈍するが人の性《さが》であるのに、貧して心が通じ合うとはどうしたことであろうか。

清貧、という怖ろしい言葉が蓬髪の頭をよぎって、貧乏神は思わず身を震わせた。

明日は夜っぴて歩き通し、丹生山の城下になだれこむという。行き倒れにならぬという自信はないが、ともかく今宵は塩握りを食ろうて、ぐっすり休むとしよう。

決意もあらたに、貧乏神は夜空にかかる月を仰いだ。

十三、和泉守殿初之国入《いずみのかみどのはつのくにいり》

五十歳といえばすでに老役である。

読み書き勘定等に携わる役方ならばいざ知らず、武方にこの齢はなかなか珍しい。

しかるに小池越中守は、好きこのんで現役にとどまっているわけではなかった。嫡男が夭逝《ようせい》したきり男子には恵まれず、大番頭《おおばんがしら》の家にふさわしい婿も見つからなくて、致し方なくおのれの体に鞭《むち》って御役を務めているのである。

見栄坊である越中守は、老耄《ろうもう》を悟られぬ。武芸の鍛練おさおさ怠りなく、そればかりか人目を忍んで真夜中に走り込みなどをする。

番町の屋敷を尻端折《しりっぱしょり》でひそかに抜け出し、半蔵御門から千鳥ヶ淵、あるいは三宅坂から霞ヶ関の界隈をせっせと走る。諸家の門番や夜回りに見咎《みとが》められた折の用心として、家紋を打った印籠を懐に入れている。

五十歳の小池越中守が、さすがは大御番頭様よと人々の称賛を浴びる裏には、そうした涙ぐましい努力があるのだった。

ミエとハリと言えば江戸ッ子の生き甲斐とするところであるが、そもそも九尺二間《くしゃくにけん》の長屋住まいにミエもハリもあろうはずはない。それらは元来、諸大名や御家来衆に舐《な》められてはならじとする旗本御家人の気構えであって、長い間に庶民の気性にまで伝染したのであった。

よって大御番頭小池越中守が見栄坊は本家本元、いくらかでも若く見せるためには真夜中の走り込みまでするのである。

さなる次第であるから、年齢にふさわしからぬ赤銅色の肌と、隆々たる筋骨を誇る越中守にとって、五泊七日の行軍など大したものではなかった。ましてや会津街道も諏訪峠を越してしまえば、あとはおおむね下り坂で、やがては広大な下越《かえつ》平野の旅となる。

むしろ越中守は、面白おかしく道中を楽しんでいた。上州に知行地はあるが、行ったためしはない。旅といえば去ること二十年ばかり前の天保癸卯《みずのとう》の年、十二代慎徳院《いえよし》様のお供をしての日光社参がただ一度きりと言えた。

主がさようであるなら、七十人の家来衆も似たもので、内心は毎年参勤道中のできる諸大名家を羨《うらや》んでいたのだった。

行列の先を行く五十四人は荷も多くてくたびれ果てているが、それに続く越中守とその家来七十人は、気分が物見遊山《ものみゆさん》であるから潑剌《はつらつ》としている。軍役のお定めに順《したご》うて、越中守はむろんのこと三人の陪臣も馬上にある。いささか不公平であっても、見映えのする七十人の合力によって、貧しい大名行列の体面が保たれているのもたしかであった。

会津籠居宿を出立したのちは、夜を徹して進んだ。途中、わずか半刻の休みを三度、草に打ち臥《ふ》して泥のように眠り、また幽鬼のごとく歩み出した。

食事は籠居の本陣が持たせてくれた弁当のほかに、峠の茶屋では会津から出張していた役人が、力餅をふるもうてくれた。さらに新発田《しばた》領内に入ると、溝口主膳正《しゅぜんのかみ》様の御家来衆から握り飯の馳走に与った。

そんなこんなで、行列はあんがい乱るることもなく、また余力のある旗本の家来衆が荷の肩代わりなどして、斉々《せいせい》と進んだ。

ところで、小池越中守がこの道中を思い立ったのは、まさか旅行がしたかったからではない。

額面五百両の手形を預かったはよいものの、こればかりは借金の返済を迫る札差に回すわけにもゆかず、ひたすら眺めているうちに何やら娘を売り買いしたような気がしてきて、落ち着かなくなった。

金はない。ないゆえに欲しい。だが越中守のうちには、どれほど欲しい金であろうが不浄なものであるという、抜きがたい道徳があった。

だとすると、その不浄なる金の化身である手形は、使い途がないだけにいっそう不浄なものに思えて、朝に晩に眺めているうち、持っているだけでも身の穢れ、ひいては御家の恥のような気がしてきたのである。

そのうえ一介《いっかい》の武弁たる越中守は、銭金についての思慮を徹底して欠いていた。よって、向こう一年間この穢れとともに暮らすぐらいなら、最初からなかった話にしたほうが得、という根拠なき損得勘定により、五百両の手形を破棄すると決めた。

しかし、いざとなればやはり焼いたり破いたりするのは損、というぐらいの損得勘定は働いたので、一介の武弁の知恵をあれこれ絞ったあげく、振出人の目の前で破り棄てたうえ貧しい道中に華を添えるという、ものすごく得にちがいない筋書を思いついたのであった。

なにゆえ得かというと、加勢合力の美談にことよせて、旅ができるのである。給金の借上げで不満を募らせている家来どもも、大喜びである。ついで、と言っては何だが、娘の嫁ぎ先となった御大名の領国を実見し、要すれば御先祖様の墓前に香花を手向《たむ》けたい。

それだけでも相当に得だ、と思うていた越中守だが、実はさらに、越後丹生山にどうしても行きたいわけがあった。

けっして口には出せぬ。あまりに唐突な欲望ゆえ、なるたけ考えぬようにしている。まさかこの齢になって、越後のおなごを味わいたい、などという下品な話ではなかった。

鮭が、食いたい。それも口がひん曲がるくらい辛く、風味豊かにして芳《かぐわ》しきこと天下に比類ない、丹生山の塩引鮭でなければならぬ。

もともと塩鮭は、越中守の大好物である。叶うことなら三度の飯のおかずにしたい。一生それだけでもよい。鮭さえあれば鯛も鰹も要らぬ。偏食が祟《たた》って来世は鮭に生まれ変わっても本望である。

越中守にとっての春爛漫といえば、花でもなく初鰹でもない。わずかに出回る時不知《ときしらず》である。これを食して心を鎮め、秋鮭を待つ。

秋風が立てば気もそぞろで、「鮭役」の若党を毎朝日本橋の魚河岸に向かわせ、時には居ても立ってもおられず深編笠に顔を隠して、みずから探しに出た。

魚河岸の鮭といえば、まずあらましは九十九里物。川上りする鮭の南限である。よって北に向かうほど鮭は脂が乗ってうまいのだが、これがなかなか手に入らぬ。

美味といえば北上川に上る鼻曲がり鮭。さらには蝦夷福山の鮭。これらはうまさもうまいがむろん値も張る。

いっそ御殿様と懇意になって、贈答品のやりとりをする仲になれば鮭が手に入る、などと思いもしたが、盛岡の南部様も福山の松前様も城中殿席《でんせき》が異なるゆえそれもできぬ。もっとも、鮭は必ず腹を裂いておるゆえ、武家の間での贈答は禁忌《きんき》とされていた。

夏の終わり、秋のかかりといえば、一年のうちで最も鮭が恋しい季節であった。そんな折も折、結納の品として、越後丹生山の塩引鮭が届けられたのである。聞くところによれば同地では、いにしえより祝儀の席には鮭が欠かせぬそうな。

しかるに当座は、嫁取手形五百両の件で、越中守の頭はいっぱいであった。鮭は好きだが、それどころではなかった。娘を嫁に出す、頼みの綱の結納金はどうなる、というときに、まさか鮭でもなかろう。たとえば天下分け目の関ヶ原の合戦場にて、鮭がどうなと考える馬鹿もおるまい。

ところが、である。いくらか頭も冷えた数日後の昼どき、はたと思いついて鮭を食った。北陸の鮭はうまいと聞くが、まず江戸には届かぬ。陸路では日がかかるし、北国廻船の海路の途中には蝦夷や三陸の鮭がある。まして丹生山の鮭は名が売れているわけではなく、越中守も「ほう、鮭が獲れるのか」と思うた程度であった。

これが、うまかった。口に入れたとたん「ン？」と顎の動きを止め、嚙むほどに天を仰いだ。

もし鮭の味だけで娘の嫁入り先を決めるのであれば、松前様も南部様もお断り。丹生山松平様をさしおいてほかにはあるまい。

うまい。実にうまい。しかも法師蟬の鳴くこの時節に、いかに北国とはいえ秋鮭でもあるまいから、つまり去年の鮭なのである。なるほど塩気は強く、身は硬い。されば、もうじき揚がる新鮭はどれほどうまいであろうと思うと、越中守は気が遠くなった。

その塩引鮭は当然ぺろりと平らげた。家来にふるまうなどもってのほか、老母や妻に食わせるのももったいないと思うた。

しかし気にすることもない。なにしろ丹生山松平家と親類になったのだから、これからは天下一のうまい鮭がたらふく食えるのである。

頭と尻尾は汁にして、骨までしゃぶった。ところがそうしてきれいに食いおえたとたん、何やら家族が死に絶えでもしたような、耐えがたい淋しさに襲われたのであった。

嫁入手形など身の穢れである。旅にも出たい。娘の行末を、丹生山に眠るご先祖様にお頼みもしたい。と、まあそのようにもろもろの動機は重なったのであるが、小池越中守をして決心させたのは、ゆめゆめ口にはできぬ塩引鮭への執着であった。

馬上からは黄金色に実った越後の田が一望である。

越中守は陣笠の庇を上げて豊かな景色を見渡した。鮭はともかく、ここが愛娘《まなむすめ》の嫁入る御家の御領分かと思えば、胸に迫るものがあった。鮭はともかく、来てよかったと得心した。

しばらくは江戸中屋敷にて暮らすとしても、夫は御当代様の兄君というお気楽な立場なのであるから、いずれは領国に帰るがよろしかろう。さすれば、年がら年じゅう塩引鮭を送ってよこすであろう。

御先手の侍が一里塚の松の根方に立って、力強い声を上げた。

「おのおの方、まもなくお国境いの蘆川《あしかわ》にござる。向こう岸にはお出迎えもござるゆえ、気を引き締められよ」

おお、と声を合わせて、ひとりひとりが背筋を伸ばした。御殿様はと見れば、先ほどまでは騎馬でお進みだったが、御駕籠に乗られたらしい。国入りの儀礼である。

吹き過ぎる風がここちよい。越後は米どころと聞くが、これほど遥かに拡がる稲穂の波を、越中守は見たためしがなかった。

この景色を見る限り、越後の大名家に金がないとは思えぬ。どうしても思えぬ。

よもや謀《たばか》られてはおるまいな。たとえば、誠実そうに見えてあの御殿様、実は因業《いんごう》な父親に似た食わせ者、というのはどうじゃ。あるいは、下屋敷に隠居しておられるという御先代の、操り人形に過ぎぬとしたら。

そこまで考えれば、大見栄を切って破り棄てた嫁取手形が今さら悔やまれる。もしや、筋書通りの思うツボ。

いいや、そのようなことはないと、越中守はかぶりを振った。ちなみに、跡取りがおらぬゆえに五十の体を日々鍛え続けねばならぬ越中守の頸《くび》は丸太のように太く、かぶりを振ればぎしりと軋《きし》む。顎の先は二つに割れている。

たまたま今年の稲は実入りがよく、またたまたま刈り入れ前の季節に訪れただけであろうと、越中守は思うことにした。

世の中、悪く考えればきりがない。大番頭という要職にありながら借金まみれのわが家も、何だって悪く考えぬ当主の気性で保《も》っているようなものだ。

たしかに金はない。しかし、いずれ行かず後家のまま尼寺に入るほかはないと思うていた「お初」が嫁入りし、上のつかえが取れれば二番目の「おふた」も三番目の「おみつ」も、近ぢか縁付くにちがいない。そのうちどちらかが婿を取って、わしはめでたく隠居。

すばらしい。何だって悪く考えぬ気性が、かくなる運を引き寄せているのだ。

ならば、もっといいふうに考えてみようではないか。

おふたは別嬪《べっぴん》ゆえ、南部二十万石の若様に見初められる。さらに吉事相次ぎ、おみつが松前侯に懸想《けそう》されるというのはどうじゃ。さすればわが家は鮭だらけ。屋敷は鮭まみれ。誰が言うたか、人呼んで番町鮭屋敷。

そこまで考えて、あまりのおかしさにハハハッ、と大笑し、家来どもをおののかせた。

何でもいいふうに考えるのはいいことだが、さしあたり真夜中の走り込みは控えよう、と越中守は思うた。筋骨たくましい侍は、たいがい馬鹿だということに、このごろになって気付いたからである。一介の武弁をもって鳴る大番組士には、その手合いが多かった。

国境いの蘆川は幅二十間ほどの濤々《とうとう》たる流れで、岸辺はその名の通り一面の蘆に被われている。

大雨が降れば暴れるのであろうか、土堤は高く築かれて、その土堤道にはみっしりと桜が植えられていた。両岸の下枝《しずえ》がたがいの手を差し伸ぶるように見ゆる大樹である。花の季節には流れに沿うて蛇行する景色など、さぞみごとであろう。

その桜の葉も、今は錦の色に染《そ》んでいる。

立派な橋を渡った。ついにお国入りである。行列はくたびれ果てているが、相変わらず乱れはなかった。

国境いの橋というものは、どちらの御家が懸くるにせよ、あるいは費用を折半とするにせよ、武門の面目がかかるので贅沢になると聞く。なるほど欄干は太く、青銅の擬宝《ぎぼ》珠《し》などが冠されている。

やはり金がないはずはない、と越中守は太い頸をかしげた。ゴキリと骨が鳴った。

橋の向こう詰には番所があり、繞《めぐ》らされた柵から溢れ出るようにして、迎えの侍たちが蹲踞《そんきょ》していた。

「御殿様、ご着到である。開門せよ」

御先手が呼ばわると、この御家の儀礼なのであろうか、鎧兜《よろいかぶと》に陣羽織を着た古めかしい武将がいずこからともなく現れて、エイエイと気合をかけつつ槍を振り回した。

道中まとわりついてきた厄病神や貧乏神を、家宝の槍にて突き殺すという意味であろうか。背うしろから「ゲエッ」という悲鳴が聞こえたが、気のせいであろう。

木戸が左右に開き、甲高い声が通った。

「御殿様ェー、ご苦労様にてェー、ござりまするゥー。ではゆるゆるとォー、お国入りィー、さっしゃりませェー」

姿は見えぬが、年端もゆかぬ童《わらし》の声のようである。氏神様が童の口を藉《か》りてお帰りを祝うている、というところか。

江戸育ちの御殿様は、初の国入りと聞く。父祖代々の御領分を初めて踏むお気持ちたるや、いかばかりであろう。

御駕籠がふたたび動き出した。道の両側に控える侍たちの肩衣が、さあと音立てて一斉に打ち伏した。

越中守の胸は慄《ふる》えた。

やはり来てよかった。老母も妻も、「無茶はなされますな」と泣いて止めた。届出をした御老中も、「娘御の婚家とは申せそこまでの義理を果たす要はあるまい」と反対した。

しかしこのお国入りの光景を見れば、無茶をして果たさずともよい義理を果たしたるは正しかった。松平和泉守様にとっても、丹生山の国衆にとっても一世一代の晴れ舞台であるお国入りを、たった五十四のみすぼらしい御行列ですませたとしたら、どれほど面目を損のうたであろう。七十のわが郎党が合力して初めて、威風堂々たる和泉守様初入りの行列は成ったのである。

番所を通り過ぎると、御行列は街道をはずれて蘆川の土手道を進んだ。城下への近道とも思えぬが、小高い堤の上からは稲田の実る御領分が一望で、おそらく出迎えの国衆の心配りと思えた。和泉守様は御駕籠の引窓を開けて、ふるさとの景色を存分にご覧になっているであろう。

いまだ朝靄の霽《は》れぬ時刻である。目を凝らせば稲田の彼方の小高き山の頂に、曙光《しょこう》を浴びて輝く天守が見えた。その麓が丹生山の御城下であるらしい。

小池越中守は用人に命じた。

「御領内である。わが徽旗《しるしばた》を下ろせ。御行列を詰めよ」

たちまち行列のそちこちで、笹丸の家紋を徽した小池家の旗が下ろされた。数間の隔たりは詰められて、三葉葵の軍旗のもとに進む一列となった。

これまでの道中はあくまで、丹生山松平家の行軍に旗本小池家が加勢するという形をとっていた。しかるに領民の目に触れる御国に入ったのだから、御殿様の権威を損なわぬためにも、旗を巻いて服《まつろ》うべきであると越中守は考えたのだった。

およそありえぬ話である。武門に大小はあれど、武士である限りはきっと父祖代々が仕えた徽旗のもとに戦い、命を捨つるのである。小池越中守は関ヶ原の合戦にも大坂の陣にも常に徳川の劈頭《へきとう》に翻っていた笹丸の旗指物を、松平和泉守の面目を施すために巻き下ろしたのであった。

家来衆も異を唱えなかった。さすがは旗本武役筆頭たる、大番頭が郎党どもである。主の心中を深く察したわけではないが、誰も彼もがあまり物を考えぬ「一介の武弁」であった。右と言われれば右、左と言われれば左、主がそうだと言えば、黒い鳥だって白いのである。

なおかつ、この手の侍たちのおかしなことには、それぞれがいかに筋骨たくましく見映えのする「一介の武弁」であっても、七十人揃うたからというて賢くなるわけではなく、いわば「七十介の武弁ども」なのであった。

越中守はおのれの下知に順《したご》う家来どもに得心し、またそうまでして丹生山松平家に肩入れするおのれにいささか酔うた。

もともと縁もゆかりもない両家である。よって御家の内情などはまるで知らなかったのだが、いざ祝言の運びとなればお節介な人があちこちから現れて、噂を耳に入れた。世に「一介の武弁」と称する侍は、さっぱりとしているようでありながら、あんがいのことにネチネチしている。噂、蔭口、醜聞、中傷、伝説の捏造《ねつぞう》等は大好きなのである。

御当代和泉守様はお手付き女中のお子にあらせられるそうな。しかも嫉妬深き奥方様の手前、お女中は腹の中のやや子ともども足軽に下げ渡されたそうな。しかしそののち親子の名乗りを上げられたるは、どうやらお兄君がみなさま病弱かうつけかで、御家の先行きが危ぶまれたからであるらしい。で、その危ぶまれた通りになって、御当代様が跡目を継がれたのである。

ひどい話じゃ、と越中守は思う。しかも、そうした事情で相続することになった御家は、倒産寸前じゃと。

おしなべて思慮深さを欠くのであるが、一介の武弁は義理に篤《あつ》く人情に脆《もろ》い。たとえば、拝領妻を押しつけられ、なさぬ仲の倅をわが子として育てたその足軽とやらに思いを致さば、義憤は怒髪となって天を衝き、またひそかに熨斗目《のしめ》の袖を濡らして嘆く越中守であった。

丹生山松平家の国入り道中があまりにみすぼらしいと聞き及び、とっさに加勢の決心をしたのだが、やはり思いつきでも粗忽《そこつ》でもなかった、と越中守は駒を進めながらひとり肯いた。

ところで、拝領妻を押しつけられたその足軽は、そののちどうなったのであろうか。これはたいそう難しい話である。

越中守は物事を熟慮せぬたちであるが、一方、想像力は人並はずれてたくましい。江戸市中に蔓延《まんえん》する根拠なき伝説の一部は、明らかに越中守が流布した独創であった。

晴れて親子の名乗りを上げ主家に戻れば、生母はどうなるのであろう。まさか足軽の妻のままではあるまい。やはり何々の方様という高貴な名を与えられて奥向に入る。

だとすると、やはり割を食うのは件《くだん》の足軽である。なさぬ仲の子を育てたうえ、女房まで奪われてお払い箱か。いや、向後お家の障《さわ》りとなるゆえ、消されたやもしれぬ。

「ううむ」

越中守は唸《うな》った。五十歳ともなると、唸り声も大きい。

「御殿様、何か」

と、用人が轡《くつわ》を並べかけて訊ねた。

「いや、何ごともない。景色に感心しておっただけじゃ」

まさか「たくましき想像に思わず唸った」とも言えぬので、越中守は風流人を装って答えた。

しかし考えてもみれば、御当代和泉守様は御先代様にお顔こそよう似ておられるが、ご気性は実朴にして晴明、父親とは似ても似つかぬ。ということはすなわち、育て親の足軽がよほどの人物であったのだろう。

やはり斬られはすまい。おそらくは国元にあって、それなりの御役を与えられているにちがいない。

「おお」

ふたたび声が出てしもうた。

「御殿様、何か」

「いや、何とも美しい朝ぼらけじゃのう」

うまくごまかしながらも、越中守の胸はどよめいていた。

御当代和泉守様は初の国入り、そこに育て親があるとするなら、十数年ぶりの対面となるのではないか、と考えたのであった。

声も出ようというものである。かような筋書、いかな戯作者とて考えつくまい。では、いったいどのような場面がふさわしいであろうと、越中守は想像をたくましゅうした。

表御殿にて仰々《ぎようぎよう》しくご対面。つまらぬ。

人目を忍んで茶室の小間にて。これもつまらぬ。

楓を賞《め》でつつそぞろ歩む御殿様の前に、御庭番に身をやつした足軽が現れる。まああ。

どうにもうまく思いつかぬ。事実は小説より奇なりというが、この親子の運命は珍奇に過ぎて想像が及ばぬ。

しののめの空が割れて、曙光が耀《かがよ》い出た。ふいのことであったから、目を射られた人々は神の顕現にでも遭うたかのように、顔をそむけて立ちすくんだ。

そのそむけたまなざしの先に、越中守は信じ難き光景を見たのである。

蘆川の水面《みなも》が、ささらのごとくどよめいていた。けっして当たり前の瀬流れではない。川が溢れ、傾き、逆巻《さかま》いている。

「鮭じゃ」

陣触れのごとき大音声《だいおんじょう》で越中守は叫んだ。

「おお、鮭じゃ、鮭じゃ」

侍たちは口々に歓喜の声を上げた。そうした習性があるとは聞いているが、どうやらこれが産卵のための鮭の溯上《そじょう》であるらしい。

やっぱり来てよかったと、越中守はしみじみ思うた。

ぺろりと食い尽くしたのちは、夜ごと夢にまで見た越後丹生山の鮭。昨年の塩引ですらあれほどうまかったのであるから、この新鮭の焼物、あるいは筋子だの白子だのは、いったいどのような味なのであろうか。なるたけ想像するのはやめよう。気が遠くなる。

蘆原を開いた河原があって、小屋が設けられ、簗《やな》が打たれていた。漁場《りょうば》なのであろうか、下帯ひとつに半纏《はんてん》を羽織った漁師たちが舟や網の仕度を始めていた。

新木《あらき》の板もすがすがしい簗は、岸辺から中洲に向こうて打たれている。その突端に川役人らしき二本差しがあって、土手道の行列に気付くと大声で呼ばわった。

「御殿様ご着到である。者ども頭が高い、下に直れ」

よもやこの黎明《れいめい》の時刻にお成りとは、夢にも思うていなかったのであろう。たちまち漁師たちは鉢巻を解いて平伏し、川役人は簗板の上にかしこまった。

曙光に射すくめられて、行列は止まったままである。動き出す気配はない。そればかりか、御殿様が御駕籠を下りて土手道に立たれた。

騎馬の侍たちはみなあわただしく鞍《くら》から下りた。どうやら御殿様は、鱸川の鮭漁を親しくご覧あそばされるおつもりらしい。

しかし少々奇異なことに、家来衆は何ひとつするでもなく言うでもなく、ただ石のように凝り固まって動かなかった。妙に思うた越中守は、馬を捨てて歩み寄った。

「いかがなされたか、和泉守殿」

答えはなかった。それどころか和泉守は、止める間もなく土手道を転げるように駆け下り、青々と萌え立つ蘆を漕いで、川流れに身を躍らせたのである。

「おのおの方、何をしておる」

しかし、後を追う家来衆はない。越中守はわけもわからず、陣笠も刀も捨てて堤を駆け下りた。

こけつまろびつして水に落ち、見上げた川面にふしぎな光景があった。

御殿様と川役人が、ともに尻まで流れに浸ったまま固く抱き合うていた。そのまわりはくれないの紗《しゃ》をかけたように柔らかな朝の光に満ちており、のみならず二人の邂逅《かいこう》を寿《ことほ》ぐかのように、肌を紅色に染めた母なる国の鮭たちが、背鰭《せびれ》を立てて群れ泳いでいた。

越中守の想像にあやまりはなかったのだが、こうもあやまたずにあらゆる想像が、父も子も鮭も一緒くたに現実となるとは思ってもいなかった。

あまりのことに小池越中守は、濡れた袖を絞ると見せて、顔を被うて泣いた。


丹生山城下廓外の鬱蒼《うっそう》たる杉林の中に、浄観院《じょうかんいん》と称する古刹《こさつ》がある。

由緒によれば今を遡《さかのぼ》ること二百四十年前の元和年間、初代松平和泉守が発願《ほつがん》により、高野山明王院から験力灼《げんりきあらた》かなる高僧を招いて開山されたという。以来、真言宗古義派の道場として夙《つと》に知られ、羽黒山に向かう修験はここに数日とどまって護摩《ごま》を焚き、蘆川の流れに身を浸して潔斎《けっさい》し、煩悩《ぼんのう》を滅することを常としていた。

大昔には丹生山の出城であった寺域は小高い丘である。麓には蘆川が繞《めぐ》っている。橋を渡り苔むした石段を昇ると、山中のそちこちに、観音堂、不動堂、地蔵堂、薬師堂等の堂宇《どうう》が点在する。大日如来を御本尊とする本堂は、その最も奥まった昼なお暗き茂りの中に、高野山より運ばれた太古の灯を今もともし続けていた。

「これ、正心《しょうしん》や。わしの声が聞こえておるのか」

上人《しょうにん》様は清らかに燃ゆる法灯を見つめながらお訊ねになった。

「はい。しかと聞こえておりまする。正心坊は目が見えぬ分だけ耳聡《みみざと》うて、御上人様のお声を聞き洩らすはずなどござりませぬ」

「ならばよい。しばし考えよ」

御齢九十四を算《かぞ》える上人様は、すでに人間ばなれして、その御姿は老樹に似る。たとえば、ある日一念発起して棺桶《かんおけ》に入り、そのまま湯殿山《ゆどのさん》まで担がれて土中に入定《にゅうじょう》したとしても、ほとんど手がかからずに木乃伊《ミイラ》になると思われる。

「南無大師遍照金剛《なむだいしへんじょうこんごう》。南無大師遍照金剛――」

上人様は風のようなお声で、御宝号を唱え始めた。

これまで数え切れぬ子を養うてきたが、この正心坊の不幸は救い難い。いったい御仏様は何をお考えやらと、僧たる身も忘れて疑うこともたびたびであった。

「御上人様。わたくしの心は炎《ほむら》のごとく揺れて少しも定まりませぬ。一曲奏でさせていただいてもよろしゅうございますか」

上人様が諾《うべな》うと、正心坊はかたわらの琵琶を手で探って赤児のように抱いた。

弦《つる》の音《ね》が本堂の薄闇を震わせる。正心坊は前田流平家琵琶の名手であった。かつて街道を往還する琵琶法師があって、同じ光なき身の上の正心坊に手ほどきをしたのだが、よほどの才があったものか、師匠も舌を巻くほどの上達ぶりであった。

欲さえあればこの技ひとつで暮らせるものをと思うても、けっして知らぬ人には聞かせようとせぬ。羞《はじ》う心がまさってしまうのである。無理強いしようものなら、白い頬を真赤に染めて、ご勘弁ご勘弁とちぢかまってしまう。

いかに修行を重ねても法力《ほうりき》など身につかぬと悟った上人様は、救われざる衆生《しゅじょう》を救うことにおのが道を求めた。

越後は米どころとは言え、やはり飢饉に見舞われる年もあった。それも天保年間に至れば、ほぼ一年おきの災厄となり、山間の集落などでは間引きや子殺しが当たり前になった。

鬼畜の所業ではあるが、殺される子に罪はなく、また殺す親も鬼ではない。そこで上人様は村々を回って育てきれぬ子を引き取り、親にかわって養い始めた。

幸い浄観院は、開山以来八十石の寺領を賜わっている。麓の蘆川には鮭も上る。むろんそれとて不作不漁の年ならば、子らもろともに飢えるほかはないのだが、衆生救済を思い立ってからの六十年をどうにかこうにかしのいできた。

多くの子らの中には、高野山に入って立派な僧になった者もいる。利発さを買われて商家の養子に収まった者もある。そうした出世は叶わずとも、奉公人だろうが馬方だろうが食うていければよい。いや、無宿人や酌婦《しやくふ》に身を堕とそうが、親に絞《くび》り殺されるよりはずっとよい。

しかし、寺が預かったからには仏弟子なので、それぞれに法名を付け、物心つけば経文を教える。むろん、等しく読み書きも。

正心坊が浄観院に引き取られたのは、今を去る十七年前、弘化二年乙巳《きのとみ》の年であった。くたびれ果てた旅姿の侍が、乳離れしたばかりの赤児を背負うて訪ねてきたのである。気の毒なことに、生まれついて目の見えぬ子であった。だから捨つるわけではない、と侍は名乗るより先に言うた。

そう言う唇はおののき震えており、これは仔細を聞かずに帰せぬと思うた上人様は、本堂に案内《あない》して、いかな事情でも審《つまび》かになされよ、拙僧に打ち明けるのではのうて大日如来様におすがりするのじゃ、と諭した。

侍は間垣作兵衛と称する、江戸詰の足軽であった。赤児を抱いたまま、とつとつと語る話に上人様は耳を疑うた。

去る年、間垣なる侍は妻を娶《めと》った。腹に御殿様の種を宿したお女中を、拝領したというのである。

そこまで聞いて上人様は、てっきりこの赤児がそのお子かと思うた。足軽の分限で目の不自由な子など育てられぬと考えて、国元の「子育て寺」として知られる浄観院を頼ってきたのだ、と。そうした次第ならば、たとえ八十石の寺領を頂戴していても承れぬ。わが子を家来に下げ渡したうえ、不満足な体ゆえ寺に預けるなど、人として許されぬ。

しかし、話はさほど簡単ではなかった。当のご落胤《らくいん》は健やかに育って算え四歳になるという。つまりこの不憫な赤児は、足軽侍が拝領妻との間に儲けた子供なのだが、ゆくゆくは兄の厄介者にならぬとも限らぬ。ならばいっそ、どちらも物心つかぬ今のうちにと思い定め、妻の褥《しとね》から盗み出してきたと言うのである。

江戸からの百里の道をたどる道すがら、たとえ名高き子育て寺であろうが、血を分けたわが子を捨つることに変わりはないと思いつめて、一度は共に死のうとした。だが、そうとなれば御殿様に捨てられた子は、誰が育てるのだと思い直した。

忠義なお人よのう、と上人様が感心すれば、間垣はかぶりを振って否《いな》んだ。

いいえ、御上人様。拙者は小四郎をわが子と思うておりますれば、心には忠義のかけらもございませぬ。

その言葉の意味は深い。上人様がいまだ折にふれて思いめぐらすほどに。

そうして正心坊は、浄観院の寺子となった。

算え十歳になれば、子らは寺を出る。商家や豪農の小僧や子守女になるのである。浄観院は古刹ゆえに有力な檀家が多くあり、あるいは鬼畜の道を絶やさんと願う上人様の志に、賛同する篤志家も少からずあった。

だが悲しいかな、目に光のない正心坊には引き取り手もない。かくして算え十八になる今日まで、浄観院の庫裏《くり》に住もうているのである。

本堂の薄闇に平家の音曲が響き渡る。琵琶の音は若者が奏でているとは思われぬほど風雅で、その声は天のものかと疑うほどに澄んでいる。御本尊様はじめ須弥壇《しゅみだん》の上の御仏様はみな、うっとりと耳を傾けておられるかのようである。

ひとくさり謡《うた》いおえると、正心坊は迷いが晴れたように琵琶を膝前に置いて、すっくと背を伸ばした。

僧籍のない正心坊は、総髪をうなじで結び丸頭巾を冠《かぶ》っている。整った顔立ちが映える。

「御上人様に申し上げまする。同じ母から生まれたとは申せ、父が異なれば兄弟とは申せますまい。ましてやその父親の身分がちがいすぎまする。今さら弟の名乗りを上げるなど、わたくしにはとうていできませぬ」

しかし正心坊は、上人様の勧めにとまどい、悩んだのである。よしや目には見えずとも、兄に会いたいのは人情であろう。

それにしても、人の運命はわからぬものだと上人様は思う。

間垣作兵衛の育てた小四郎様は、やがて主命《しゅうめい》により復籍なされた。ずいぶん勝手な話ではあるが、つまるところ家督は小四郎様が襲《と》られたのであるから、御先代様の勘は正しかったと言うほかはない。

小四郎様が御実子と認知されれば、母親はお方様となられるわけで、江戸詰を解かれた間垣はひとり丹生山に帰ってきた。そこで親子は久しぶりの対面を果たしたのだった。

やはりこの本堂の如来様のお膝元で、すまなかったと詫び続ける父と、わけがわからずに開かぬまなこから涙を流し続ける幼い正心坊の姿は、今も忘れがたい。

「しかしのう、正心や。お国入りなされた御殿様に対し奉り、知らんぷりはあるまいぞ」

正心坊は薄墨色の丸頭巾をかしげて俯いた。開かぬ瞼を隈取る《くまど》睫《まつげ》が、くっきりと際立った。

「兄者にも母上にも、会うてみたいとは思いまする。しかるに、おのれの分限を弁え《わきま》れば、それはあらぬわがままにござりましょう。この先はいっそう身を慎んで、厄介をかけぬようにいたしますゆえ、今まで通り静やかに過ごさせて下さりませ。さもなくばわたくしは、この琵琶を抱いて旅に出るほかはござりませぬ」

正心坊はそう言うと、深々と頭《こうべ》を垂れてにじり下がり、本堂から出て行った。

身のこなしは常人と変わらぬ。手さぐりもせず足も忍ばせぬ。知らぬ人が見れば、まさか不自由のある人とは思うまい。

上人様は御本尊を見上げて独りごちた。このごろでは浮世の人々よりも、仏様のほうが近しく思える。

「やれやれ。いくら齢《よわい》を重ねようと法力験力《げんりき》のかけらも授からぬ坊主もあれば、生まれついて見えぬものが見える琵琶法師もおる。あるいは、すぐれておる分だけ足らぬ分があるのか、その逆に足らぬ分だけすぐれておる分があるのか。いったい衆生は、どなた様がこしらえたのでござりましょうな。のう、如来様」

おのれを厄介者だと正心坊は言うが、幼きころはどの子供よりも、いくらか育ってからはどの小僧よりも手がかからなかった。

身の回りの始末はよし、頭はよし、いつも口元に笑みをうかべて、人の心を和《なご》ませた。子らはよくなつき、また正心坊の弾き語る平家琵琶は、僧侶たちにとってこのうえない娯《たの》しみである。

しかし何よりも驚くべきは、心眼を備えているとしか思えぬ勘のよさであった。修行僧たちや羽黒山に向かう修験の手前、けっして口には出せぬのだが、正心坊は並はずれた法力を持っている、と上人様は睨んでいた。

見えるものが見えぬかわりに、見えぬものを見る力を、正心坊は授けられたにちがいなかった。


そのころ、鬱蒼たる杉林の中の苔むした石段を、懸命に攀《よ》じてゆく不吉な影があった。

血まみれの貧乏神である。

「ああ、ああ、神が人の手にかかるとは、何たる不覚じゃ。痛ッ、イテテッテッ」

大名家を引き倒さんとして、いくらか面白半分に行列の後をついて行ったのがいけなかった。

いや、半分どころかたいそう面白かったのである。本来は十日の行程のところを、貧乏ゆえの五泊七日、しかも会津領内の宿場では、同じ貧乏神の知己《ちき》を得た。

そんなこんなで気が緩んでいたのだ。いよいよ国境いの橋を渡って丹生山領内に入るというとき、思いがけぬ災厄に見舞われた。

行列の前に鎧兜の武者が現れて、エイエイと長槍をぶん回した。これはまた面白いならわしじゃと見物するうち、槍の穂先が気合もろともグイと伸びて、あろうことか貧乏神の脇腹を貫いたのである。

不覚であった。だいたいからして人間どものなすことは、邪神にとっては痛くも痒くもない験担《げんかつ》ぎに過ぎぬのだが、この槍ばかりはちがった。おそらくは東照神君御拝領の宝物か何か、穂先には悪霊退散の神威が宿っておるらしく、狙い定めたごとく貧乏神の腹にブスリと刺さった。

思わず「ゲエッ」と悲鳴を上げたが、人間どもが振り返っても何が見えるわけではない。そのうち御行列は、路上にのたうちまわる貧乏神を無情に踏んづけながら去ってしもうた。

なにしろ紙のごとく薄っぺらな破《や》れ衣に、肋骨の浮き出た洗濯板のような体であるから、ひとたまりもなかった。

ここいらに医者はないかと道端の地蔵に問えば、稼業ちがいゆえ致し方ないが冷ややかに、医者はおらぬが薬師如来ならおると言う。何でもそこの土手道を一里ばかり行った先に浄観院という真言の寺があって、薬師堂もござるゆえすがってみるがよい、と。

貧乏神が仏にすがるというのも妙な話だが、医者にかかるよりはいくらか現実味があろうと思うた貧乏神は、杖を頼りによろめき歩いて浄観院に至り、苔むした石段を攀《よ》じ上っているのである。

すでに力尽き果てて、この石段を昇り切れるかどうかもわからぬ。それでも貧乏神は、血まみれの褌を蚯蚓《みみず》のごとく引きずり、唸り声を上げながら攀じた。

さては、死ぬるか。

と思いはしても、不老不死の神のうちにはちがいない。見た目は老人だが遥か昔に物心ついたときは、すでにこの通りであった。そして、その遥か昔はいつかというと、たしか人間に貧富の差が生じたころなのであって、それから何千年も死んだためしはないから、やはり今さら死ぬとも思えぬ。

だとすると、考えるだに怖ろしいのであるが、このまま死にもせず癒えもせず、永遠に苦しみ続けるのではあるまいか。

あな怖ろしや。それではまるで、飢え死なぬ程度に生き続ける貧乏人と同じじゃ。

ともかくここは薬師如来にすがって、助けていただくほかはない。

いかん。目が霞《かす》んできた。

「おおい。どなたかおられるかァ、たのもう、たのもう」

ようやく石段を昇りおえ、秋色に染まり始めた境内にへこたれて、貧乏神は人を呼んだ。

道端の地蔵が言うには、真言の寺であるそうな。ならば法力ある僧もおろうし、羽黒山に向かう修験なども、宿坊としているにちがいない。見えてさえくれれば人間の年寄りのふりをして、薬師堂のありかを訊ねようなどと、貧乏神は都合のよいことを考えた。

「おおい、ここじゃ、ここじゃ。痛ッ、イテテッテ」

庫裏のほうから、いかにも徳の高そうな僧が弟子や小僧を従えて歩いてきた。ところが、目には映らず耳にも入らぬとみえて、抹香臭い匂いを撒き散らしながらさっさと通り過ぎてしもうた。

「ああっ。いかん、気が遠くなってきた」

バッタリと打ち伏した耳に、「懺悔《さんげ》懺悔、六根清浄《ろっこんしょうじょう》」とくり返す掛念仏《かけねんぶつ》が聞こえてきた。

やがて錫杖《しやくじよう》をジャラジャラと突き、法螺貝《ほらがい》を吹き鳴らし、鈴懸衣《すずかけごろも》に笈《きゆう》を背負った山伏の一団が石段を登ってきた。

「懺悔懺悔、六根清浄」

助かった。日ごろはしゃらくさいと思うている掛念仏も、心なしかありがたく聞こえた。一《ひい》、二《ふう》、三《みい》、四《よお》、五《いつ》、六《むう》、七《なな》、八《やあ》。いかにも修行を重ねた、精悍なる修験どもである。これはきっと、薬師堂に担ぎこんでくれるどころか、薬草にて血止めをし、秘法など用いて傷を治してくれるにちがいない。

ところが、境内にへこたれる死にぞこねの貧乏神など誰も目に入らぬらしく、修験どもは知らん顔で通り過ぎてゆくではないか。

「懺悔懺悔、六根清浄」

一、二、三、四、五、六、七、八。誰ひとりとして気付いてはくれぬ。

「あの、もし、御坊《ごぼう》」

いちおう声をかけてはみたものの、聞こえるはずはない。錫杖も法螺貝の音も、掛念仏の合唱とともに遠のいていった。

「クソ、揃いも揃うた未熟者どもめ。痛ッ、イテテッテッ」

いよいよ死ぬやもしれぬ。人が死ねば極楽往生するか地獄に落つると聞いているが、神が死ねばどうなるのであろう、と貧乏神は考えた。何だってそうだが、前例がないというのは怖い。

ああそれにしても、思えばみじめな一生であった。親も子もなし家もなし、金がないのは職業柄いたしかたないにしても、残飯を食ろうて水を飲むだけの暮らしであった。弊衣《へいい》蓬髪《ほうはつ》の体《てい》で、腰に荒縄、手に渋団扇、しまいにはこともあろうに、権現様の槍をつけられて往生するとは。

「もし、いかがなされた」

死にかけていた貧乏神は、ギョッと目を剝《む》いて我に返った。

丸頭巾を冠ったうら若き座頭の顔があった。ハテ、見えぬ人は勘が鋭いと聞くが、だからと言うて死にぞこねの具合まではわかるまい。つまり、この座頭には見えざるものを見、聞こえざる音を聞く法力があるのだ。

しかも、姿かたちが瞭《あきら》かではないから、怪我人か行き倒れと思うているにちがいない。だからこうして、怖《お》じもせず抱き起こしてくれるのだ。

何だかものすごく申しわけない気もするが、命の瀬戸際にある貧乏神はそれどころではなかった。

「ああっ、血が。誰か、誰か」

「いや、御坊。人を呼んでも話がややこしくなる」

「では、すぐに医者を」

「えーと、それもあんがいややこしくなる。かというて、わしがどこの誰で、どうしてここにおるかを話すのもややこしい。とりあえず、薬師如来の御許へと背負って行ってはくれまいか。少しでもややこしゅうなると、わしはたぶん死んでしまうでな」

「では、仰せのままに薬師堂へとお連れいたします」

「頼むぞよ。軽いゆえ手はかからぬ」

ふわりと背負われたとたん、貧乏神はふと思うた。これほど穢れなき人間が世にあるのか、と。むろんそれは、貧乏神の好むところではない。穢れなき人というは、貧乏神にとっての穢れであった。

だが、なぜかここちよい。

「よもやとは思いまするが、おまえ様は人ではございますまい」

迷うことなく山中の小径をたどりながら、若き座頭にそう言い当てられて、貧乏神は肝を縮めた。嘘がバレる、悪事がバレる、という程度ならとぼけようもあろうが、人ではないとバレたのでは申し開きのしようもなかった。

「いやあ、参った、参った。痛ッ、イテテッ」

貧乏神は苦しみながら照れた。

「イテッ。なぜそうとわかった」

「それはおまえ様。このお体の霞《かすみ》のごとき軽さは、とうてい人のものとは思われませぬ。また、命の殆《あやう》い人が、医者よりも仏様を恃《たの》みますものか」

見えざるものを見るばかりではなく、聡明な男であるらしい。朦朧《もうろう》とした頭で考えつつ、貧乏神はふと思い当たった。

ところでこのおもざし、どこかで見憶えがあるような気がするのだが。

「もしやおぬしは、松平和泉守が係累かの」

すると、物静かで何ごとにも動じぬと思えた座頭は、ふいに「エエッ」と驚きの声を上げて立ち止まった。

正直な男じゃ。人間嘘をつかねば黙りこくるほかはない。なあるほど、読めたぞよ。こやつは和泉守が種ちがいの弟じゃな。生まれついて目が不自由なのでは、ゆくゆく兄《あに》者《じゃ》の厄介者になろうと考えて寺に預けた、か。

ううむ。これはたいそう難しい話じゃ。何となればかような「貧乏くさい美談」というものは、好きか嫌いかおのれでもようわからぬ。

座頭の足どりは、まるで見えているかのようにたしかである。怖るべき心眼の持ち主であった。

薬師堂への小径をたどるうちに、貧乏神はこの寺が「貧乏くさい美談」の気に充ち満ちていることに気付いた。好き嫌いは別として、要するに修験であろうが旅人であろうが、捨子であろうが身の不自由を抱える者であろうが、いや、たとえ死にぞこねの貧乏神であろうが、みんなまとめて面倒を見てしまえという、ものすごい寛大さに満ちているのである。

「それはおまえ様。御上人様のお力でございますよ」

背に負った貧乏神の心を読んで、座頭が言うた。

「ほう。おぬしがそう申すからには、よほどの法力を持つ高僧なのであろうの」

ちょっと怖い気がして、貧乏神はおそるおそる訊ねた。

「あ、いえ。御上人様は法力験力の類《たぐい》は持ち合わせませぬ。よって、すべては実力《じつりき》にございます」

「ジツリキ、となァ」

「はい。人間の力にございます。御上人様は見えざるものを見るのではのうて、見えるものをしかと見据えまする。聞こえざるものを聞くのではなく、聞こえる声に耳を欹《そばだ》てまする。その実力の前には、たかだかの法力験力など、足元にも及びませぬ」

よくわからぬ。つまりその上人とやらは、神仏も救えぬ衆生の面倒を見ている、ということじゃな。だとすると、商売敵ではないか。

「おぬし、わしが人間ではないとすると、何だと思うておるのじゃ。イテテッ」

考えるふうもなく座頭は答えた。

「それはまあ、この気色悪い手ざわりだの、えも言われぬ臭いだのから察しまするに、正しき神仏とは思われませぬ。おそらくは、厄病神だの貧乏神だのと呼ばれる邪《よこし》まなる神様かと」

「ふむ。けだし炯眼《けいがん》じゃ。おおむね正解ではあるが、なるたけ厄病神とは一緒くたにせんでほしい。それと今ひとつ、邪神と呼ばれるのも心外ではあるぞよ。わしから見れば、正しき神こそ邪《よこし》まなのじゃ」

言うてしもうてから、貧乏神はハッと口を噤《つぐ》んだ。

上人様とやらの弟子にちがいないこの座頭は、そうと知りつつ貧乏神を救おうとしているのである。一方のおのれは、正しき神を邪神と罵《のの》りつつ、薬師如来に助けを乞うている。

もはや真理は自明である。貧乏神は人間の力が醸し出した気のうちに、呑みこまれてゆくおのれを感じた。よもや命の涯《は》てに待つものが、死ではのうて悟りであるとは知らなかった。

やがて貧乏神を背負ったまま、座頭は奥山の錦に彩られた薬師堂の前に立った。この古めかしいお堂もまた、「貧乏くさい美談」そのものに見ゆる。

「おはようございます、薬師如来様。急患にございますれば、お願い申し上げます」

おや、何とも下世話な挨拶。いよいよもって、こやつはただものではない。ほとんど異界の住人である。

楓《かえで》の赤と楢《なら》の黄が散りかかる大扉《おおど》のすきまから、神仏というよりもどことなく医者に似た声が返ってきた。

「ほう。朝の早よからどうしたのかね。ともかく中にお入りなさい。じきに診るからな」

階《きざはし》を昇り大扉《おおど》を開くと、薬師如来は腹をこわした狸を診察している最中であった。

「何だね、君は」

床に下ろされた患者を一瞥《いちべつ》したなり、薬師如来は胡散臭《うさんくさ》そうな顔をして言うた。

「いや、その、不覚にも槍をつけられ――」

「それは見ればわかる。衆生に不幸をもたらす邪神の分際で、よくも私を頼ってこられたものだ。恥を知りなさい」

大きな腹を晒したまま、狸も「そうだ」と肯いた。

「どうかそこを枉《ま》げてお頼みいたす。同じ神仏の誼《よしみ》にて、なにとぞ。痛ッ、イテテッ」

薬師如来は結跏趺坐《けっかふざ》したお体をやや傾けて、しばらく黙考した。世に医者の沈黙ほど怖い時間はない。

いかん。また気が遠くなってきた。やはり商売敵を頼ったるは、あやまりであったか。

死んだかと思えるひとときのあとで、薬師如来は光明の零《こぼ》れ落つるがごとき声で言うた。

「改心を誓うか」

深く物を考えずに、貧乏神は「はい」と誓うた。

十四、難攻不落天下之要害《なんこうふらくてんかのようがい》

こたびは御殿様お初入りということで、城下の沿道には領民うち揃うて御行列を迎えていた。

初めて目にするふるさとが奇《めずら》しゅうてならず、和泉守は御駕籠の引戸を少し開けて、こっそり景色を覗き見た。

思い描いていた風景とはずいぶんちがう。道は広く平らかで、街並みは規矩《きく》としており、雄大な越後の山々が迫っていた。

江戸下屋敷で生まれ育った和泉守には、やはり青梅街道ぞいの柏木村が、ふるさとの原風景となっていたのである。江戸は起伏が多く、山が遠い。

しかし何にもまして思いがけなかったのは、ほっと息が抜けるようなやすらぎであった。それは旅を終えた安堵ばかりではない。この領分にある限り、誰に気遣う必要もないのである。日がな一日殿席《でんせき》で肩肘張って過ごさなくともよい。早い話が、おのれは殿様なのだと初めて思うた。

行列は商家のつらなる大手筋を進み、濠《ほり》を渡り廓内《くるわうち》へと入った。しかし門を潜っても城内というわけではなく、上士の屋敷らしき築地塀《ついじべい》が続いて、ふたたび濠を渡り、門を潜った。どうやら二重三重の構えを持つ城であるらしい。

丹生山《にぶやま》城は戦国に築かれた、堅固な要害であると聞いていた。折よく見通しのきく馬場にさしかかったので、和泉守は御駕籠を下りて城を眺めようと思うた。下りたとたん、体を伸ばすことも忘れて目を瞠《みは》った。

間近に臥牛《がぎゅう》のごとき山がある。その背には石垣が繞《めぐ》り櫓《やぐら》が築かれている。南に向こうて首をもたげたような頂に、三層の天守が聳《そび》えていた。

遠目には小高い丘と見えたが、こうして足元から仰げば切り立った懸崖《けんがい》である。通ずる道は葛折《つづらおり》で、これでは攻め上がるどころか日ごろの登り下りも一苦労であろう。

そしてその麓に、濠と石垣と隅櫓《すみやぐら》で堅く守られた居館があった。

出迎えた国衆が片膝をついたまま言上した。

「あれなるが丹生山にござりまする。ご覧の通り、難攻不落の要害にござりまするが、築城以来ただの一度も敵を迎え撃ったためしがござりませぬ。それは攻め手の大将がこの構えをひとめ見て、とうてい落とせぬとあきらめるゆえにござります」

なるほど、天下の名城とはそうしたものであろう。

もとは上杉謙信公の手になる戦国の砦《とりで》であったと聞く。当家の御初代様が入封なされたのは泰平の世が開かれたのちであるから、その話は戦国の伝説であろうが、だにしてもこうして見れば、さもありなんと思える立派な構えであった。

丹生山松平と世に称されるは、この山の名にちなむのである。丹生山の城に守られた三万石の領分が丹生山と呼ばれ、やがては家名の通称ともなった。

この城は落ちぬ。万余の軍勢が攻めて落ちぬ城が、銭金で落つるはずはない、と和泉守は思うた。

山上の天守はいかにも秋空をがっしりと支えているように見えた。

ふたたび御駕籠に乗って進む。内濠を渡り、高麗門を潜れば虎口《こぐち》があって、渡櫓門《わたりやぐらもん》を抜ける。形はおおむね江戸城と同じだが、おのれはわずかな供を連れて歩いているわけではなく、堂々と駕籠に乗っているのである。要するに国元でのおのれは、江戸における公方様と同じなのだという当たり前の話に、和泉守はようよう気付いた。

城内は深閑《しんかん》と静まって、御駕籠の長柄《ながえ》の軋《きし》みばかりが聴こえていた。

渡櫓門の先でいったん止まり、担ぎ手の御陸尺《おろくしやく》が増えたかと思う間に、御駕籠は石段を横歩きに上り始めた。御殿様を斜《はす》にしてはならぬのである。

江戸市中の要路に坂道は多くあっても、ほとんど石段はないゆえ、これは和泉守にとって初めての経験であった。丹生山の領分に入ったとたん、さらには幾重もの廓を抜けて城中深くに進むほどに、何やらどんどんおのれが偉くなってゆくように思えた。

やがて御駕籠は、本丸御殿とおぼしき壮大な建物の、唐破風《からはふ》の上がった玄関に下ろされた。

何やら夢見ごこちである。顧みれば長い道中をおえた供連れどもも、蹲踞《そんきょ》したまま落ち着かぬ。さもありなん、こたびの初入りに伴うた家来の過半は江戸詰の若侍で、御殿様同様、初めて父祖の地を踏む者ばかりなのである。

むろん、江戸下屋敷の足軽長屋で共に育った磯貝平八郎も矢部貞吉も、初の国入りである。ましてや加勢してくれた七十人の旗本郎党には、本国というべきものがなかった。

この玄関にて、改まった「着到の儀」が執り行われた。

なにしろ夜を徹しての行軍であったのだから、汗を流して一寝入りしたいのであるが、「儀」と名の付くものはあだやおろそかにはできぬ。

式台の左右に、二人の国家老《くにがろう》がかしこまった。御殿様は立ったままである。儀式というても勝手がわからぬのだが、江戸城中とはちごうてここではおのれが最も偉いのだから、気分は楽であった。

「御殿様におかせられましては、江戸表より長々の御道中、ご苦労様にござりました。お初にお目にかかりまする。それがし、御国家老を相務めまする、佐藤惣右衛門《さとうそうえもん》にござりまする」

名前だけは知っている。聞いただけではすぐ忘れてしまいそうな地味な姓名であるが、本人も六十過ぎの老役で、何となく家老というより庄屋という印象であった。

「つつがなき御初入り、おめでとうござりまする。それがし、国家老同役を相務めまする、鈴木右近《すずきうこん》にござりまする」

これも名前は知っているが、家老と呼ぶにはいささか貫禄不足の若さであった。年齢はおそらく御殿様とどっこい、しかし代々が国家老の家柄のせいか、色黒で垢抜けぬ。

また、鈴木右近という名もやはり、聞いたとたんに忘れそうであった。

そこで二人の家老は、よほど稽古をしたのであろうかぴたりと声を揃えて、奇妙な言《ごん》上《じょう》をした。

「源氏の御大将松平和泉守殿がご着到、祝《しゅう》着《ちゃく》、祝着。いざ丹生山の衆、こぞってお出合いめされよ。いやさ、祝着、祝着」

二人は言いおえると額を俯せ、ごつんごつんと床板に音立て叩《こう》頭《とう》した。すると背後に控える国詰の家来衆が、「ア、イヤサ、コリャサ」と囃《はや》しながら手拍子を打った。

何だこれは。わけがわからん。だいたいからして、家来が主君に向こうて「祝着、祝着」など、無礼ではないか。しかも、「イヤサ、コリャサ」で手拍子とは。

「御殿様、ご返答を」

そう言いながら、何ごとか書きつけた一枚の紙を捧げたのは、江戸から同行した勘定方の橋爪左平次である。どうやらこの儀式のセリフが書いてあるらしい。

「こういうことは早く申せ」

「そのままお読み下されませ」

つまり、ならわしに過ぎぬのだから、セリフを棒読みにするだけでよいらしい。

コホンとひとつ咳払いをして、和泉守はいよいよわけのわからぬ返答をした。

「いざいざ、遠からん者は音にも聞け、近くば寄って目にも見よ。われこそは源氏が裔《すえ》、松平和泉守なるぞ」

そこまで一息に言うてから、続きの文言に首をかしげた。

足元から橋爪左平次が囁きかけた。

「きっぱりと、大声で仰せ下さりませ」

えいままよと、御殿様はきっぱりと大声で言うた。

「ア、イヤサ、コリャサ！」

とたんにシャシャシャンのシャンと手拍子が揃うて、国詰の家来衆は平伏した。儀式は終わったらしい。

わからぬ。たぶん誰もわからぬまま、何ごともなかったかのように、和泉守は本丸御殿に上がった。

長い回廊が続く。よく手入れのされた庭は越後連山を借景にして、はや秋の錦に色付いていた。

廊下を歩みながら考えた。おそらく今しがたの奇妙な儀式は、この地に封ぜられた御初代様が、地侍どもとかわした挨拶なのであろう。二百六十年前のこととてよくはわからぬが、その折に三河以来の譜代の家臣に加えて、丹生山に古くからいる地侍を召し抱えたのではあるまいか。そのいわば外様《とざま》衆が当家に忠誠を誓う儀式を、参勤交代の国入りのつどくり返している、というのはどうだ。

もっとも、訊ねたところで誰も答えられまい。なにしろ二百六十年前の出来事なのである。

「ところで――」

奥向の書院に上がる前に、和泉守は訊ねた。

「何はさておき、兄上にお会いしたい」

ふいに声をかけられて、二人の国家老はその場に蹲踞した。たがいに顔を見合わせたきり、答えはない。

江戸屋敷の重臣たちのような後ろ暗さは感じられぬ。齢はちがうが、いずれも初対面の御殿様に臆しているようで、いかにも純朴な国侍のふうがある。

ええと。名ざしで訊ねたいが、ついさっき聞いた名前は忘れてしもうた。そうじゃ、佐藤と鈴木。しかし、どっちがどっちであったか。

まちごうてもまずいゆえ、姓名は省略してどちらに向き合うでもなく訊ねた。

「兄上はお病気がちと聞いておるが、よもやお加減が思わしゅうないのではあるまいな」

二度問われてようやく、佐藤だか鈴木だかわからぬ年かさのほうが答えた。

「いえ、御殿様。きさぶ様はこのところ、いたって息災にあらせられまする」

佐藤だか鈴木だかの返答に、若いほうの佐藤だか鈴木だかが続けた。

「しかるに、御殿様。きさぶ様が申されますには、めでたきお初入りを病人が迎えるなど縁起でもない、御殿様もご着到早々お疲れであろうゆえ、明朝お目通りを賜わる、との由《よし》にござりまする」

なるほど、そういう次第か。しかし、そうならそうと、はなから言えばよさそうなものだ。どうでもよいことまでいちいち耳に入れたがる江戸詰の家来衆とはちごうて、何という引っ込み思案であろう。

和泉守は書院の上段に腰を下ろし、二人の国家老は下段に並んで座った。

「きさぶ様」と呼ばれる兄は、喜三郎《きさぶろう》という名である。国元にある側室の子であり、生来病弱でもあることから江戸に出たためしはなかった。よって和泉守にとっては、話にしか知らぬ兄である。

聡明な人であるとは聞いている。長兄が急逝した折には、少々おつむの足らぬ次兄はさておき、長幼の序を重んじてこの三兄を押す意見も多かったらしい。結局はやはりお体が持つまいということで、末弟にお鉢が回ってきた。

そうした次第であったから、おのれにはけっして野心などなかったとは言え、帰国したならば何はさておき、おのれの僭越《せんえつ》を三兄に詫びねばならぬと思うていたのである。

「いや。いかに当主であろうと、実の兄に気遣いをさせたうえ謁見を賜うなどとんでもない。これよりお見舞いたす、案内《あない》せよ」

和泉守は御座所を温むる間もなく立ち上がった。

「やや、少々お待ち下されませ、御殿様。まずはきさぶ様にお訊ねいたしますゆえ」

「控えよ、鈴木」

「ハ。いや、それがしは佐藤にござりまする」

どっちがどっちだかわからぬが、ともかく若いほうが低頭して、「鈴木はそれがし」と言うた。この混乱は誰が悪いわけでもないが、もし戦場であったら大変だと和泉守は思うた。

「では佐藤。じゃなかった鈴木。そちに命ずる。兄上のお部屋に案内いたせ」

それにしても、国衆どものこの影の薄さはどうしたことであろう。広くて人も少い領国に暮らしおると、すっかり呑気になって、おのれを主張する必要がなくなってしまうのか。あるいは、むしろ目立つことが無調法とされているのやもしれぬ。

たとえば、留守を預かる二人の家老がどこまで迎えに出たのか、思い返してもよくわからぬ。国境いの番所で迎えるのが筋であろうが、そこにいたのかいなかったのか、少くとも名乗りを上げてはいない。では大手門かと思うても記憶になく、はっきり二人の存在が確認されたのは、玄関における「着到の儀」の折である。

家老ばかりでなく、どうも国衆はみながみな、まるで黒衣《くろご》のような影の薄さであった。

佐藤だか鈴木だかの導くままに、廊下を幾度も折れて北向きの裏庭に出た。

こうして歩き回ってみると、なかなかに立派な御殿である。広さは江戸屋敷を遥かに凌《しの》ぎ、火事に遭うていないと見えて古調の趣きもゆかしい。

いや何よりも、ここが十三代にわたる丹生山松平家の居館なのだと思うと、歩むほどに父祖の魂がそちこちの座敷から現れて、おのが身に寄り添うてくるような気分になった。

佐藤も鈴木も相変わらず無言である。国家老が物言わぬのでは、付き従う江戸衆も口を利けぬ。磯貝平八郎も矢部貞吉も、家老たちのうしろで黙りこくっていた。

沢流れを跨《また》ぐ渡り廊下を越すと、山風の抜ける小体な裏玄関があり、その先の木立ちの中に茶室とも見える離れ家があった。

あたりは清らかな杉の葉の香りにくるまれている。先回りした家来衆が青苔の上に片膝ついているが、兄らしき人の姿は見当たらなかった。

こちらへ、と声に出さずに佐藤だか鈴木だかが手を差し延べるまま、和泉守は風流な柴《し》折戸《おりど》を押して離れの庭に入った。杉の香がいっそう濃くなった。

白勝ちの木綿の寝巻を着て紬《つむぎ》を羽織った病人が、縁側の陽だまりに腰を下ろしていた。その姿はまるで老人のようであったが、ひとめ見て兄と知れた。

「御殿様がわざわざお運びとは」

力ない声で兄は言うた。この姿が「息災」であろうものか。いくらかは持ち直している、とでも言うべきであろう。

「お初にお目にかかりまする。小四郎にござります」

弟に立ち返って、和泉守は庭先に佇んだまま頭《こうべ》を垂れた。

殿様、殿様、と家来衆の諫める声が上がったが、和泉守は意に介さなかった。

「御意《ぎょい》のままに、家督を襲《と》らせていただきました。兄上様をないがしろにいたしましたること、どうかお赦《ゆる》し下さりませ」

ほほえみながら兄が言うた。

「それがしこそお赦し下されよ。ようよう床から抜け出したが、どうにも足腰が立ちませぬ」

肩の骨が尖って見えるほど、兄は痩せさらばえていた。だが目鼻立ちは端整で、噂通りの聡明さを窺い知ることができる。

「どうかご無理をなさらず、きょうは着到のご挨拶のみにて」

「いえ、御殿様――」

と、兄は細い手を延べて和泉守の声を遮った。

「本日はさぞお疲れであろうと遠慮いたし申しましたが、実は一刻も早うお目通りいたしたく、心がせいており申した。今少し、よろしゅうござりまするか」

ああ、何という謙虚なお人であろうと、和泉守は溜息を洩らした。

兄弟の対面に気を利かせて、家来衆は姿を消していた。あとには松ヶ枝の高みに巣をかけた鳥と、兄のかたわらに猫を抱いて座る、老いた女中のいるばかりであった。

「兄上。お言葉をお改め下さい」

うん、と兄は瞼をとじてひとつ肯いた。打てば響く人なのであろうか、それとも心が通じているのか。

「では、そのようにいたそう。人前ではけっしておぬしの風上に立たぬゆえ、安心せい」

力はないがはっきりとした声で、兄は言うてくれた。

和泉守は末弟の小四郎に戻って、縁側に腰を下ろした。

「とんだ厄介者であろう」

「いえ、けっしてそのような」

「父上は、わしをそう呼んで憚《はばか》らなかった」

「厄介者、と」

「さよう。厄介者だの益体《やくたい》なしだの、果ては死に損ね、とも」

相槌を打つわけにはゆかぬ。だが、鬼ッ子あつかいを受けてきた小四郎には、思いがけぬ話ではなかった。

「よってわしは、父上の在国中がつろうてならなんだ。江戸に行ってしまわれると、ほっとした。妙な親子もあったものだ」

兄は咳きこみ、老女中に背をさすられながら白湯《さゆ》で胸を落ちつけた。

「よもや兄上がのう」

腐り切った声で、兄は言うた。長兄の急逝は誰にとってもいまだに信じ難い。

長兄と次兄は正室の子で、生まれも育ちも江戸である。父は隔年の参勤交代をするが、正室と長兄はいわば人質ゆえ、江戸を離れてはならなかった。

つまり側室の子として国元に生まれた喜三郎兄は、兄弟をひとりも知らなかったのである。

「兄上はどのようなお人だったかの」

小四郎は言葉を択《えら》ばねばならなかった。

「父上とよう似ておられました」

何を考えたものやら、兄はひとつ肯いたきり顔を俯けてしもうた。

「もひとつ、わからぬことがあるのだが」

「何なりと」

「わしはこの体ゆえ、とうてい家督は襲れぬ。ではなにゆえ、新次郎兄ではのうておぬしになったのだ」

これもまた、言葉を択ばねばならぬ。どうやら新次郎兄のうつけぶりは、国元まで伝わっていないらしい。

「ええと、それは――そうそう、新次郎兄はひとかどの数寄者《すきしゃ》にござりましての。茶の湯、華道、香道、お能に三味線、小唄、端唄《はうた》、何でもござれ。わけても作庭の技という たら、かの小堀遠州公の生まれ変わりと噂されておりましてな」

ちと言いすぎか。しかし、新次郎兄と会うたためしのない喜三郎兄は、「ほう」と感心するのである。小四郎は続けた。

「まあ、さような芸事と申すは、十三代にわたるわが家統の精華にはちがいないゆえ、政ではのうて、そちらの方面に才を発揮していただこう、と相成った次第にござりまする」

いくらか話を盛ってはいるが、嘘には当たるまい。

「なるほどのう。それでおぬしが、貧乏籤《くじ》を引かされたか」

ひやりと肝が縮んだ。もしやこの兄は、何もかも知っているのではないかと思うた。

病人の地獄耳、というものはありそうな気がする。ましてや聡明な人である。

さりげなく振り返って、病牀《びょうしょう》の畳み上げられた座敷を見渡した。

知の匂いに満ちている。床には父祖の手と思える論語の軸が懸かっており、付《つけ》書院には書物が堆《うずたか》く嵩《かさ》んでいた。この兄に滅多なことは言えぬ。

松ヶ枝に止まる鳥を見上げて、兄はほほえみを絶やさずに言うた。

「おぬしの育て親がの、しばしば見舞うてくれる」

父が、と言いかけて小四郎は声を呑み下した。九歳で袂《たもと》を分かったが、やはり小四郎にとっての父親は間垣作兵衛なのである。先代和泉守は「父上」という名の他人であった。

「先ほど、久しぶりに会うて参りました」

「それはよかった。作兵衛はたいそう心配しておる。おぬしが貧乏籤を引かされたのではないか、とな」

「いえ、けっしてさようなことは」

声がすぼんでしもうた。さようなことなのである。たぶん。

秋空を小馬鹿にするように、松ヶ枝の鳥がカアと鳴いた。

貧乏籤はさておくとして、その翌朝。貧乏神は人を小馬鹿にしたような明け烏の声で目を覚ました。

悪い夢を見た。鎧兜の侍に槍をつけられ、瀕死の体で真言の寺を頼った。貧乏神が仏を頼るなど情けないにもほどがある。

それからどうした。

琵琶法師に背負われて奥山の薬師堂に至り、なるほど医者としか思えぬ薬師如来に治療を施してもろうた。

夢じゃ。悪い夢じゃ。

しかるに、天窓から差し入る曙《あけぼの》の光に目を凝らせば、おのれが横たわっているのはたしかに堂の中であり、蓮の台《うてな》の上には金色《こんじき》の薬師如来が結跏趺坐《けっかふざ》している。見ようによっては、緊急なる手術を無事におえて、仮眠をとっている医師である。

一匹の女狐が貧乏神の顔を覗きこみ、やさしげな声で語りかけた。

「貧乏神さーん、貧乏神さーん、目が覚めましたかー。もう大丈夫ですからねー」

猫なで声の狐、というのは気持ちが悪い。だがどうやら、夜っぴて看護をしてくれていたらしい。

ありがたい。しかも色気がある。

「もし、お狐様――」

何をか言わんや、余りのことに言葉がつながらぬ。どうやら夢ではなさそうじゃ。薬師如来の膝前には若き琵琶法師が座しており、天のものとしか思えぬ声で平家の一節を謡い始めた。

こともあろうに「幼帝入水」の段。それ、やめて。

「貧乏神さーん、お加減いかがですかー。痛みはありませんかー」

ないのである。痛みどころか、腹をさすっても傷口が触れぬ。さすがは薬師如来、「神の手」だ。

そこで貧乏神は考えた。厳密に言うなら、薬師如来はおのれの商売敵ではあるまい。どこかで厄病神に会うたなら、全然かなわぬゆえ歯向《はむ》こうのは金輪際やめおけ、と忠告してやろう。

「いやあ、お蔭様で何とものうなった。命拾いをしたぞよ」

などと言いながら貧乏神は女狐の尻を撫で、たちまち叩《はた》かれた。

「それでは、貧乏神さーん。これから、お約束を守っていただきますからねー」

約束。ハテ、何であったか。自慢ではないが人の世に貧富の差が生じてよりこのかた幾千年、約束などという善なる言葉とはてんで縁がない。

「え。何か約束をしたかの。わしは貧乏神じゃによって、金ならないぞよ」

「そんなこと、わかってます。思い出して下さいな。ヤ、ク、ソ、ク」

女狐はそう言うて、貧乏神の頰を指先でつついた。

「わからぬのう。約束なんぞ、まるで身に覚えがない」

「貧乏神さーん。それでは、もういちど確認しますからねー。いいですかー。あなたは、改心すると誓いました。思い出して下さいねー」

息が止まった。

「楽にして下さーい」

楽にならぬ。貧乏神の改心。それって、何。そもそも改心とは、邪《よこし》まな心を悔い改めることであるからして、おのれを邪神だなぞと思っていない貧乏神は、わけがわからぬのである。

平家琵琶が響き渡る。幼き帝は壇ノ浦の海中深く、沈んでしまわれたらしい。波の底にも都の候ぞと聞いて、貧乏神は不覚にも涙をこぼした。

「いったい、わしは何をすればよいのじゃ。金もない。歌も唄えぬ。琵琶も弾けぬ」

女狐は貧乏神の泣き顔を覗きこんで言うた。

「この丹生山の里に、福の神をお呼び下さいまし。知らぬ仲ではないでしょう。聞いてますかー、貧乏神さーん」

たしかに世に言う福の神は知らぬ仲ではない。なにしろ薬師如来に対する厄病神のごとく、福の神は貧乏神の商売敵である。それも人の世に貧富の差が生じてよりこのかた幾千年、あちこちで諍《いさか》い続けてきたのであるから、あまたの福神を知っている。七人ぐらいは知っている。

「かしこまったぞよ」

欠け落ちた歯のすきまから痛恨の息を洩らして、貧乏神は改心を誓った。

十五、御不在中江戸表之様子《ごふざいちゅうえどおもてのようす》

江戸は秋霖《しゅうりん》の時節である。

柏木村の百姓与作は、あばら家の縁側に腰を下ろして、黄金色に実の入った田を満足げに眺めていた。

越後の領分に比ぶれば、ほんの猫の額のような田であるが、おのが手でこしらえた稲じゃと思うと愛しゅうてならぬ。

このごろでは野良着姿も垢抜けてきた。たまには鍬《くわ》を担いで街道に出てみるのだが、誰も怪しまぬ。隠居を理由に一切の交誼《こうぎ》を絶っているゆえ、肌が真黒に陽灼けし、月代《さかやき》が伸び放題でもかまわぬ。どこからどう見ても百姓与作であった。

むろん下屋敷に住まう家来どもは承知しているが、酔狂だなどと思う者はなく、「御隠居様は民草の労苦を偲《しの》ぶためにみずから百姓家に住まい鋤鍬を握っておられる」などという美談にすり替わっているらしい。

笑止、笑止。さても権威とは便利なもので、よほどの乱暴狼藉でも働かぬ限り、言動は何だっていいふうに解釈されるのである。そう思えば、いわゆる「名君」などは天下に一人もおるまい。

百姓与作こと御隠居様は、欠け茶碗で白湯《さゆ》など啜りながら、クックッと笑うた。

嫡男の頓死《とんし》によって挫折したかと見えた計略は、糞真面目な末子のおかげで順調に運んでいる。このままもう二年、いやもう三年ぐらい頑張ってくれれば、みごと計画通りに大名倒産。家来どもにはおのおの家禄《かろく》に応じた金を与えて召し放ち、家族はどこぞの大名家にお預けとなって幸せな余生を送る。むろんおのれは、柏木村の百姓与作でよい。きっと今にも増した美談が、勝手にでっち上げられるであろう。

「御隠居様。上屋敷より御家老衆が参上つかまつりました」

垣根ごしに蹲踞《そんきょ》して用人が言うた。聞こえぬふりをしていると、咳払いをしてから「ごめん」とひとこと言うて立ち上がり、用人は百姓家の庭に歩み入った。

たちまち御隠居様は、縁側から飛び下りてその足元に土下座した。近ごろはこの仰天するしぐさもずいぶん上達した。

「あいや、与作」

「へ、へい。とんだご無礼をいたしやんした。何とぞご勘弁下さいまし、御役人様」

「無礼の段は許す。あいや、与作。えーと――」

下屋敷用人の加島《かじま》八兵衛は忠義者だが、どうにも不器用なところがあって、なかなかこの舞台になじめぬ。

「えーと。ただいま上屋敷より御家老方々が参られての。えー、何だ。わからぬ」

「エッ、エエッ、御代官様がオラにご褒美を下さるだか」

「そうそう、そうであった。与作は働き者ゆえ、このたび褒美を頂戴できるそうな」

「ヒエー。果報じゃ、果報じゃ」

というわけでようやく舞台が収まり、御隠居様は田圃の畦道《あぜみち》を歩んで下屋敷へと戻った。みちみち用人がうしろから傘をさしかけても、知らんぷりを決めた。

裏玄関の駒繋ぎには、荷を振り分けに背負った駄馬が佇んでいた。一見したところ、今月のご褒美はなかなかであるらしい。四斗俵が二俵と、鞍にくりつけた麻袋の中味は銭緡《ぜにさし》であろう。

それから御隠居様はのんびりと湯に浸り、紬に茶羽織、宗匠頭巾《そうしょうずきん》というそれらしい身なりを斉《ととの》えて書院に入った。

秋の長雨は降り続いている。人の心はたいがい鬱々としておろうが、御隠居様はひとり上機嫌であった。

生真面目な倅《せがれ》は向こう一年、在国なのである。越後丹生山《にぶやま》の領分にいる限り、幕閣や諸大名と接することはない。しかも何事が起ころうと領分の外には出られぬ。すなわち向こう一年は、御隠居様とその腹心どもの天下であった。

「いやはや、小四郎めが国に帰ったとたん、まるで江戸の空が晴れ渡ったような気分じゃわい」

書院の上段に座るなり、御隠居様は他聞も憚らぬ声で言うた。

「あいにくの空模様ではござりまするが」

平塚吉左衛門は欠けた前歯を露わにしてお追従《ついしょう》を言うた。この筆頭家老は幼なじみの仲ゆえ気心が知れている。御隠居が是と言えば是。非と言えば非。ほかには何もない。そういう家柄に生まれたというだけの人物である。

まず、おのが悩みを打ちあけるによく、また歓びを分かち合うによく、しかしよくよく考えてみれば、いてもいなくてもよい。

一方、齢《よわい》三十なかばの天野大膳は相変わらず愛想がない。面白くもおかしくもない顔で、じっと御隠居様の胸元を見つめていた。

こやつには滅多な口がきけぬ。冗談もよほど選別せねばならぬ。しかし、いてもいなくてもよいはずはない。なくてはならぬ人物である。

つまり、平塚家は三河以来の陪臣であり、天野家は家康公が「御付人《おつけびと》」として遣わしたという両家の起源が、二百幾十年を経て今もそのまま二人の性格に顕現している。

「吉左《きちざ》も丹生山に帰りたかったであろう」

「それは山々にてござりまするが、野宿もいとわぬ貧乏道中など、この齢ではとてもとても」

五泊七日という信じ難い道中は、一人の落伍者もなく達成されたという。その顚末《てんまつ》は勘定方の橋爪左平次が、手紙に書いてよこしていた。

「もっとも、それがしには山々の気持ちにまさるお務めが、山のようにござりますゆえ」

などと言うて平塚吉左衛門は、ふたたび洞《うろ》のような口を開けて笑うた。

「して、その務めの成果はいかほどじゃ」

御隠居様はまっすぐに訊ねた。今月はいったいいくら掻き込んだか、まずはそれが知りたい。

天野大膳が膝元の風呂敷包みを、ずいと差し出した。

「金銀にてつごう二百十八両、および銭緡にて十三貫文にござりまする。米は二俵のみ持参いたし、三十六俵を明日お運びいたしまする」

書き物等は一切残さぬ。金、銀、銭の種類がまちまちであるのは、両替の手間賃が馬鹿にならぬということもあるが、のちのち両替商の手元に証拠を残さぬためであった。

「お検《あらた》め下さりませ」

二人の家老は口を揃え、頭を下げた。検めるまでもあるまい。百両包みの二分金に小判、丁銀《ちょうぎん》。十三貫文の銭緡は重いゆえ、馬の鞍にくくり付けたまま。嵩《かさ》は張るが金に替えればせいぜい一両一分というところで、つまりあらゆる手段で掻き集めた金銀銭から米までも、そっくりそのまま担ぎこんだわけである。

「その要はない。手の者にぬかりはあるまいな」

吉左衛門が答えた。

「常の通り、荷運びをいたしましたるは、平塚、天野の郎党にござりまする。御家来衆の耳にはゆめゆめ入りませぬ」

御隠居様はひとつ肯《うなず》いて、金銀の山に目を向けた。

「おのおの十両ずつ持ち帰るがよい。郎党どもにも、帰りがけに内藤新宿の飯盛女《めしもりおんな》を買うぐらいの駄賃はふるもうてやれ」

今さら口止め料のつもりはない。財政逼迫《ひっぱく》につき、家老以下重臣どもの禄は半知《はんち》借上げ――つまり半額に切って久しい。郎党を養うのもさぞかし難儀であろうと、御隠居様は気遣ったのである。

「かたじけのうござりまする」

吉左衛門はさっそく小判に手を伸ばしたが、天野大膳は毅然としていた。

「過分にござりまする」

「堅いことは申すな。おぬしの家もさぞ物入りであろう。妻女への祝儀じゃと思えばよい」

まあまあと宥《なだ》めながら吉左衛門がその羽織の袂に小判を落とし込んでも、大膳は得心ゆかぬ顔をしていた。

ここで臍《へそ》を曲げられても困る。齢こそ若いが天野大膳は、重臣たちの誰もが一目置く大器量である。大名倒産の一大計略を指揮する者は、こやつをおいてほかにいない。

「借上げた禄を返すのじゃ。うしろめたいことは何もあるまい」

すると大膳は、背筋を伸ばしたまま一重瞼《ひとえまぶた》をうっすらととざして、ひとりごつように言うた。

「御殿様お初入りの御用金はわずか四十両にて、それに引き較べ十両は過分と愚考いたした次第にござりまする。いささか大人げのうござりました。謹んで頂戴つかまつります」

柏木村の下屋敷は一万坪の上もあって、御庭の涯《はて》は武蔵野の雑木林に吞みこまれている。

その奥まったあたりに、東照大権現の御分社が鎮座ましましていた。もっとも、御分社と呼ぶにはいささか大げさである。正面三丈、奥行二丈の拝殿があるきりで、屋根などは石置きの板葺きであった。

例年十二月二十六日の御生誕祭と、四月十七日の御命日には角筈《つのはず》村の熊野十二《じゅうにそう》社権現から神官がきて祝詞《のりと》を上げるが、そのほかに何の祭があるわけではない。松平の氏姓を持つ大名の屋敷には、権現様が祀られていなければならぬ、というだけの話であった。

それでも、小石川の上屋敷や駒込の中屋敷のそれよりは、敷地が広い分だけ神社の形はなしている。

いつも通りに、米俵と十三貫文の銭緡を社殿に運びこませて、郎党どもは屋敷へと退がらせた。おそらく月例の奉納品としか思うてはおるまい。念入りの目くらましである。

肝心の金銀は御隠居様おんみずから捧持《ほうじ》して昇殿する。

今月はものすごく重いが、この重みを苦労と思う馬鹿もおるまい。

それにしても、金銀あわせて二百十八両。さらに十三貫文の銭緡《ぜにさし》に、つごう三十八俵もの米俵とは驚いた。

「でかした、でかした」

郎党どもと駄馬が鳥居の向こうに去るのを見届けてから、御隠居様は思わず本音を口にした。

「ところで、大膳。かような大金をどこから絞り出したのじゃ」

御神前に端座したまま、天野大膳は無表情で答えた。

「ははっ。こたびは御殿様お初入りにて、おのおのこれだけ用立てよと、出入りの商人どもに命じました」

難しい話をずいぶん簡単に言う。二十五万両という気の遠くなるような借金を抱えながら、もっと金をよこせか。

多くを語らぬ天野大膳にかわって、吉左衛門が言うた。どうせおのれは何もしておらぬくせに。

「まずは駿河町《するがちょう》から五十両。天下の大店《おおだな》が出すと申せば、ほかのお店《たな》も金額の多寡こそあれ、知らぬ顔はできますまい」

駿河町とは、日本橋駿河町の三井両替店の通称である。幕府御用金を請負う同店の威勢は絶大であった。

「五十両か。駿河町もよう出したものよ」

「それはもう、元締《もとじめ》番頭の清右衛門《せいえもん》とはかねてより昵懇《じつこん》の仲にございますれば」

そんなはずはあるまい。元締といえば三井両替店や越後屋呉服店を始めとする、全三井家の重役で、三万石の大名家の家老など歯牙《しが》にもかけぬはずである。昵懇どころか、もし茶を喫したり飯を食うたりする侍があるとすれば、老中若年寄、もしくはよほど大《たい》身《しん》の国持ち大名ご本人であろう。

だいたいからして、名だたる人物と「昵懇の仲」などありえぬ。そうした仲であるなら安易に名を出せるはずはないからである。要するに、どれほどのつきあいがあるのかどうかはともかくとして、「昵懇の仲」とみずから口にする者は、「虎の威を借る狐」の類と見てまちがいあるまい。

「ほう、さようか。吉左が三井の大番頭と昵懇とは初耳じゃな。しかしさほどの仲であるなら、五十両だの百両だのとけちくさいことは言わずに、千両万両の借金をちゃらくらにしてもろうたらどうじゃ」

吉左衛門は禿頭《はげあたま》を叩いてそらとぼけた。天野大膳は相変わらずむっつりとして物を言わぬ。御神前で向き合うたまま、三人はしばらく森を搏《う》つ雨音を聴いていた。

御隠居様は考えた。上屋敷に出入りしておるのは、「名代《みようだい》」と呼ばれる四十なかばの番頭である。それとて三井両替店のごとき大店となれば、幾十人もおるうちの一人にちがいない。おそらく幼い時分に丁稚奉公に上がって以来、少くとも三十年の叩き上げである。商人の道はかくも険しい。

それに引き較べ、上は大名旗本の御殿様から下は足軽小者《こもの》に至るまで、役職も家禄も世襲し続ける武士の人生の、何と安逸なことであろうか。畏《おそ》れ多い話ではあるが、公方様とてその例に洩れぬ。

そうした世の中が、戦もなくさしたる変革もないまま二百六十年も続けば、いずれが擡頭《たいとう》しいずれが没落するか、火を見るより明らかであろう。

むろん、上屋敷に出入りする「名代」の番頭でも、上座にふんぞり返っている家老や勘定方の侍より、何枚も上手なのである。

そうした名代が、五十両の大金をやすやすと出すものか。

なるほど、と御隠居様は得心した。お初入りの名目で金を集めた手口が読めたのである。吉左衛門にできることはせいぜい茶屋の接待ぐらいのものだが、大膳には知恵がある。

雨音が繁くなった。板葺屋根に雨漏りはせぬものかと、御隠居様は社殿の天井を見上げた。

「大膳。妙案であったのう」

さすがにぎょっと顔を上げてから、「畏れ入りまする」と大膳は言うた。

初の国入りは大名にとって、一世一代の祝事である。出入りの商人が祝儀をはずむのは当然だが、二十五万両の負債は返すあてもなく、この数年は金利さえ払わずに積み上がっている。そんな当家においそれと金を投げる商人もおるまい。

そこで駿河町のご威光である。しかし天下の三井両替店が、それなりに肚《はら》が太いわけではあるまい。

三井が音頭を取って、真先に五十両を出したのではない。そうと見せて、三井だけに五十両の返済をした。おそらく百両の返済をしたうえで、五十両の祝儀を出させたのであろう。

盆暮ならばともかく、一年の収穫が換金される前のこの時期に、返済をもぎ取るというのは名代番頭の殊勲で、けっして悪い話ではない。

そしてむろん、たった五十両の返済で二百両余の大金を掻き集めたるは、天野大膳の殊勲であった。

「ひとつ訊ぬる」

御隠居様には気がかりがあった。いかに三井が音頭を取ったとはいえ、金貸しどもの足並みがぴたりと揃うはずもあるまい。どの番頭も即答はできずに、話をお店に持ち帰って主や上司に諮《はか》ったであろう。義理かけの祝儀とした店もあれば、貸金に上乗せした店もあるはずであった。

「銭金には素性がある。貰うた金と借りた金では大ちがいじゃ。その内訳が知りたい」

すると天野大膳は、ほんの一瞬ふしぎそうに、御隠居様の顔色を窺った。

「今さら何を申されまするか」

耳を疑うた。まるで叱りつけるような語気であった。のみならず、大膳は膝をにじって詰め寄った。

「よろしゅうござりまするか、御隠居様。これは丹生山松平家が命を捨つる戦にござりまするぞ。合戦には敵の素性も何もござりますまい。よって、踏み倒すと決めた銭金に、何の素性がござりますものか。貰うも百両、借りるも百両、このさき義理も欠く、返しもせぬ金ならば、すべてひとからげに百両の金にほかなりませぬ。滅多なことは二度と申されますな」

もっともである。不退転の決意がなければ、かような諫言《かんげん》などできまい。

深く肯いて、御隠居様は東照大権現の御神位を見上げた。家来に詫びるわけにはいかぬが、こうした家臣を配してくれた権現様に御隠居様は心から感謝した。

そもそも天野家は丹生山松平の臣ではない。御初代が入封の折に、権現様から賜わった付家老《つけがろう》である。戦国の合戦において多くの臣を失うた御家は、いざ大名に取り立てられたときすでに人材を欠いていた。政《まつりごと》に携わったのは付家老の天野家や、もとは丹生山の地侍であった佐藤家や鈴木家などである。

そのように故実を温《たず》ぬれば、二百六十年後に天野家の当主たる大膳が、江戸にあって家政を取り仕切っていることも、佐藤惣右衛門と鈴木右近の両名が、国家老として領知の経営にあたっていることも、すべて権現様のお指図通りという気がしてくる。

しかし、そのお指図通りでは御家が立ちゆかなくなった。

借金総額二十五万両。支払利息だけで年間三万両。そしてこの数年、歳入はせいぜい一万両。

この惨憺《さんたん》たる負け戦は、どこかでしまいにせねばならぬ。頽勢《たいせい》挽回の希望は絶えてなかった。

吹き入る風が、幣帛《へいはく》をからからと鳴らした。まるで権現様の御神霊に叱られているように思えた。

御神前に積まれた金銀はまさか賽銭ではない。すわ倒産のそのときに、家来どもの当面の生計《たつき》とし、かつ家族がみじめな思いをせぬだけの金、こう言ってしまえば身も蓋もないが、早い話が計画倒産の隠し金であった。

家宝の御刀や御具足ならともかく、まさか現ナマを熊野十二社権現の宝物殿に隠すわけにはゆかぬ。ましてや両替商に預けるなどとんでもない。

などと、あれこれ思案したあげく、やはりおのれの住まう下屋敷の中が最も安全な隠匿場所であるとの結論を得て、日ごろ詣でる人もない屋敷内の権現社に、掻きこんだ金銀を隠すことにした。しかるに、この種の伝説に則れば、かくなる場合は普請に従事した大工や左官を皆殺しにせねばならぬのだが、それはちと手間である。

こうした難題をやすやすと解決するあたり、御隠居様はやはり怪物と呼ぶほかはない。すなわち、あるときは百姓与作に、またあるときは茶人一狐斎《いっこさい》に変身するがごとく、ある朝卒然として職人甚五郎《じんごろう》に豹変したのであった。

かつて天保十四年、十二代慎徳院様のお供として日光社参の折、名工左甚五郎の「眠り猫」を眺めつつ、心ひそかに「わしのほうがうまい」と思うた。

あながち増上慢《ぞうじょうまん》とは言い切れぬ。てんで大名の器ではない御隠居様は、怖ろしいほど手先が器用で、かつ物作りの才覚や審美眼に恵まれていた。その点について限るならば、四人の男子のうち最も父親に似たるは、ちと頭は足らぬが作庭造園の名手である、次男の新次郎にちがいない。

十二代松平和泉守こと自称左前《ひだりまえ》甚五郎は、こともあろうにただひとりで、権現社の床下に隠し金蔵をこしらえたのである。

その出来映えというたら、一般公開できぬのが口惜しいくらいで、たとえば壁には「ねむり猫」ならぬ「さかり猫」の艶《なまめ》かしい彫刻が施され、柱には「昇り竜」はすでに手遅れと見て、いささか自虐的な「下り竜」のみが彫りこまれていた。

かくして大名倒産の計略は、準備万端おさおさ怠りなく進行しているのである。

「ところで――」

ふと思いついて、御隠居様は平塚吉左衛門を振り返った。どうにもこの老臣が、何をしたとも思えぬ。

「吉左、おぬしは何をしたのじゃ」

またしてもまっすぐに御隠居様は訊ねた。

「ははっ。こたびの計略においては、天野が攻め手、それがしは守り手と心得まする。すなわち、天野が商人を敵に回して戦うている間、それがしは質素倹約を家中に徹底せしめ、月々の賄料《まかない》や諸経費を、米一粒、銭一文でも浮かすよう心を摧《くだ》いておりまする」

胸を張るほどたいそうな仕事とは思えぬが、つまり吉左衛門がそうして心を摧いた結果、月に三十八俵の米と、十三貫文の銭緡《ぜにさし》が浮いたらしい。

「で、どのようにして米を倹約するのじゃ。伝馬町の牢でもあるまいに、まさか盛り切りの一膳飯とは言えまい」

政庁たる上屋敷の勤番者は、月番交代でおよそ百人が門長屋に詰める。朝飯は賄付き、昼食は弁当、夕飯は自身賄いというが当家のならわしである。すなわち三食のうち二食をふるまわねばならぬ。

「お畏れながら、そのマサカにござりまする。つまり、おかわり禁止」

御隠居様はうんざりと溜息をついた。セコい。セコすぎる。

「味噌汁は椀の底が透けて見える程度に薄く、香香《こうこ》はなるたけ古漬にして塩辛く、梅干は筋向かいの水戸屋敷からのご進物で間に合わせまする」

「文句は出ぬのか」

「ははっ。悉皆《しっかい》ござりませぬ。ご家来衆は夕べになれば、水道橋の屋台やら濠端の飯屋にくり出しまする。よその御家では歩一《ぶいち》、歩二《ぶに》の減俸など当たり前、中には半知となって酒の一合も飲めぬ侍もござりますれば、朝飯が盛り切りになったぐらいで文句など言えますものか」

いよいよセコい話になってきた。人は誰しも六十を過ぎればみみっちくなるものであるからして、なるほど天野が攻め手、平塚吉左衛門が守り手というは、適材適所と言えるのやもしれぬ。

「あいわかった。ではこれより、金銀を隠し蔵に納むる」

傍目《はため》のなきことを確かめて御神殿の扉を鎖《とざ》すと、雨音が遠のき、灯明《とうみょう》の輝きがまさった。

御隠居様は神官のごとく身をこごめて御神前に上がり、まずは御太鼓をドドンドンと叩く。そして板敷にそろそろと足袋のあしうらを滑らせて、いきなりドンと蹴った。すると一瞬の間を置いて、畳一畳はあろうかという欅《けやき》の一枚板が、ぶきみに軋みながらせり上がってきた。

これぞ前《さき》の松平和泉守こと名工左前甚五郎が畢生《ひっせい》の傑作、というか後にも先にもこれひとつしかこしらえていない天才の手になる、隠し金蔵の入口であった。

二人の家老は「おおっ」と声を上げた。このからくりばかりは、何度見ようとそのつど驚かされるのである。実に一般公開できぬのは痛恨事であった。

御隠居様は手燭《てしょく》をかざして階段を下りた。神殿の床下ゆえ身丈のある御隠居様はおつむに気を付けねばならぬが、それでも広さは十分であった。四方の壁に作りつけられた棚は、まだ新木の香りを漂わせており、勢い余ってこしらえた「さかり猫」も「下り竜」も、湿気を吸っていよいよ色鮮やかに凄味を増して見える。

御隠居様は手燭を回して隠し金蔵を見渡した。

書き物は一切残していないが、この半年ばかりの間にせっせと貯めこんだ金は五百両を超える。そこにきて今月は望外の二百両余、このまま行けば文久二年度予算一千両達成も夢ではない。

最終目標は一万両。出るものは舌をも出さず、入るものはビタ一文見逃さず、そしてあの生真面目な小四郎めが御家大切と踏ん張れば踏ん張るほど、この隠し金蔵には金銀が集まる。よってこれもまた、叶わぬ夢ではないと思う。

はっきり言うて、世に一万両相当の物持ちは珍しくもないが、一万両の金持ちはまずいない。現金とはそういうものである。

御隠居様は知っている。いかに物の値が上がろうとも、やはり安全かつ有利な資産といえば、現金のほかにないことを。

天野大膳が三宝に載せた金銀を捧げ持ち、平塚吉左衛門が銭緡《ぜにさし》の詰まった麻袋を抱えて、ともによろめきながら階段を下りてきた。

「おのおの苦労であった。本日よりまたいっそう念を入れて勤めい」

金銀銭をそれぞれ新木の棚に納めると、御隠居様は二人の家老に命じた。

「国元からの報せによれば、今年は常になき豊作じゃそうな。しかるに、作柄は商人どもがすでに承知しておるであろう。こたびは義理をかけたことでもあるし、暮の掛け取りはさぞかし気合がこもるはずじゃ。よいか、出るものは舌をも出すな。入るものはビタ一文見逃すな。心してかかれ」

ははっ、と二人の家老はほの暗い隠し金蔵の床に平伏した。

江戸は秋霖の時節である。越後も雨であろうかと、御隠居様はつかのま瞼をとざして、黄金色に波打つふるさとの景色を胸に描いた。

十六、北《きた》之《の》丸《まる》御《ご》重役会議《じゅうやくひょうじょう》

前略　常乍《つねながら》御無礼之段被許度《ゆるされたく》　不取敢《とりあえず》御用件耳《のみ》一筆啓上仕　候《つかまつりそうろう》
昨閏《うるう》八月二十三日亥刻《いのこく》　丹生山《にぶやま》御城内北之丸御兄君喜三郎《きさぶろう》様御静養所而《にて》
重役会議有之候《これありそうろう》ニ付《つき》　応召人銘々如　斯《めいめいかくのごとし》
松平喜三郎様　但御就牀之儘《ただしごしゅうしょうのまま》
国家老佐藤惣右衛門　並《ならび》ニ鈴木右近
御近習磯貝平八郎並ニ矢部貞吉
比留間伝蔵　新参者ニ付未　識　正体《いまだしょうたいしらず》
併而《あわせて》拙者被召出候得共《めしだされそうらえども》　特段御下問無之《これなし》
先《まず》ハ喜三郎様依《より》　若《もし》御当家倒産ト相成候ハ《あいなりそうらわば》
東照大権現様始メ御先祖様ニ対　奉　無申訳《たいしたてまつりもうしわけなく》
就而《ついて》ハ各々　御家復興之為　不惜身命《しんみょうおしまず》尽力可致《いたすべし》ト御言有之　候《おことばこれありそうろう》
御病状御重篤ト拝察仕　候　得共《つかまつりそうらえども》　御聡明ニ被在《あらせらる》
続而《つづいて》御殿様被仰出　候　事　如　件《おおせだされそうろうことくだんのごとし》
一、君臣一同節倹ニ相　務　可事《あいつとむべきこと》

一、地方《じかた》収税無違《たがいなく》執行可致事《いたすべきこと》
一、殖産興業ニ相務可事
以上御報知耳而《おしらせのみにて》　御隠居様迄御上覧被奉度御願上候《たてまつられたくおんねがいあげそうろう》
草々
平塚吉左衛門様
天野大膳様
閏八月二十四日夜更灯下　認《したたむ》
橋爪　左平次
「新参者で悪かったたな」
書きおえたとたん耳元で囁《ささや》かれ、橋爪左平次はヒャッと叫んで膝立った。
「正体が知れぬ、か。べつだん隠しておるわけではない。知りたくば教えて進ぜよう」
背うしろに忍び寄られて気付かぬはずはない。こやつは気配を消していたのだと思うと、首筋が寒うなった。
「いや、拙者に他意はござらぬ。江戸の御家老方が、こたびの御初入りをたいそう心配なさっておられての。まめに便りを認《したた》むるよう、申しつかっておるのだ」
比留間伝蔵は徳利の酒を湯呑に注いで、「おう」と左平次の胸元につき出した。したたか酔うているようだが、酔うたふりとも思える。

「飲まんか、橋爪殿。他意なきはこちらも同じでござるよ。どうにも寝つかれずに独り酒を酌んでおったのだが、そこもとのお部屋にもいまだ灯がござるゆえ、されば一献《いっこん》いかがかと罷《まか》り越した次第じゃ」

何をしらじらしい。気配を消して手紙を盗み見しておったくせに。それにしてもこやつ、ただものではない。

しかし、相手がそう言うのならここは穏便にすまそうと思い、左平次は茶碗酒を押し戴くと一息に呷《あお》った。

仮に背後からすべてを読まれていたとしても、怪しむべき内容ではあるまい。病牀《びょうしょう》の喜三郎様をまじえて、御家復興の会議が催されたことを、江戸家老に報告したとしか読めぬはずである。もっとも伝蔵にしてみれば、「新参者ニ付未識正体」は不愉快であろうけれど。

「厳しい道中にござったゆえ、たがいに名乗り合うことも忘れておったのだ。いやはや、ご無礼をいたした」

左平次は謙《へりくだ》って言うた。苟《いやしく》も奉行職にあるおのれが、新参者の下《しも》に立ついわれはないのだが、どうにもこの侍には妙な貫禄があった。四十なかばと思える齢のせいばかりではない。難しい道中もうまく仕切っていたし、何よりも御殿様が恃《たの》みとしているように見える。

「すでにご存じとは思うが、勘定方を相務むる橋爪左平次にござる」

そこでようやく、比留間は尻ひとつにじり退がって頭《こうべ》を垂れた。

「今さらながら、比留間伝蔵にござりまする。新参者とは申せ、さて御当家に仕官が叶うたのやら、あるいは急場しのぎの寄騎《よりき》みたようなものか、自分でもいまだようわかりませぬ。よって、こちらから名乗るのもおこがましいかと思いましたる次第にござる」

そんな馬鹿げた話があってたまるか。御家来なのか雇われ者なのかわからぬなどと。しかも重役会議に召し出されておるのだぞ。

いよいよまして正体が知れなくなった。何だ、この貫禄は。

「お名前はかねて存じ上げておる。では、召し抱えられたるかご加勢かはともかく、いったいどのようなご縁にて、ここにこうしておられるのだ」

返した湯吞になみなみと酒をついだ。伝蔵は盃でも上ぐるように飲み干して、にっかりと笑うた。黙っていると近寄りがたいが、笑顔のよい男である。

「酒と申せば伏見の下り酒とばかり思うておったが、この酒はうまい。やはり越後は米どころにござるの」

そういう話ではない。正体を明かせと言うておるのだ。

秋近しとはいえ蒸し暑い晩で、雨戸を開け放った庭先では鈴虫が鳴いていた。

しばらくの間があった。ひとつ茶碗でふるさとの酒を酌みかわし、虫の声に耳を傾けているうちに、左平次の心はしどけなく緩んだ。

やはり丹生山は生まれ育った土地である。御殿様から直々に、道中の供をせよと命じられた折には、まずいことになったと思うた。しかし一方では懐郷の情もまさった。妻や子らにたまらなく会いたかった。

「あまりお引き留めしてはならぬ。御屋敷では奥方もお待ちかねであろう」

「いや、ご心配なく。きょうは丸一日、自宅にて休ませていただいた。やらねばならぬことはいくらでもござるし、これより宿直《とのい》のつもりだ」

役方のお勤めは六ツ半上がりの八ツ下がりと定まっている。つまり夜の明けきらぬうちに登城し、午下《ひる》りのまだ日の高いうちに下城する。よって夜も更けた亥刻からの会議は、非常であった。

「勘定方の仕事は、いくら働いてもきりがない」

おや、と左平次は顔をもたげた。おのれが零《こぼ》した愚痴ではない。伝蔵がそう言うたのだ。

「ああ、生意気を申し上げた。実はそれがし、かつてさる大名家の勘定方を務めており申した」

なるほど、これで読めた。御先代様は御家を上手に倒産せしめるおつもりだが、御当代様は真正直に、どうにか復興せんとなさっておられる。そこで、よその大名家から辣《らっ》腕《わん》の勘定役が引き抜かれてきた、というのはどうだ。

もしどこぞの御家からご助力があるとすれば、御歴代の婿取り嫁入りが重なって、血縁が濃ゆいとされる米沢の上杉家。

いや、今どき人材に余裕があるといえば、よほど裕福な国持ち大名か。たとえば将軍家よりも金持ちと噂される、加賀百万石。あるいは五百万両の借金を踏み倒したという、薩摩七十三万石。

「ほう。もしやそこもとは、財政再建のために雇われたか。だとすると、拙者はいい面の皮じゃの。で、どこの御家から参られた。ご縁戚の米沢か、それとも百万石の助太刀か。五百万両をちゃらくらにしたならば、二十五万両の借金など物の数ではあるまい」

言いながらだんだんに腹が立ってきて、左平次は伝蔵の手から徳利をもぎ取ると、ぐびぐびと咽《のど》を鳴らした。

「どうした、比留間殿とやら。知りたくば教えてやろう、などと大見得を切りおって。その偉そうな物言い物腰から察するに、どうせ当家などは歯牙にもかけぬ大身《たいしん》の御大名家の御家来なのであろうが、そうならそうと正直に申されるがよい」

伝蔵は苦笑して、首筋に手を当てた。はて、その笑顔にはかねて見覚えがあるような気がするのだが、他家の勘定方とは交誼《こうぎ》などなかった。

侍のくせに人あしらいのうまいやつめ、と左平次は思うた。相手が怒れば笑うていす。隙を見せれば高飛車を振る。千両万両の金を扱う大身の勘定方とは、このように商人《あきんど》めいておるのやもしれぬ。

「いやあ、参った、参った。実はそれがしの正体は、御殿様も御近習衆も正しく承知なされてはおらぬのだ。あれこれ語れば、かつての主家の恥にもなるしの。しかし――」

と、伝蔵はふいに笑顔をとざして左平次をぐいと睨みつけた。うまい。海千山千の商人どもと駆け引きをするには、こうでなければならぬのだ。

「しかし、どうした」

「いや、しかし――」

気を持たせるな。これではまるで、台詞《セリフ》を忘れたかと思わせる団十郎の芸ではないか。

「やはり、今さら言えぬはござるまいの。では、そこもとには包み隠さず打ちあけるゆえ、皆々様にはご内密に」

「承知いたした。けっして他言いたさぬ」

「江戸表にも」

伝蔵は思わせぶりな流し目を、密書の置かれた文机にちらりと向けた。

「あいわかった。して、おぬしの正体は」

上杉か。前田か。島津か。ああ、胸がときめく。その正体を明かしたとたん、比留間伝蔵が隈取《くまど》りもものすごく、満場の喝采を浴びつつ飛び六方に花道を去ってゆくような気がした。

「それがし、豊後杵築《きつき》三万二千石、松平大隅守が家来にござった」

御庭のどこかで、鹿おどし《しし》がコンと鳴った。

知らぬ。聞いたためしもない。「ブンゴキツキ」。西国のどこかしらか。三万二千石といえば、当家《うち》と乙甲《おつかつ》。松平と称するからには御家門《ごかもん》だが、珍しくも何ともないどころか、御殿様の何人かに一人は松平。もし合戦になろうものなら、昇旗《のぼりばた》は三葉葵だらけでわけがわからず大騒ぎ。

　ふうん、と左平次は力なく答えた。

「して、その松平様の御勘定方が、なにゆえ当家のご助勢に」

「財政の立て直しに苦労をいたしましてな。ほとほと嫌気がさして、武士を捨てたのでござるよ。さりとて仏門に入るほどの覚悟はなく、元手のいらぬ小商いでもして、日々を凌《しの》いでゆければよいと」

　そこで左平次は、アッと叫んで指を突き出した。

「どこかで見覚えがあると思うておったら、おぬしは水道橋の水売り！」

　そういえば、「エー、ひゃっこい、ひゃっこい」という水売りの声は、今年に限って暑いうちから耳にしなくなった。

　この顔、この声、まちがいない。そう確信したとたん、左平次はむしろ神妙な気分になって背筋を立てた。

　深い事情を聞きたくはない。武士を捨てた男が、請われてふたたび武士に戻った。おそらく、縁もゆかりもない大名家を再建するために。

　いったいこの侍はどうして、恥の上に恥を塗り重ねるような真似をしたのであろう。

　そう思えばこそ、何も聞きたくはなかった。

「お子は」

伝蔵が淋しげに訊ねた。

「嫁入り前の娘と、元服前の倅、その下にだいぶ齢の離れた、恥じかきッ子の男子がおり申す」

「さようでござるか。ならば、こたびのお国入りは、さぞかし楽しみでござりましたろう」

「それはもう」

と言いかけて、左平次は口を噤《つぐ》んだ。武士を捨てたのなら、妻子はどうなったのであろう。まさか家族もろとも、水売りの暮らしに甘んじたはずはなかった。もしや刀とともに妻子をも捨てたのではあるまいか。

身につまされる。おそらく勘定役の苦労は、勘定役にしかわかるまい。商人どもにはせっつかれ、上役からは叱られる。御家の借金は多年にわたって積もり嵩《かさ》んだものであるのに、おのが不始末のように言われる。いっそ何もかも捨てて逐電《ちくでん》したいと思うたことも、一度や二度ではなかった。

「いいお国でござるのう。水はよし、米はよし、魚もうまい」

そう言うてしみじみと茶碗酒を啜る伝蔵が、いったい何を考えているのかと思えば胸が痛くなった。

「冬は雪の中にござるぞ。いずこの国にも国人《くにびと》の苦労はあるものだ」

「雪か」と、伝蔵は天井を見上げた。

「それがしの里は西国ゆえ、雪は降らなんだ。やはり水はよし、米はよし、魚もうまい。しかるに、夏の日照りと秋口の大嵐には往生いたした。たしかに、いずこの国にも国人の苦労はあるものだ」

それから伝蔵は、またちらりと文机に目を向けた。

「のう、橋爪殿――」

まったくこやつは、間の取り方がうまい。おそらくは交渉事の達人であろう。金を返せだの返さぬだの、利息を詰めろだの詰められぬだの、そんなやりとりはいくらくり返したところで埒《らち》があかぬ。物を言うのは無言の間である。勘定方と商人はたがいの顔色を窺いながら、落としどころを探る。

「はっきりと物申されよ」

「慮外者《りよがいもの》と思わんでほしい。それがしは三度の飯と寝酒ぐらいは頂戴いたすが、御当家の御禄は食《は》まぬ。下さると申されてもお断りいたす」

「しからば、何のために」

すきま風に灯火がよろめいて、比留間伝蔵の影がはかなげに揺らいだ。

「ふるさとを捨つるは、武士を捨つるよりもつろうござる。金があろうがなかろうが、ほかに仕官の口を得ようが得まいが、生まれ育った里に帰れぬのでは、誰も彼もが水売りにござる。それがしの冷や水を毎朝買うてくれた丹生山衆に里を捨てさせてはならぬと思い詰め申して、僭越と知りながら御殿様に加勢いたす気になり申した」

ありがたいとは思う。だが、二十五万両の借金に対して一万両の歳入しかないこの財政を、再建する手立てなどあろうはずはなかった。御隠居様のお考えは正しいのである。今や最善の方法は、それしかないのだから。

「無理じゃ。できることならば、とうに拙者がやっておるわ」

目をそむけず、真向から伝蔵を見据えて言うた。

「たしかに無理であろう。しかし――」

そこでまた言葉を切り、伝蔵は白目のまさった三白眼をくわっと瞠《みひら》いた。

「無理ならば仕方がない。武士の死に処《どころ》を得ただけだ」

越後丹生山領内より出羽へと向かう間道に、橅《ぶな》の森に蓋《おお》われて昼なお暗き峠がある。

街道を行かずに、わざわざこの峠を越えんとする旅人は稀である。たとえば凶状《きょうじょう》持ち。たとえば駆け落ち。たとえば食いつめた百姓の逃散《ちょうさん》。たとえば足抜け女郎。臑《すね》に傷を持たぬといえば、あえて険阻《けんそ》なる山道を抖擻《とそう》して出羽三山をめざす、修験ぐらいのものであろうか。

だいたいからして、なにゆえこのような古道が豁《ひら》かれたのか、それがわからぬ。凶状持ちや逃散人が、道をなすほど多いとは思えぬし、一面がほったらかしの橅の森では、伐《き》り出しもなく、炭焼きも住まぬ。しかしなぜか半間幅の道はついているのである。

「あー、それにしても、ヒマじゃのう」

仁王丸《におうまる》が大あくびをすると、まわりに群れる猿たちも、こぞって口を開けた。

こいつらはおらを猿だと思うているのか。

気持ちが挫《くじ》けて怒鳴りつけても、なぜか猿どもはすっかり仁王丸になついていて、逃げようとはせぬ。

峠の頂は急峻な岩山である。登りつめれば橅の森は目の下に払われて、海が一望された。しかもそのあたりは奇岩景勝の海岸で、沖合には粟島《あわしま》、晴れていれば佐渡も手に取るようだった。

仁王丸は山賊である。ただし柄に似合わぬ弱気の虫が災いして、乱暴狼藉は働いていないから、「自称山賊」と言うたほうがよかろう。

つまり、身の丈六尺余の筋骨隆々たる体躯《たいく》に熊皮など着て、わけありの旅人の前に悪相ものすごくのそりと立てば、たいていは腰を抜かして有金残らず差し出す。しかもわけありは訴え出ることもできぬので、山賊退治の捕方《とりかた》が来る心配もない。

かくして、彼が「橅峠の山賊仁王丸」を自称してから、かれこれ三年の歳月が流れていた。

「おめがた、たまにゃ食い物を運んできたらどうだ。まっだく、何の因果で猿まで食わしぇねばならねえだか」

などとぼやきながら、仁王丸は村里の畑からくすねてきた芋だの豆だのを、「ちょうだいな」とばかりに並んだ猿どもの掌《て》に渡した。

塒《ねぐら》は山中の洞窟で、猿どもも一緒だった。もろともに猿玉となって眠るので、冬は暖かい。そんな具合だから、猿どもに猿と思われても仕方なかった。

もともと仁王丸は、山麓の村に母ひとり子ひとりで暮らしていた。ささやかな畑を耕し、山に猪や鹿を狩り、谷川に岩魚《いわな》を追って育ったのだから、人里を離れてからも食うに不自由はなかった。それどころか、猿を食わせるぐらいの甲斐性はあった。

では、なにゆえ山賊なのかというと、三年前におふくろに死なれたとき、捨て鉢な気分になったからである。

たいそう面倒見のよいおふくろであった。四十にもなる倅を、まるで童《わらし》のように可愛がった。

独り身の男にマメな老母の影、というのは世の中ままある話で、仁王丸も例に洩れず、嫁を取る気などさらさらなかった。

そのおふくろが、秋風の立つ豆畑で死んだ。とたんに仁王丸は、労《いたわ》ってくれる村人たちも、住みなれた家も、おふくろが倒れた畑も、何もかもが嫌になって山に入ったのだった。

まあ、それはそれでわかりやすい顚末ではある。しかし、山賊になろうと思い立つには、まだ飛躍があろう。もともと彼は、面構えにも図体にも似合わぬ小心者なのである。人を殺《あや》めて金品を奪うなど考えも及ばなかった。

幼いころから親しんだ村芝居に、「大江山」と題する人気の演《だ》し物があった。源頼光《らいこう》ひきいるつわものどもが、大江山に盤踞《ばんきょ》する酒呑童子《しゅてんどうじ》を征伐する、という古来の物語である。

仁王丸は坂田金時の役を熱望していたのだが、生まれついての悪相と巨体のおかげで、酒呑童子に祀り上げられた。

いやいや引き受けたものの、いざ衣裳をつけてみれば、これがおのれでも仰天するような嵌《は》まり役、そのうえ隈取りの必要もなく地顔で十分。かくして大評判を得た「大江山」は、秋の村芝居では定打《じょう》ちとなり、怖ろしげな酒呑童子をひとめ見ようと、城下からも人がおし寄せるほどであった。

「仁王丸」は芸名である。実の名は「善助《ぜんすけ》」という。つまり酒呑童子の役が善助では笑いぐさだから、村長《むらおさ》がそれらしい芸名をつけた。そのうち姿かたちにそぐわぬ本名は忘れ去られ、おふくろまでが「仁王丸やい」なんぞと呼ぶようになったのである。

里の暮らしに未練はないが、秋のかかりに風に乗って鉦《かね》や太鼓が聞こえてくると、今いちど舞台に立ちたいと願い、その思いが昂《こう》じてついに今の世の酒呑童子に変じたのであった。

ぼんやり海を眺めていると、子猿が肩に乗ってきた。仁王丸の赤い髪をかき分けて、虱《しらみ》退治を始めた。

大江山の酒呑童子は、越後の生まれだったという。あるいは、越後の海岸に漂着した異人であったとも。その異人が肉を食らい葡萄酒を飲む姿は、人を拐《かどわ》かして食い生血を飲むと誤解された。

「のう。もしや、おらの父《とと》は異人だか」

言うたとたんに唇が寒くなった。酒呑童子の役に嵌まってからずっと、その疑いが頭から離れなかった。まさかおふくろを問い質すわけにもゆかぬ。

髪も髭も赤い。瞳は青く、肌は白い。だから巨軀《きょく》と相俟《あいま》って、酒呑童子の役があれほど似合ったのだ。

子猿は答えてくれぬ。何もせず、何も思わずに時は過ぎて、いつしか海の色は茜に染まった。

「さあさ、うすら寒《さあめ》し腹もすいだし、ぼちぼち帰るべ」

仁王丸が立ち上がって伸びをすると、猿たちもみな真似をした。こいつらがみんな子分ならば、おらもいっぱしの山賊なんだがなと仁王丸は思った。

山中にはあちこちに洞《ほら》がある。子供の時分には隠れ鬼などして遊んだものだが、よもや四十を過ぎて、本物の鬼になろうとは思ってもいなかった。

西陽の洩れる森は黄金《こがね》色に輝いている。葉が落ち切れば雪が来る。それまでせいぜい干肉や干魚をこしらえて、冬を越す仕度をしなければならない。

もう若くはなし、越せる冬も数えるほどであろうと思う。だが、里に下りるつもりはない。異人の血を引く鬼ッ子ならば、酒呑童子のように生きて、首は取られぬにしても猿どもに見取られて往生できればいい。

「懺悔《さんげ》懺悔、六根清浄」

木《こ》の間を縫うて掛念仏《かけねんぶつ》が聞こえてきた。山道を抖擻《とそう》して出羽から越後へと向かう修験である。

岩蔭に身を隠してやり過ごした。修験だけは脅かさぬと決めているのは、何も聖《ひじり》を敬しているからではない。出羽に向かう者ならば前夜、この時刻に峠を下る者ならば今夜、丹生山御城下の浄観院を宿坊とするはずだからである。

その真言の寺には徳の高い上人様がおられて、飢饉の折には村人たちの命を繋いで下さった。仁王丸もいくたび救われたか知れなかった。

上人様は食い物をめぐんで下さるばかりではのうて、間引きされる子を寺に引き取って育てた。まこと活き仏であった。

おふくろの亡骸《なきがら》を背負って訪ねたのも、浄観院であった。お経のひとつも上げねば往生できぬだろうし、銭も供物もないのでは上人様の情けにすがるほかはなかった。

五里の道を歩きつめて、蘆川のほとりの浄観院を訪ぬれば、上人様は「孝行な倅じゃ」と老いた頰にほろほろと涙を零《こぼ》されて、おふくろを引き取ってくれた。

無縁墓でよろしいか、と上人様はおっしゃった。仁王丸はありがたさに泣いた。どこぞから身籠《みごも》った体で流れてきて、村はずれに住みついたおふくろには、入る墓がなかった。土饅頭に埋めるくらいなら、浄観院の無縁墓は御殿のようなものだった。

「懺悔懺悔、六根清浄」

遠ざかってゆく掛念仏に向こうて、仁王丸は掌《て》を合わせた。

今も十五日の月命日には、山を下りて墓参りにゆく。供物がわりに茸や薬草を携え、実りのない季節には通草《あけび》の蔓《つる》で編んだ籠などを届ける。

上人様は仁王丸がどこで何をしているか、よくご存じである。しかし、知ってはおられてもけっしてお咎めにはならぬ。御心は海のように広く、風のようにやさしい。

いつであったか、別れぎわにこう言うて下さった。

禍《か》福《ふく》は糾《あざな》える縄のごとしと申してな。悪いことがあれば必ずその分だけ、よいこともあるものじゃ。よって禍《わざわ》いにへこたれてはならず、また福に甘んじてもならぬ。

なになに。そんなことはない、おらの人生にはよいことなどひとつもなかった、と言うか。しからば、こそっと教えておこう。へこたれてはならぬぞよ。おまえの人生はたいそうな福を貯めておるのじゃ。四十年もよいことがなかったのは、この先の四十年がよいことずくめ、それで帳尻が合うのじゃよ——。

信じているわけではない。だが、上人様のお言葉は仁王丸の力になった。

塒《ねぐら》とする洞は、峠の頂から少し下った岩山にあった。ここも見晴らしがよい。遥けき海原を眺めているうちに夜も更け、やがて盆を傾《かし》がせたような半月が昇った。

猿どもが飢えている。上人様からいただいた米で粥を炊き、蘆川の塩引鮭をふるもうてやるか。

「うんだども、良《え》い齢こいでこのさきうんめえ話など、あるもんがい」

たいそうな福を貯めているなどと言われても、この暮らしでは福の授かりようがあるまい。いやそれよりも、酒も飲まずおなごとも縁がなく、これと言った楽しみもない仁王丸は、そもそも幸福がどのようなものか知らなかった。

「おらに福などあるもんがい。そげんこど、猿でもわかるべ」

猿どもはこぞって肯き、仁王丸は赤い髭をわさわさとこすりながら、海に向こうておのれの不甲斐なさを嘲笑《あざわろ》うた。

十七、御領分錦繍之彩《ごりょうぶんきんしゅうのいろどり》

午餐《ごさん》の腹ごなしに丹生山《にぶやま》御城下を散策する。着到以来十日、小池越中守の日課である。

家来衆は何人かの近習を残して江戸に帰した。

大手門に向こうて歩みながら、何気なく来し方を振り返り、越中守は思わず「おお」と声を上げて立ち止まった。

昨日は冷たい雨が降り続き、夜更けに火鉢が届くほどの寒さとなった。そのせいであろうか、からりと晴れ渡った空のもと、御天守を戴く丹生山の木立ちがみごとな錦に彩られていたのだった。

花が一夜《ひとよ》で咲くことはあろうが、葉が一夜で黄や赤に変わりもするのだなと、越中守は太い首を幾度も肯《うなず》けて得心した。

人間五十年とはいうが、たった五十年でわかることなど高が知れている。

楓のくれない。楢《なら》や橅《ぶな》の黄色。そして変わらぬ緑の松や杉。臥牛《がぎゅう》の姿をした丹生山は、一枚のつづれ錦にくるまれていた。

「いやはや、みごとなものじゃ。帰る国のある侍は、幸せじゃのう」

午下《ひる》りの散歩には、二人の陪臣のほかに道案内役が従う。間垣作兵衛という四十なかばの国侍である。身なりからすると軽輩だが、疎《おろそ》かにできる人物ではない。おそらくは松平和泉守殿の御養父であろう。蘆川《あしかわ》の簗場《やなば》での一件からすると、そうにちがいないのだが、ことがことだけに訊ねる気にはなれなかった。

それにしても謙虚な人物である。拝領妻を押しつけられ、なさぬ仲の子を育て、その御子が御殿様となっても、蘆川の鮭役人に甘んじている。

散策の折にも小さな影法師のように付き従うて何を言うでもなく、そのくせ越中守が何を問うても、答えられなかったためしがない。足軽の身分とはいえ、ひとかどの人物にちがいないと越中守は読んでいた。

「何とも美しい景色じゃ。実はそれがしも上州に采地《さいち》を持つのじゃが、城や陣屋があるわけではなし、年貢は庄屋に任せきりでいったいどのような里なのか、見たためしもないのだ」

足元に蹲踞《そんきょ》したまま、間垣作兵衛が謙《へりくだ》った小声で応じた。

「それはそれは、もったいのうござりまするな。大御番頭様の御采地ともなれば、さだめし美しい里にござりましょう」

もうじき采地から、番町の屋敷に米が届く。黴《かび》臭い御役米とはちごうて、甘くかぐわしい米である。よって家族の食う飯も、家来衆への禄も、この采地の米と決めている。

それは父祖代々のならわしなのだが、祖父や父の口から上州の采地の話は聞いた覚えがなかった。番町の屋敷に住み続ける譜代の名門ゆえ、采地だの地方《じかた》だのというおのが収入については現実味がなくて、別途に頂戴する御禄米としか考えていないのである。

あれほどうまい米が穫れるのだから、きっと美しい里なのであろう。間垣の言う「もったいない」の意味は、帰るべきふるさとに帰らない愚を指しているのではあるまいか。

「見飽きぬ景色じゃのう。一夜でこんなにも変わるものか」

「はい。越後は雪国にござりまするが、夏は夏で暑うござりまする。よって昨晩のようにふいの冷気が参りますと、かようみごとな景色が現れまする」

「ほう、なるほど。一夜でがらりと変わる種明かしじゃな」

「僭越《せんえつ》ながら今ひとつ。当家は古来、丹生山松平と呼ばれておりまする。丹生山はあれなる御本丸のお山にござりまする。秋になればかくのごとく丹朱《たんしゅ》を生ずるがゆえ、丹生山と称しまする」

「おお、さようであったか。丹生山のいわれは一夜にして丹朱に染まるがゆえか」

「いかにも」

越中守はいたく感心した。やれ粋だの鯔背《いなせ》だのと言うたところで、江戸には風流がないと思うた。人が多すぎ、町が広すぎて、ありのままの天然がないからであろう。

また、その風流をさらりと口にする作兵衛にも衒《てら》いがなくて、これはよほど風流を解する人なのだろうと思われた。

「おぬし、言葉が訛《なま》らぬのう」

つい口に出してしまってから、失言に気付いた。しかし作兵衛の答えに迷いはなかった。

「代々が江戸詰にござりまして、十二年前に国元へと帰参いたしました」

蘆川の簗場で見た光景を思い起こせば、ふたたび胸に迫るものがあって、越中守は思わず潤む瞳を風に向けた。

当代和泉守殿は算《かぞ》え二十一と聞いている。九歳まで育て、また育てられたのであれば、実の親子も同然である。詳しい事情は知らぬが、主君の身勝手で子を取り上げられた作兵衛は、主命により国元へと帰ったのであろうか。

「どうかなされましたか」

いや、とだけ越中守は答えた。想像をたくましゅうすればするほど、この侍の生真面目さが胸に応えた。

御先代が実子と認めたからには、拝領妻も召し上げられたのであろう。二人の間に子はなかったのであろうか。

越中守は咳《しわぶ》いて気分を晴らした。

「ところで、昼餉《ひるげ》の塩引鮭はうまかったのう。ついつい馬鹿の三膳飯を食ろうてしもうたわい」

三膳飯を食らう者が馬鹿ならば、おのれは三度三度の大馬鹿である。しかもここ丹生山ではその三度の飯に定めて鮭の切身が付く。食客の分際で四膳目はなかろうと、どうにか思いとどまっているほど飯が進む。

考えていた通り、地元で供される塩引鮭はものすごくうまかった。おそらく上物はご当地にて食うのであろう。

ずるい、と思うのは筋ちがいであろうか。しかしそう考えてしまうほど、越中守の鮭に対する執着心は強かった。

いくら地元でも三度の飯に鮭が付くこともあるまい。つまり、家来の誰かが越中守の鮭好きを伝えたのである。そこで鮭役人の間垣作兵衛に声がかかって、とっておきの塩引鮭が三度の膳に上るようになった。

そう信じているゆえ、いつか折を得て作兵衛のもてなしに感謝をしたいと思うていた。実にうまい鮭で、ついつい三膳飯を食ろうている、と。

ところが、意外な返答があった。

「畏れ入りまする。さは申されましても、蘆川の鮭はこのごろようやく溯上を始めたばかりにござりまして、ただいまお出ししている塩引は昨年の古鮭にござりまする。塩は熟《な》れておりますが、香りと味はやはり新物とは較べようもござりませぬ」

は、えっ、ええっ、較べものにならぬじゃと。毎日食うておるうまい鮭は、何と去年の残りもの。新鮭の香りと味は聞き捨てならぬ。

たかが鮭の話で取り乱してはならぬと、越中守は深く息をつき、心を鎮めた。

「ほう、さようか。それは楽しみじゃのう。で、その新鮭の塩引はいつ出回るのじゃな」

心を鎮めに鎮め、なるたけ他人事《ひとごと》のように、なおかつどうでもよいことのように言うた。しかし言うたとたんに唇が緩んで、だらりと涎《よだれ》が垂れてしもうた。悟られたか。

「まこと残念ながら、まだ三月ばかり先にござりまする」

フッと気が遠のいて、越中守は踏みこたえた。いくら何でも、大番頭五千石の御役目を放り出して、新鮭を待つわけにもゆくまい。しかしその一方で、ものすごくうまいと思う鮭とは「較べようもない」ぐらいの鮭ならば、小池の家と引き替えてもよいという、武断の気も覗くのだから怖ろしい。

越中守の沈鬱《ちんうつ》な表情をちらりと見上げて、宥めるように作兵衛が言うた。

「本年の塩引が出来上がりましたなら、きっと江戸表の御尊家に送らせていただきまする」

いやだ。そんなの、いやだ。上物は地元で食うてしまうに決まっている。

越中守はきつく瞼《まぶた》をとざした。落ちつけ。軽輩とは申せ、こやつは鮭役人なのだ。けっして鮭こそわが命だなどと悟られてはならぬ。御家と塩引鮭を引き替えてもよい、などと。

もしや新鮭を食うために帰参が遅れ、あわれ御家取り潰し、小池越中守は切腹と相成ったとき、捌《さば》いた腹の中からはイクラが溢れ出るのかと思うたところで、ようやく煩悩が去った。

「それは楽しみじゃ。首を長うして待っておるぞ。カッ、カッ、カッ」

豪傑笑いをしたものの、越中守の胸のうちは瞑《くら》かった。

さて、その胸のうちを読まれたのかどうか、間垣作兵衛が案内したのは大手筋の小体なお店《たな》であった。

ほかでもない、蘆川の鮭を塩引にこしらえて売る商店である。藍暖簾《あいのれん》の間から漂い出る匂いを嗅いだだけで、越中守はくらくらとめまいを覚え、ほの暗い天井から吊り下げられた無数の鮭を見たとたん、たまらず童《わらし》のように「ワー」と歓声を上げてしもうた。

旗本の御殿様がお出ましと聞いて、店の者はみな土間に平伏したが、鮭以外はてんで目に入らなかった。

「これは、新鮭ではないのか」

頭上を仰ぎながら越中守は、声を裏返して訊ねた。

「いずれも昨年の鮭にござりまする。新鮭は雄《おす》のみ選別いたしまして、七日間塩漬けにいたし、さらに塩抜きをしてから風に晒《さら》して干し上げまする。よって、まだこのさき三月はかかりまする」

なるほど。それだけの手間をかけてこそ、あの絶妙な塩かげんや、凝縮された旨みが現れるのである。

家来どももあんぐりと口を開けて鮭を見上げたまま声がない。たかが鮭とは言うても江戸ではなかなかの贅沢品で、賄《まかな》いの膳に上るのは、正月や節句の朝、もしくは式日の宴席と定《き》まっていた。

「いやはや、豪気なものですのう、御殿様」

家来のひとりがしみじみと言うた。この丹生山の里は景色がよいばかりではなく、水も酒も米もうまい。そのうえ鮭がどっさり揚がるとなれば、貧しさひもじさとは無縁なのではあるまいか、と越中守は思うた。

ではなにゆえ、嫁取手形などを振り出したのか。もしや金があろうと舌をも出さぬけちん坊か、それとも旗本を侮《あなど》っているのか。

いや、やはりそんなはずはない。御先代様は偏屈な御仁であったが、当代和泉守が実直で聡明な人物であることはよう知っている。

越中守は土間に片膝ついてかしこまる間垣作兵衛に目を向けた。

血は水よりも濃いとはいうものの、この足軽が身にまとうている質朴さは、どこか当代和泉守に通ずる。九歳の砌《みぎり》まで、よほど愛しみ育てたのであろう。そうでなければ、血の繋がりもなく、今や天地ほどの隔たりのある二人が、これほど似通うた気を漂わせているはずはなかった。

そして皮肉なことに、当代和泉守は顔かたちも背格好も、御先代様とよく似ているのである。

どこも似てはおらず、しかし漂う気ばかりが似ている作兵衛が哀れになって、越中守は潤むまなこをふたたび頭上の塩引鮭に戻した。たちこめる塩の辛さがいよいよ目にしみた。

待てよ。似ているといえば、作兵衛は鮭に似ている。げっそりと乾いて鼻梁《びりょう》ばかりが秀で、塩がよく熟《な》れて味わい深いところなど。

ああ。この侍は鮭役人の務めに打ち込むあまり、半分ぐらい鮭になっているのだ、と越中守は思うた。

妄想をたくましゅうしているところに、間垣鮭兵衛もとい作兵衛が言うた。

「どうぞ奥へとお運びなされませ。お目汚しかと存じまするが、新鮭の仕込みをご覧下さい」

何がお目汚しなものか。どれほど興奮してもけっしてかぶりついてはなるまいぞ、とおのれを固く戒《いまし》めつつ、越中守は天井に群れる鮭を見上げながら店の奥へと向かった。

二人の家来は大丈夫であろうか。散策の供連れであることなど忘れたように、越中守のすぐ背うしろで荒い息をついている。まさか「かぶりつくなよ」とも言えぬ。

間口は狭いが奥の深い店である。塩辛さが目にしみる土間をたどってゆくと、職人どもが立ち働く作業場があった。

「苦しゅうない。そのまま続けよ」

越中守はみずから命じた。突然の貴人の来訪に驚くふうはしたものの、職人どもは手を休めなかった。

蘆川の簗に揚がったものであろうか、内庭に鮭の詰まった叺《かます》が積み上げられている。

雄と雌とが手際よく分別されてゆく。塩引になるのは雄と定まっているらしいから、雌は肚子《はらこ》を取ったあと、焼くなり蒸すなりするのであろう。ああ、鍋。葱と大根で煮込んだ味噌仕立て。三膳飯を食うてきてよかった。

「なにゆえ雄ばかりを」

「ははっ。雌鮭は肚子に滋養を与え尽くして身は痩せ、脂も乗ってはおりませぬ」

「さようか。苦労よのう」

「雌鮭は必ずおのれが生まれた川に戻って産卵し、雄鮭もまた母なる川を溯って卵に精を与えまする」

「それは、まことか」

「さよう聞き及んでおりまする」

にわかには信じ難い。だが、ふるさととはそうしたものであろうと思えば、またしても思いが胸にこみ上げて、越中守は「塩がしみる」と眶《まぶち》を押さえた。

「何やら惨《むご》いことをしておるような」

「いえ、越中守様。鮭はそのようにして子をなせば、たちまち死にまする。わたくしどもは、そうした宿命のおすそわけを頂戴しているのでござりまする」

物は言いようであるが、この糞真面目な侍の口から出ればまことももっともらしく聞こえる。

「おすそわけ、か」

「はい。よって、お返しをせねばなりませぬ」

「ハ？　鮭にお返し、とな。何じゃいそれは」

「肚子を養うて稚魚を育て、川にお返ししております」

「ハァ？　供養か。放生《ほうじょう》か」

「いえ、越中守様。供養でも放生でもござりませぬ。さようにして川に返した稚魚は、数年後に必ずまた戻って参ります。それがしは十二年前に江戸より帰りましたる折、蘆川の橋の上にて、おのがなすべき務めを考えました」

「もうよい。汝《うぬ》の苦労話など聞きたくもないわい」

叱りつけながらも、見もせぬ場面が思い起こされて、とうとう越中守は咽《のど》を絞って泣いた。

妻も子も奪われて故郷に立ち帰った足軽は、あの蘆川の橋の上で、いったい何を誓うたのであろうか。

「畏れ入りまする。お赦し下されませ」

作兵衛は頭《こうべ》を垂れて非を詫びた。それにしても肝の据わった侍である。身分のちがいからすれば、震え上がって物も言えぬはずであるのに、挙措の逐一が堂々としている。

清らかに剃り上げた月代《さかやき》を見おろしているうちに、越中守は思い当たった。この者には嘘がない。打算も邪推も虚栄も、穢《けが》れた心が何もないのである。だから時には利用もされようけれど、顧みて天に恥ずるところがないゆえ、肝が据わって見えるのである。

似ている、と越中守は思うた。鮭に、ではない。和泉守殿は血の繋がらぬこの育て親に、まことよく似ている。

「して、お返しをしたそののちの首尾はいかがじゃ」

「ははっ。年を追うごとに、溯上する鮭の数は増しておりまする」

男衆が鮭を捌き、女たちがていねいに塩をすりこむ。

「蘆川が流れ入る黄金《こがね》ヶ浦《うら》の塩にござりまする。やはり鮭どもが初めて呑んだ塩水ゆえ、ようなじみまする」

「黄金ヶ浦か。それはまた、縁起のよい名じゃのう」

「奇岩のつらなる景勝の地にござりますれば、いずれご案内させていただきまする。江戸の海からは日が昇りまするが、越後の海には日が沈みまする。夕暮れにはあたり一面が黄金色に染まりますゆえ、黄金ヶ浦と呼ばれておりまする」

エッ、海に日が沈むとな。そんなばかばかしい話があってたまるか、と思いもしたが、間垣作兵衛がさような与太を飛ばすはずはなかった。つまり、お天道様は海から昇るわけではのうて、東より出でて西に沈むのであるから、西を向いた越後の海には、昇らずに沈むのである。

稚《おさな》い鮭たちが初めて泳ぎ出るその奇岩景勝の海を、ぜひとも見たいものだと越中守は思うた。

「ところで、間垣」

「はっ。間垣はこれに」

越中守は屈みこんで、間垣作兵衛の肩に手を置いた。

「おぬしは、よい侍じゃのう」

「もったいのうござりまする」

「詳しい事情は知らぬが、噂はかねがね耳にいたしておる。さぞかし肩身の狭い思いをいたしておるであろう。どうじゃ、和泉守殿にはそれがしからお頼みするゆえ、わが郎党とならぬか」

思いつきではない。江戸詰の侍が厄介払いで国に帰れば、居場所もあるまいと思うたのである。だからこれほど鮭に打ち込んでいるのであろう、と。越中守はそうした一途な男が、不憫《ふびん》でならなかった。

けっして悪い話ではあるまい。むろん、高禄にて召し抱えるつもりである。

「ありがたきお言葉、痛み入りまする。しかるに――」

続く言葉に、越中守は耳を疑うた。父祖代々の主家に背を向けられぬだの、和泉守の行末を見守りたいだのと言うのならまだ話はわかる。

間垣作兵衛は初めてうろたえ、しどろもどろでこう言うたのだった。

「それがしがおらねば、蘆川の鮭が絶えまする。わしが、このわしが面倒見ねばなりませぬ」

おぬしはやはり鮭か。

その日の夕刻、丹生山城下より蘆川を一里下った黄金ヶ浦に、あかあかと沈みゆく入陽《いり》を眺める二つの影があった。

たとえば、近在の漁村に住まう幼なじみの年寄りが、岬の巌《いわお》に腰を下ろしてふるさとの夕景色をあかず眺めている、とでもいう図である。

ひとりは醬油で煮しめたような襤褸《ぼろ》をまとい、薄ら禿《はげ》の蓬髪《ほうはつ》を振り乱し、手には破れた渋団扇《しぶうちわ》なぞ持って、まこと様子が悪い。そのうえ腹には血染みの晒木綿《さらし》が巻かれており、どうやら手負いか病み上がりであるらしかった。

もうひとりの老人は身なりがよい。しかしこちらも、どことなく人間ばなれしている。小柄なわりに頭ばかりが異様に長い。そのべらぼうな頭に繻子《しゅす》の頭巾を冠《かぶ》り、古木の杖などついて、瓢簞《ひょうたん》に満たした酒をぐびりぐびりと飲む。胸まで垂れた白髯《はくぜん》は夕陽に染んで朱い。そしてその小さな体からは、不老不死の輝かしい気が溢れ出ている。かたわらには従者と見える玄鹿《くろじか》が、悠然と草を食《は》んでいた。

——と、まあこのように見た目の図はいくら描くのも勝手だが、実はどう凝視したところで、そこには黄金ヶ浦の絶景を見おろす岬の巌があるばかりである。

神はましませども、人の目に映ることはない。よって人はしばしば、灼《あら》かなる加護をおのが力と信じて慢心する。あるいは、神に背かれてもなお、おのが努力の足らざるかと思うて要らぬ苦労をする。

海は朱をたたえたまま凪《な》いでいる。そちこちに松の緑をたくわえた奇岩が屹立《きつりつ》し、沖合には佐渡が横たわっていた。

「まあ、あんたの事情はたいがいわかったぞえ。三万石の御大名に取り憑《つ》いたはよいものの、槍をつけられて死に損ない、こともあろうに薬師如来に救われた、と。それで医者代のかわりに改心を誓うた、とな」

ハイハイ、と貧乏神は相槌を打った。こんなことになったおのれが情けなくてならず、物言えば口が腐る気がするのである。

「しかしのう——人の世に貧富のちがいが生じてより幾千年、ずっと戦い続けてきたあんたに今さら頼まれごとをされても、おいそれと引き受けるわけにはゆかぬぞよ」

だが、考えてはくれているのである。さすがである。神は元来、このように寛大でなければならぬ、と貧乏神は反省した。もっとも、寛大な貧乏神はよい神ではあるまいが。

この善なる神の名は、寿老人《じゆろうじん》という。もとは唐国《からくに》の神仙であるらしいが、さほど世に知られてはいない。そこで一本《ピン》では食えぬ似た者の福の神が集まって、「七福神」なる一座をなし、そこそこ人気を博していた。つまり、神の中では相当に下世話な、庶民の暮らしに最も近い神と言えよう。

「すでにご承知とは思うがの、わしらは七柱で一人前の神じゃによって、一座を組んだ昔から、自分勝手な仕事は禁じられておるのよ。やるとなったら七柱そろうてやらねばならぬ。ほかならぬ貧乏神の頼みじゃなどと、いったいどの口が言えるものか」

ごもっともである。だが、頼れる神はほかにいない。貧乏神はきらびやかな緞子《どんす》の袖に縋《すが》って、「そこを何とか」と食い下がった。人間には気の毒であるが、およそ神々の習性として、善なる神は性格が淡白であり、邪まなる神は執拗《しつよう》なのである。

「そう言われたって、あんた。無理を聞くほどの義理はあるまい。そこいらの居酒屋で、いくどか飲んだくらいの仲ではないか。しかも、あんたが勘定を払うたためしはただの一度もない。いつだってわしの奢《おご》りじゃ」

「まあまあ、そうおっしゃらず。ささ、ぐいといきなされ」

ぐいと呷《あお》ってから、「わしの酒じゃ」と寿老人は瓢箪をひったくった。

名前の通り長寿の利益《りやく》を授くる神である。その一点のみに利益を集約させているのは、神として見上げた心がけだとは思うが、やはり何でもかでも長生きすればよいというものではあるまい。たとえば寿老人と貧乏神が同時に取り憑いたらどうする。生き地獄ではないか。

よって長寿の功徳だけでは容易に賽銭が集まらぬと知った寿老人は、いわゆる七福神の一座に名をつらねたのであるが、まずいことにそこには「福禄寿《ふくろくじゆ》」という神があった。同じ唐国の神仙であり、べらぼうに長い頭や短軀《たんく》など、みてくれも似通っている。おまけに酒飲みである。そして功徳は「福」と「禄」と「寿」。憎たらしいことに、その利益を三つ並べて看板にしているのであるから、人間どもがどちらに手を合わせ、賽銭を投げるかは自明であった。

人の世になぞらえるなら、魚屋の並びに魚河岸ができちまったようなもので、まるで勝負にはならぬ。

「のう、寿老人さん。そっちだって長寿を授けて後悔した人間はままあったじゃろう。今後そういうときは遠慮のう言うて下され。わしが出向いてたちまち貧乏させるもよし、さらにと言うのであれば、厄病神やら死神やらに声もかけよう。どうじゃ、銭金も義理も、借りるよりは貸しを作っておくほうがよいとは思わんかね」

貧乏神は急に饒舌《じょうぜつ》になった。交渉の段になれば、狡知《こうち》に長《た》けた邪神は寛大な神を圧倒するのである。

「第一あなた、この不景気では出番がのうて、暇を持て余しておるじゃろう。恵比寿《えびす》、大黒《だいこく》、弁財天《べんざいてん》、毘沙門天《びしゃもんてん》、布袋《ほてい》、福禄寿、そして寿老人。そうそうたる七福神が世のため人のために何もせぬのは、いかに不景気とは申せよいことではあるまいて。そのぶんわしらばかりが忙しゅうてならぬなど、あってはなるまいぞ」

「じゃにしてものう、改心した貧乏神に頼まれたなど、話がややこしいではないか」

「いらぬ話はせねばよい」

貧乏神は金壺《かなつぼ》まなこをぎろりと剝いて、言葉少なに交渉を締めくくった。

ああそれにしても、何とすばらしい景観であろう。貧乏神はほくそ笑みながら、この夕映えの海の彼方からきんきらきんの宝船がやってくる日を、心ひそかに夢見た。

幕間

長い物語も、はやなかばである。思いも寄らぬ舞台に引きずり出されてしまった若き御殿様の運命やいかに。

ここまで書き進むうちに、しみじみ考えさせられた。私が生まれた昭和二十六年といえば、明治維新からわずか八十三年しか経っていなかったのである。それとて若い時分には遥かな歴史に思えたのだが、齢を食うほど「わずか」に感じられてきた。

その伝で言うなら、大正生まれの父は維新の五十六年後に、祖父に至ってはたった三十年後に産声を上げた。そんなふうに算《かぞ》えてみれば、通り一遍に学んだ歴史が、にわかにわがこととして迫ってくる。

祖父は徹底して金銭感覚を欠く人であった。酒と勝負事を好み、誰かれかまわず借金をし、にもかかわらず飲み食いの釣銭は受け取らなかった。つまりまったく常識にかからぬ人だったのだが、金銭を卑しむ武士の気風が改まらなかったのだろうと思えば得心もゆく。

その祖父にさんざ苦労を嘗《な》めさせられた父は、打って変わった吝嗇家《りんしょくか》であった。金銭のほかには信ずるものがなく、たとえば真理だの善美だのという尺度すら持ち合わせぬ人であったが、それもしや、節倹を旨とした武士の究極の姿だったのではなかろうか、とも思う。

そうしたわが家の歴史は不明である。ただひとつだけ、「御一新の折にはひどい目をついた」という伝承のみが残る。それがどのような災厄であったのかは伝わっていない。明治維新に際してひどい目に遭ったのなら、いわゆる負け組であろう。屈辱の記憶は子孫に伝えるべきではないから、事実は代を経るごとに希釈されて、さきの抽象的な、謎めいた文言となって私の耳に伝えられた。

しかし、今さらどうでもよいことではあっても、自分が時代小説などを書く立場になれば気になって仕方がない。そこで、史料を繙《ひもと》いて虱潰しに調べてみたところ、すこぶる珍しい私の本姓を名乗る家を、下谷稲荷町の一角に発見した。

どうやら私の祖先は、古地図の発行された安政三年、すなわちこの物語の六年前に、その界隈の御書院番大縄地に住んでいたらしい。旗本職の御番士様なのか、それとも付属の与力か同心なのか、そこまではわからない。いずれにせよ幕府瓦解ののちはあらましお払い箱で、当時の幕臣には貯えなどあるはずもなく、さぞかし「ひどい目をついた」ことであろう。

御目見以上の旗本は五千二百五人、御目見以下の御家人は一万七千三百九十九人、これは江戸時代なかばの享保年間の数値だが、幕末に至っても大きな異動はあるまい。これにおのおの陪臣を加えれば、いわゆる「旗本八万騎」も大げさではないとわかる。

つまり彼らの多くが職を失い、家屋敷まで奪われた「明治の御一新」であった。

二百六十年にも及ぶ不戦国家は、おそらく世界史に類を見ないであろう。よって江戸時代は決定的な改革を見ぬまま、積もり重なる繁文縟礼に圧し潰されてしまった。
はてさて、そうした世情の中で計画倒産を目論む御先代様と、それを阻止せんとする御当代様の対決やいかに。物語はあろうことか神仏まで巻きこんで、いよいよ後段の幕が開く。

（下巻につづく）

文春文庫

大《だい》名《みょう》倒《とう》産《さん》 上

定価はカバーに表示してあります

2022年9月10日 第1刷
2023年6月15日 第7刷

著者 浅《あさ》田《だ》次《じ》郎《ろう》
発行者 大沼貴之
発行所 株式会社 文藝春秋

東京都千代田区紀尾井町3-23 〒102-8008
TEL 03・3265・1211㈹
文藝春秋ホームページ http://www.bunshun.co.jp

落丁、乱丁本は、お手数ですが小社製作部宛お送り下さい。送料小社負担でお取替致します。

印刷・凸版印刷 製本・加藤製本

Printed in Japan
ISBN978-4-16-791928-3